A VIDA IMPOSSÍVEL

OBRAS DO AUTOR PUBLICADAS PELO GRUPO EDITORIAL RECORD:

Floresta sombria
Os Radley
Sociedade dos pais mortos
A biblioteca da meia-noite

MATT HAIG

A VIDA IMPOSSÍVEL

TRADUÇÃO DE
JULIANA ROMEIRO

1ª edição

BERTRAND BRASIL
RIO DE JANEIRO | 2024

CIP-BRASIL. CATALOGAÇÃO NA PUBLICAÇÃO
SINDICATO NACIONAL DOS EDITORES DE LIVROS, RJ

H174v Haig, Matt, 1975-
A vida impossível / Matt Haig ; tradução Juliana Romeiro.
- 1. ed. - Rio de Janeiro : Bertrand Brasil, 2024.

Tradução de: The life impossible
ISBN 978-65-5838-309-3

1. Ficção inglesa. I. Romeiro, Juliana. II. Título.

CDD: 823
24-93433 CDU: 82-3(410.1)

Meri Gleice Rodrigues de Souza - Bibliotecária - CRB-7/6439

Texto revisado segundo o Acordo Ortográfico da Língua Portuguesa de 1990.

Direitos exclusivos de publicação em língua portuguesa somente para o Brasil adquiridos pela:
EDITORA BERTRAND BRASIL LTDA.
Rua Argentina, 171 — 3º andar — São Cristóvão
20921-380 — Rio de Janeiro — RJ
Tel.: (21) 2585-2000,
que se reserva a propriedade literária desta tradução.

Para a ilha de Ibiza e seu povo

Reality is not always probable, or likely.*

Jorge Luis Borges

When the angels from above,
Fall down and spread their wings like doves;
As we walk, hand in hand,
Sisters, brothers, we'll make it to the promised land.**

Joe Smooth, "Promised Land"

---

* A realidade nem sempre é provável, ou possível.

** Quando os anjos do alto aparecem / E como pombas abrem as asas e descem / Enquanto caminhamos, as mãos unidas, / Irmãs, irmãos, chegaremos à terra prometida.

Prezada Senhora Winters,

Espero que não se incomode por eu estar mandando este e-mail.

Talvez a senhora se lembre de mim, de quando foi minha professora de matemática em Hollybrook. Estou com 22 anos e no último ano da faculdade. Acho que vai gostar de saber que estou cursando matemática!

Encontrei por acaso o Sr. Gupta no centro da cidade durante a Páscoa e perguntei pela senhora. Ele me contou tudo. Sinto muito pela perda do seu marido. O Sr. Gupta me disse que a senhora se mudou para a Espanha. Uma das minhas avós voltou para Granada, que não visitava desde os 7 anos, e lá encontrou a felicidade. Espero que a senhora esteja feliz com essa mudança para o exterior.

Eu também vivi um luto há pouco tempo. Minha mãe morreu faz dois anos, e depois disso entrei em depressão. Não me dou muito bem com meu pai, e tem sido difícil me concentrar nos estudos. Minha irmã (talvez a senhora se lembre da Esther) precisa de ainda mais apoio agora. Pisei na bola com a minha namorada, e ela terminou comigo. Aconteceram outras coisas também. Tenho achado muito difícil seguir com a vida em alguns momentos. Parece que ela já está toda escrita e que as cartas estão todas marcadas, mesmo eu sendo tão novo. Às vezes, a pressão é tanta que não consigo respirar.

Estou em um padrão, um padrão numérico, uma sequência de Fibonacci — 0, 1, 1, 2, 3, 5, 8, 13, 21 etc. —, e, assim como acontece nela, à medida que vou avançando, as coisas vão ficando menos surpreendentes.

Só que, em vez de entender que o número seguinte é a soma dos dois anteriores, a sensação que dá é que tudo que vem pela frente já está decidido. E, conforme vou envelhecendo, e passo por mais números, o padrão vai se tornando mais previsível. E nada consegue quebrar esse padrão. Antigamente eu acreditava em Deus, mas agora não acredito em nada. Eu estava apaixonado, mas botei tudo a perder. Às vezes, eu me odeio. Eu estrago tudo. E me sinto culpado o tempo todo. Estou bebendo demais, e isso atrapalha os estudos, e me culpo por isso também, porque minha mãe queria que eu desse o melhor de mim.

Olho para o que está acontecendo no mundo e vejo que nossa espécie está a caminho da destruição. Como se fosse algo programado, mais um padrão. E fico simplesmente cansado de ser humano, de ser essa coisa pequena que não pode mudar o mundo. Tudo parece impossível.

Não sei por que estou falando isso tudo para a senhora. Só queria me abrir com alguém. E a senhora sempre foi tão legal comigo. Estou nas trevas e preciso de uma luz. Perdão. Isso soou um pouco melodramático. Só preciso ser um bom exemplo para a minha irmã.

Não se sinta obrigada a responder a esta mensagem. Mas qualquer coisa que a senhora puder dizer será de muito valor. Peço desculpas pelo e-mail longo.

Obrigado,
Maurice (Augustine)

Caro Maurice,

Muito obrigada.

Não tenho o hábito de responder a e-mails, não que eu receba muitos. Internet não é bem a minha "praia". Eu nem tenho redes sociais. Apenas WhatsApp, e quase não uso. Mas, depois que li sua mensagem, senti que precisava responder, e responder direito.

Sinto muito por tudo o que você está passando. Lembro da sua mãe nas reuniões de pais e mestres. Eu gostava dela. Lembro que era séria, mas sempre falava de você com um sorriso de canto de boca. Era evidente que você a fazia feliz. Apenas sendo você mesmo. E isso é um feito e tanto, principalmente para um adolescente.

Eu comecei a escrever uma resposta para você, e ela foi crescendo e crescendo, e acabou virando muito mais do que um simples e-mail.

Para ser sincera, já faz um tempo que venho querendo escrever sobre tudo isso, e a sua mensagem foi o pretexto perfeito.

O que estou prestes a te contar é uma história na qual até eu acho difícil de acreditar. Por favor, não se sinta obrigado a aceitar o que eu disser como verdade. Mas saiba que não inventei nada. Nunca acreditei em magia, e continuo não acreditando. No entanto, às vezes, o que parece magia é só uma parte da vida que ainda não compreendemos.

Não posso prometer que minha história vai te ajudar a acreditar no impossível. Mas é um relato, tão verdadeiro quanto qualquer outro, de uma pessoa que pensava que a própria existência não tinha mais sentido, e então encontrou o maior propósito de toda a sua vida, e eu sinto que tenho a obrigação de compartilhar isso. De jeito nenhum eu sou exemplo de nada, como provavelmente vai dar para perceber. Senti muita culpa na vida. E, de certa forma, a história é sobre isso. Espero que sirva de alguma coisa para você.

Ela vai no arquivo anexo.

Com carinho,
Grace Winters

Dramalhão

Era uma vez uma senhora que levava a vida mais chata do universo.

Ela quase não saía de casa, exceto para ir ao médico, ajudar no brechó beneficente ou visitar o cemitério. Já não cuidava mais das plantas no jardim. A grama estava alta, e os canteiros viviam cheios de ervas daninhas. Mandava o mercado entregar em casa suas compras semanais. Morava na região das Midlands. Lincoln. Condado de Lincolnshire, na Inglaterra. A mesma cidade com casas de tijolos alaranjados na qual tinha vivido durante toda a vida adulta — tirando o curto período que passou na Universidade de Hull, séculos antes.

Você conhece o lugar.

E não era tão ruim assim, mas as ruas já não pareciam mais tão convidativas. E era triste ver metade dos lugares que lhe traziam boas lembranças coberta com placas de compensado e cartazes rasgados.

Ela passava o dia no sofá, vendo televisão, às vezes lendo um livro ou fazendo palavras cruzadas e Wordle, para exercitar o cérebro. Observava os pássaros no jardim, ou olhava para a pequena estufa vazia, enquanto os ponteiros do relógio giravam no console da lareira. Houve uma época em que foi apaixonada por jardinagem, mas não mais. Tinha só 72 anos, mas desde a morte do marido, quatro anos antes, e logo depois a do seu spitz-alemão — Bernard —, sentia-se completamente sozinha. Na verdade, havia mais de trinta anos que se sentia assim. Desde o dia 2 de abril de 1992, para ser mais exata. A data em que perdeu todo o seu sentido e propósito de vida para nunca mais achar. Porém, nos últimos anos, a solidão havia se tornado uma realidade profunda e literal, e ela se sentia com uns 132 anos. Quase não conhecia ninguém. Os amigos tinham morrido, ou se mudado, ou se isolado. Ela só tinha dois contatos no WhatsApp — Angela, da Fundação Britânica do Coração, e Sophie, a cunhada, que se mudou para Perth, na Austrália, trinta e três anos antes.

No entanto, de todos os momentos tristes do passado, o que reverberava mais continuava sendo aquele dia, em abril, muito tempo atrás. A morte do filho, Daniel, foi a coisa mais difícil e devastadora, e, da mesma forma que um tronco se ramifica em galhos, uma tragédia assim tão grande leva a outras tristezas e fracassos. Mas a vida seguiu em frente. Ela e o marido, Karl, acabaram se mudando de casa e tentaram ser felizes; não funcionou, então eles ficavam sentados lado a lado, mudos, vendo televisão ou ouvindo rádio. Ela sempre foi muito diferente do marido. Ele gostava de rock pesado e de cerveja autêntica, mas era, no fundo, um cara tranquilo. O problema da tragédia é que ela estraga tudo o que vem depois. Houve ocasiões em que eles se consolaram ao compartilhar lembranças, mas, depois que Karl morreu, ficou mais difícil, porque as lembranças não tinham para onde ir. Elas simplesmente ficavam ali, mofando na cabeça dela. E é por isso que, sempre que se olhava no espelho, ela via apenas uma meia vida. Uma árvore tombando lentamente numa floresta invisível.

Além disso tudo, ainda havia a questão financeira.

Ela não tinha mais poupança. Não depois que um golpista com um sotaque escocês manso fingiu ser um analista de segurança do banco e — com a ajuda da burrice dela — roubou as 23.390,27 libras que ela e Karl tinham economizado. Foi uma longa história, cheia de personagens ardilosos e uma senhora burra (oi!), mas, para a sua sorte, não é a que vai ser contada aqui.

Enfim... essa tal senhora ficava só sentada em casa, com suas pernas doloridas, evitando responder a e-mails de desconhecidos, deixando a vida passar feito um saco amassado e vazio de batata frita sendo levado rio abaixo. A única coisa que lhe despertava algum interesse era ver um pintassilgo ou um estorninho no comedouro de passarinhos do pequeno jardim que tinha nos fundos de casa, enquanto respirava memórias antigas e sonhos esmaecidos.

Um pedido de desculpas

Perdão. Foi um pouco teatral e deprimente. Falar de mim na terceira pessoa. Estou apenas *preparando o cenário*. Apesar dessa introdução, vai ser divertido. E, como muitas coisas divertidas da vida, a história vai começar com uma cirurgia de varizes minimamente invasiva, com ablação por radiofrequência.

A incapacidade de sentir prazer

Quando decidi viajar para Ibiza, eu estava de cabeça para baixo.

A mesa de cirurgia na qual eu me encontrava deitada estava tão inclinada para trás que achei que eu fosse escorregar. Havia um espelho na parede. Olhei para meus cabelos grisalhos e despenteados, o rosto cansado, e quase não me reconheci. Eu parecia uma pessoa desbotada. Sempre que possível, eu evitava espelhos.

Eles estavam tentando reverter o fluxo sanguíneo nas minhas pernas, sabe? Eu tinha mais veias verde-azuladas do que um queijo gorgonzola e precisava me livrar delas. Não por uma questão de estética, mas porque minhas panturrilhas estavam começando a coçar e a ferir. Minha tia havia morrido por causa de um coágulo sanguíneo que se soltou e acabou ganhando o elevado status de embolia pulmonar fatal, então eu queria resolver o problema das varizes antes que um coágulo para chamar de meu viesse com ambições similares. Peço desculpas pelo excesso de informação. Só quero ser o mais sincera possível com você, por isso estou começando do mesmo jeito que pretendo continuar.

Com franqueza.

Enfim, enquanto o rádio tocava, a cirurgiã vascular ia injetando várias vezes na minha perna esquerda um anestésico local — a última injeção ela apelidou carinhosamente, mas com muita propriedade, de "picada de abelha". Até que chegamos à parte principal, na qual ela me explicou que ia inserir um cateter na minha panturrilha para secar a veia safena magna por dentro, com uma temperatura de 120°C, própria para "refogar cebola".

— É provável que você sinta alguma coisa...

E eu senti. Não foi bom, mas foi alguma coisa. A verdade é que fazia muitos anos que eu não sentia quase nada. Só uma tristeza indistinta e persistente. Anedonia. Conhece essa palavra? Incapacidade de sentir prazer. Um não sentimento. Enfim, para mim foi assim por um bom tempo. Já tive depressão, e não era isso. Não tinha a intensidade da depressão. Era só uma ausência. Eu estava apenas existindo. Comida só servia para encher a barriga. Música não passava de barulho ritmado. Eu simplesmente, sabe como é, *existia*.

É provável que você sinta alguma coisa.

Então, essa é a expressão mais básica e essencial da existência, não é? A capacidade de sentir. E o que era viver sem sentir? *Como* era aquilo? Era como ficar sentada. Feito uma mesa num restaurante fechado, esperando eternamente alguém ocupar as cadeiras.

— Pense numa coisa boa...

E, pelo menos daquela vez, não foi muito difícil pensar em algo. E a coisa na qual me concentrei foi a carta que recebi de um escritório de advocacia menos de duas horas antes da cirurgia.

Abacaxis

Era uma carta inusitada.

Ela me informava que eu tinha herdado uma propriedade em Ibiza, na Espanha, que pertencia a uma pessoa chamada Christina van der Berg. A tal mulher tinha morrido e me deixado seus bens. Ou parte deles, pelo menos. *Mais um golpe*, pensei. Sabe, quando se é vítima de um roubo uma vez, é difícil não ver o mundo como um antro de ladrões. Mas, mesmo que eu não estivesse diante de um golpe, era absurdo supor que alguém que eu não conhecia deixaria uma casa no Mediterrâneo para mim.

Demorei um pouco para entender que não foi bem isso o que aconteceu. Ou melhor, demorei um pouco para me dar conta de que Christina van der Berg não era uma desconhecida. Não exatamente. O problema é que o nome não me disse nada. O sobrenome holandês — van der Berg — carregava uma grandiosidade que parecia fictícia e misteriosa, o que me deixou confusa. Por sorte, a carta da Nelson & Kemp Advogados m deu mais algumas informações, entre elas uma breve menção ao nome de solteira de Christina: Papadakis.

Isso sim me soou familiar.

Christina Papadakis foi, por um curtíssimo período, professora de música. Trabalhamos juntas na mesma escola, pouco antes de eu voltar com Karl. (Começamos a namorar na faculdade, mas ele estava indo com muita sede ao pote, então dei um tempo.)

Confesso que eu não a conhecia tão bem assim. Lembro que era uma moça muito bonita e tímida, com uma aura glamourosa, o que, em 1979, era difícil de ver. Ela exibia uma franja volumosa, o cabelo castanho comprido, e um colar de miçangas. Me lembrava a cantora Nana Mouskouri, mas sem os óculos. O pai havia emigrado da Grécia ainda jovem, logo depois da guerra. Ao que parecia, ela mesma nunca tinha ido à Grécia, mas, aos meus olhos provincianos, era o epítome da sofisticação mediterrânea. E ela sentia saudade da comida dos tempos de criança, da comunidade grega de Londres — a primeira vez que ouvi a palavra "halloumi" foi da boca de Christina. Ela sempre comia muita fruta. Por exemplo, na hora do almoço, tirava da lancheira umas fatias de abacaxi elegantemente cortadas — rodelas mesmo, e não cubinhos —, e aquilo sempre me impressionava. Uma vez passei pela porta da sala dela enquanto ela cantava "Rainy Days and Mondays", e a turma inteira estava boquiaberta, admirada. Christina tinha uma voz que não deixava nada a dever à da Karen Carpenter (outra cantora do período Triássico). O tipo de voz que parece parar o vento e o próprio tempo.

Enfim, um dia, perto do feriado de Natal, eu tinha ficado até tarde na escola, decorando um painel de trigonometria com festão, e, enquanto procurava grampos, me deparei com Christina à sua mesa. Ela estava lá, sentada, roendo as unhas.

— Ah, não faz isso — falei, me metendo na vida dela como se ela fosse uma aluna, e não uma colega de trabalho —, vai estragar as unhas. — Eu gostava das unhas dela. Estavam pintadas com um esmalte de um tom quente de terracota. Mas na mesma hora me senti mal por ter dito aquilo, ainda mais depois que notei a expressão vazia em seu rosto. Eu não possuía muito traquejo social. Nunca foi meu forte. — Ah. Desculpa — falei.

— Que isso, imagina — respondeu ela, me olhando de repente e abrindo o sorriso mais forçado do mundo.

— Está tudo bem?

Foi então que ela abriu o coração para mim. Ela havia tirado uma semana de licença, e eu nem tinha reparado. Christina estava no meio de uma crise. Ela odiava o Natal. No ano anterior, o então ex-noivo a pedira em casamento na véspera de Natal. Como era relativamente nova na área, ela não tinha família próxima. Então falei que ela podia passar o Natal comigo.

E ela aceitou. Foi lá para casa, e assistimos ao discurso da rainha, vimos *007 contra Goldfinger* e Blondie cantando "Sunday Girl" no *Top of the Pops*. Foi então que Christina disse que queria cantar profissionalmente. Bebemos várias garrafas de vinho branco Blue Nun, famoso por não ser o melhor estabilizador de humor do mundo, e eu pedi desculpas por não ter abacaxi em casa. Ficamos conversando até tarde.

Christina não se sentia capaz de lidar com as coisas. Um sentimento que conheço agora mais do que naquela época. Questionava seu trabalho como professora, na dúvida se estava na carreira certa. Argumentei que todo mundo na Hollybrook se sentia daquele jeito. Em determinado momento, ela chegou a mencionar Ibiza. Uma nova década se aproximava, os pacotes de férias na Espanha estavam em alta, e ela tinha ouvido falar de um hotel novo na cidade que estava à procura de cantores e músicos.

Fiquei intrigada. Achava Christina um mistério, e provavelmente fiz perguntas demais. O que é típico de professores de matemática. É preciso sempre descobrir o valor da variável desconhecida.

— Tenho a sensação de que há uma vida em mim que precisa ser vivida e que não estou vivendo.

Essas não devem ter sido exatamente suas palavras. Mas foi algo nessa linha. E ela falou mais:

— Eu sei que não faz o menor sentido. Eu sou grega, e não espanhola. Tem uma porção de ilhas na Grécia. Eu devia ir pra uma delas. Porque eu falo a língua. Mais ou menos. E eu não falo espanhol, e acho que é importante saber a língua do lugar onde você mora.

— Você pode aprender espanhol. Acho que, se é o que você quer, você deveria ir. Mesmo.

— Não faz o menor sentido.

E então eu falei uma coisa que não é do meu feitio:

— Nem tudo tem que fazer sentido.

A ideia de arrumar um emprego lá fazia os olhos dela brilharem com tanta intensidade que dei força para ela ir, se era o desejo dela, e não se preocupar com a opinião das pessoas. Eu tenho certeza de ter dito isso, porque me lembro de ter dado a ela um colar que eu tinha desde criança — um colar com uma medalhinha de São Cristóvão, o padroeiro dos viajantes. Eu era católica não praticante e associava demais aquela medalhinha à minha criação religiosa, mas nunca consegui me desfazer dela. Dar o colar para Christina pareceu a coisa certa.

— Ele vai te proteger — falei.

— Obrigada, Grace. Obrigada por me ajudar. Com essa decisão.

Em algum momento ela cantou "Blackbird". Primeiro cantou sozinha. Uma interpretação nem um pouco natalina, mas muito bonita. Sua voz tinha um tom melancólico que me fez chorar. Depois ela tentou me ensinar.

— Você tem que se transformar na música. Entrar nela. Esquece que você existe. É a música mais fácil de cantar dos Beatles — garantiu. — Quer dizer, depois de "Yesterday". E de "Yellow Submarine".

Acabou que não era uma música fácil de cantar. Mas tínhamos bebido vinho o suficiente para não dar a mínima.

Christina me explicou o seu amor pela música.

— Ela expande o mundo — disse, os olhos brilhando com uma paixão inflamada pelo álcool. — Às vezes, eu me sinto como se estivesse presa numa caixa, e, quando toco piano ou canto, saio dessa caixa por um tempo. Pra mim, a música é como um amigo que aparece bem na hora que você precisa dele. Um pouco como você, Grace.

Então saímos para caminhar. Um daqueles passeios frios de Natal, no qual você sorri para qualquer pessoa com quem cruza na rua. Pelo menos era o que se fazia naquela época. E acabou aí. Não teve muito mais mesmo além disso. Ela seguiu dando aula por uns meses e depois foi embora.

Nunca mais apareceu na minha casa. Conversamos algumas vezes na sala dos professores, mas ela sempre parecia meio constrangida na minha presença. Eu não entendia por quê. Como aquela pessoa tão legal e talentosa, que queria cantar profissionalmente, sentia vergonha de ter precisado de companhia no Natal? E um dia — acho que na última vez em que a vi — ela veio até mim no estacionamento e disse baixinho, com lágrimas nos olhos:

— Obrigada. Sabe, pelo Natal...

Só isso. Não sei como deixar mais claro como aquilo tudo não pareceu nada de mais para mim. Foi só isso que eu fiz. Convidei alguém para passar o Natal comigo, várias décadas atrás.

E aí, muitos anos depois, do nada, recebo essa carta. Que me dizia que Christina tinha morrido e deixado sua casa na Espanha para mim, em retribuição à minha "bondade tanto tempo atrás". A carta também explicava que eu podia vender a casa, ou alugar, se me mudar para Ibiza fosse muito "inviável".

Foi uma surpresa, para dizer o mínimo. E que me deixou com a sensação de ter perdido mais do que ganhado com aquilo. Uma amiga que na verdade nunca tive de uma época que parecia um sonho distante. Eu não planejava me mudar para Ibiza. À medida que você envelhece, vai ficando cada vez mais difícil quebrar os padrões. E você não quer que eles sejam quebrados. Eu já tinha enfrentado quebras de padrão várias vezes na vida. Quando me aposentei. Quando meu marido caiu duro dentro da estufa. Até perder Bernard, nosso cachorro, me deixou sem chão. E, obviamente, quando Daniel foi atropelado por um caminhão dos correios enquanto andava de bicicleta.

Aos poucos, enquanto eu lamentava a falta do antigo padrão da vida de casada que um dia tinha achado difícil de aguentar, um novo padrão havia se formado. Dar comida para os passarinhos todo dia pela manhã. Receber as compras do supermercado às segundas-feiras. Ajudar, às sextas de manhã, no brechó beneficente da Fundação Britânica do Coração. Ir ao cemitério aos domingos. E a culpa, a tristeza e o vazio eternos. Havia só umas poucas variações aqui e ali. Eu tinha me acomodado ao padrão intitulado "Cada vez mais idosa" sem nem me dar conta.

Mas tudo isso estava prestes a mudar.

Ainda sob investigação

— Peço desculpas por perguntar assim de forma tão direta — falei para a advogada —, mas como ela morreu?

— Eu achei que você soubesse — respondeu ela. Sra. Una Kemp. Uma voz que parecia ter acabado de sair da geladeira e ainda precisava de um tempo para amolecer.

— Não — repliquei. — A carta diz que ela morreu, mas não explica como. Então, se possível, eu gostaria de saber o que aconteceu.

— Ela morreu no mar...

Não foi uma resposta precisa, eu me dei conta.

— Perdão. *Como* ela morreu?

Ouvi um suspiro do outro lado da linha.

— Ah. Isso ainda está sob investigação.

Sob investigação.

— Desculpa. Como assim?

— As autoridades espanholas ainda estão investigando as circunstâncias exatas da morte dela. Eles são muito meticulosos. A única coisa que sabemos com certeza, a única coisa que nos foi dita, é que ela morreu no mar.

Só uns bons cinco minutos depois do fim da conversa foi que me dei conta da peculiaridade desta falta de precisão. Por que era tudo tão misterioso? Segundo a advogada, o testamento de Christina havia sido alterado fazia pouco tempo para me incluir como beneficiária. Isso, além da estranheza de que a casa tivesse sido deixada para mim, me trouxe muitas perguntas.

E eu sempre fui do tipo que não consegue ver uma pergunta e não procurar uma resposta. Aonde quer que isso me leve.

,14159

— Não existem no mundo duas pernas iguais... — comentou a cirurgiã. — Nem na mesma pessoa. Mesmo que pareçam idênticas. As veias sempre seguem padrões diferentes. São como as impressões digitais. — E algo na fala dela me fez pensar em matemática. Todos aqueles exemplos de imprevisibilidade dentro de um mesmo contexto. Por exemplo, se você multiplicar o comprimento do diâmetro de uma circunferência por π, sempre vai obter o perímetro dela, e, ainda assim, os números que compõem a parte decimal de π não seguem padrão algum.

3,14159 etc., para sempre, com uma aleatoriedade total, absoluta e irrestrita.

Há sempre um elemento de imprevisibilidade, mesmo nas coisas mais previsíveis. E, se você viver como se a imprevisibilidade não existisse, a vida vai puxar seu tapete, então o melhor a fazer é aceitar o ,14159.

Fiquei olhando para a parede branca e para o relógio de cabeça para baixo. Eu não sabia quase nada sobre Ibiza. Só que era exatamente o tipo de lugar que eu achava que nunca iria visitar. Nem que iria querer visitar.

Uma música da Blondie começou a tocar no rádio. Dessa vez, não foi "Sunday Girl", mas "Heart of Glass". Uma imprevisibilidade dentro de um padrão. Como a vida.

— Você não planeja viajar de avião por esses dias, planeja? — perguntou a médica alguns minutos depois. — Porque é meio perigoso, com essas pernas.

— Você está sugerindo que eu vá sem elas?

Ela não gostou da piada.

— Não — respondi, observando a enfermeira calçar lentamente uma meia de compressão na minha perna. — Não devo viajar tão cedo.

Fazia muito tempo que eu não contava uma mentira de forma tão deliberada.

E me senti tão arteira quanto uma professora de matemática aposentada e viúva pode se sentir. Porque, naquele instante, ainda deitada de cabeça para baixo naquela mesa de cirurgia, eu sabia que tinha um plano.

Um plano simples, mas descompromissado. Viajar para Ibiza sem data marcada para voltar, dar uma olhada na casa que por algum motivo absurdo eu tinha herdado e ficar na ilha até odiar tanto o lugar que mesmo uma casa vazia em Lincoln contendo mil lembranças pareceria uma opção melhor.

Mas, antes de ir, eu precisava fazer uma coisa. Tinha de ir ao único lugar que considerava importante visitar de verdade. O cemitério.

Conversas com os mortos

A caminho do cemitério, passei pelo meu antigo chefe — e seu antigo diretor, o Sr. Gupta —, saindo de um café. Depois de jogarmos conversa fora, ele me perguntou como eu estava, e eu estava triste, então, em vez de dizer isso, contei outra verdade.

— Ibiza? — replicou ele, sobrancelhas arqueadas, sorriso contido. — Nunca te vi como alguém que vai pra Ibiza.

— Pois é — concordei. — Nem eu.

E, pouco depois, segui meu caminho.

Mais tarde, depois de trocar as flores no túmulo do meu Daniel, eu me sentei num banco à sombra de um teixo. Olhei para o cinza mundano da lápide, o modelo simples, as letras entalhadas, as palavras tornadas visíveis pela sombra.

DANIEL WINTERS
Um menino muito amado.
15 de março de 1981 — 2 de abril de 1992

Fiquei ali mais ou menos uma hora naquele dia.

Como sempre, em silêncio. Nunca soube o que dizer para ele. Para a presença imaginada dele. Não que eu fosse avessa a falar com os mortos em público. Eu falava com Karl o tempo todo. Mas com Daniel era difícil, por vários motivos. Mais de três décadas de luto haviam se passado — já estávamos em outro século, outro milênio —, mas eu continuava sem palavras. Eu não tinha nada a dizer além de pedir desculpas. Como sempre, me acalmei contando as lápides e fazendo cálculos com elas.

Não quero sobrecarregar essa história com coisas tristes, mas preciso te contar que ele era um menino muito especial. Só para te dar uma ideia. Ele sempre foi alto para a idade, e magro, e andava com a cara enfiada num livro. Era inteligente e engraçado, e, mesmo quando estava de mau humor, exibia um sorrisinho, como se achasse graça do mundo inteiro. Ele adorava livros do tipo "Escolha a sua aventura", música pop e programas de televisão que eram impróprios para a faixa etária dele (*Chumbo grosso*, que via com o pai quando tinha 9 anos, apesar de eu não aprovar). Fazia sanduíches de três andares com pasta de amendoim e Marmite. Desenhava as próprias tirinhas em quadrinhos sobre um cachorro que viajava no tempo. Não gostava muito da escola — quer dizer, da escola nova, porque não era muito fã de esportes e não queria fingir que era. Daniel era uma pessoa muito honesta, na verdade. Mentir nem passava pela cabeça dele. Acho. Mas era também um sonhador. Se não tivesse saído de bicicleta na chuva naquele dia, teria acabado fazendo algo criativo. Teria sido ilustrador, quem sabe. Ele amava artes e desenhava bem. Aos 11 anos, me deu no Dia das Mães um desenho lindo de um azulão, porque sabia que eu adorava passarinhos.

Ele morreu sem nem chegar à adolescência, quanto mais à fase adulta, então é difícil saber o que poderia ter sido. Quando uma pessoa jovem morre, você é assombrado por dois tipos de fantasma. O de quem ela foi, e quem poderia ter se tornado. A morte dele criou em mim um buraco que jamais poderia ser preenchido. Por vários anos, chegar ao fim do dia era como uma prova olímpica. Havia uma sensação contínua de perplexidade por saber que a vida ousava seguir sem ele. Era difícil não sentir raiva. De mim mesma, acima de tudo. *Eu nunca deveria ter deixado que ele saísse de bicicleta na chuva.*

Eu sei que você sabe o que é dor, Maurice, e sinto muito pela sua mãe. Nos dois primeiros anos depois da morte do Daniel, eu vivi fora de mim. *Fora de mim.* Uma expressão interessante, não é? Eu estava lá, mas não estava. Eu me via na terceira pessoa. Uma personagem de uma vida que parecia a minha, mas não era. Eu sentia uma saudade imensa dele, mas parecia também uma saudade de mim mesma. O luto é assim. O jeito como ele meio que puxa você para a morte junto. Quer dizer, você continua funcionando biologicamente, claro. Você respira, vê e fala, mas é como se não estivesse vivo de verdade.

— Eu te amo — sussurrei para ele por fim. — Vou ficar fora por um tempo. Vou pensar em você todos os dias. Tchau.

Então respirei fundo daquele jeito tremido que eu sempre fazia quando estava perto dele, engoli as lágrimas antes que elas começassem a cair e percorri a curta distância até o túmulo de Karl. Sempre tive a sensação de estar fazendo uma viagem no tempo. Sabe o que eu quero dizer, sobre os cemitérios? Cada fileira de lápides, uma época mais avançada no tempo. A de Karl era de mármore, porém preta. Ele tinha especificado sua preferência por uma lápide de mármore preto.

"É mais rock'n'roll", dissera ele. Karl era tão rock'n'roll quanto um sanduíche de queijo, mas gostava de rock, e Black Sabbath era sua banda preferida, então acho que isso explica a escolha dele.

KARL WINTERS
Pai e marido devotado.
20 de janeiro de 1952 — 5 de outubro de 2020

A palavra "pai" vinha carregada de muita dor, eu sei, mas a devoção era real. Quando nos mudamos para a casa nova, ele insistiu para que levássemos o máximo possível do Daniel conosco. As velhas miniaturas de *Star Wars*, carros de brinquedo, revistas em quadrinhos, cadernos de desenho, tudo. Era como se ele tivesse virado uma espécie de curador de museu, e eu sempre me sentia mal por achar aquilo sufocante, a memória dele em todos os lugares. Mas, mesmo depois que Karl morreu, nunca doei nada do Daniel.

— Karl, eu tomei uma decisão — falei para a lápide dele, em pé diante dela, com as minhas pernas novas.

Seu silêncio foi o mesmo de quando eu anunciava algo do qual ele pressentia que não ia gostar. Quase dava para vê-lo levantando as sobrancelhas. Karl nunca foi muito de conversa, e a morte não ajudou muito nisso.

— Estou indo para a Espanha. Para as Ilhas Baleares. Para... *Ibiza*, quem diria... — Eu me retraí de leve ao dizer aquilo. E incluí o itálico na voz. O cemitério inteiro ouviu o meu desagrado. — Não me julgue, por favor.

Karl já tinha ido a Maiorca, a ilha maior, vizinha de Ibiza. Ele passou três dias em Palma, vários anos atrás, numa convenção de engenharia civil. Aquilo foi o auge da carreira dele, aparentemente. Mas, na minha mente preconceituosa, Maiorca tinha uma conotação diferente da de Ibiza. Maiorca era uma espécie de irmã mais velha, ajuizada e com um sorriso confiante. Já Ibiza eu imaginava como a irmã mais nova e travessa que aloprou. Para mim, Ibiza era *despudorada*. Estava na mesma categoria de Las Vegas, Cancún, Rio de Janeiro durante o Carnaval e uma festa da lua cheia na Tailândia como um lugar que eu provavelmente jamais escolheria visitar, mesmo que tivesse dinheiro para isso. Um lugar de festas para gente jovem e com motivos para comemorar. Ou talvez para gente rica, com os seus tapetes de ioga. O oposto de mim. Eu era velha e séria, com um saldo deprimente no banco, e não dançava fazia décadas. E acreditava piamente no fato de não ter motivos para comemorar.

Resumindo, eu era preconceituosa. Claro que não fazia ideia de como Ibiza era. Para mim, não passava de um substantivo. Sinônimo de um tipo barulhento de diversão. E, em determinado momento no passado, numa espécie de masoquismo autopunitivo, eu tinha decidido que a última coisa que eu deveria fazer — ou merecia fazer — era me divertir, seja lá que tipo de diversão fosse.

— Acho que não vou a boate nenhuma... — tranquilizei o túmulo de Karl.

E então limpei o vaso e troquei o enchimento de espuma, antes de enfiar com força o caule dos crisântemos nele. Eu sempre fazia aquilo, mas naquele dia tive um cuidado especial. Não queria que as flores voassem. Precisava que elas ficassem ali o máximo de tempo possível.

— Então, não sei quando vou poder voltar pra te ver. Mas não vou vender a nossa casa nem nada do tipo. Na verdade, não tenho plano nenhum. Vou pagar pra ver. Mudar um pouco de ares.

Uma lágrima brotou, o sol surgiu por trás de uma nuvem, e eu senti o calor dele. Enxuguei a lágrima enquanto sorria para outra mulher, outra viúva, limpando vigorosamente o mármore de uma lápide mais nova. Olhei para o gramado, que de repente cintilava. Quando você está de luto por alguém, vê uma mensagem dessa pessoa em tudo. Até na luz do sol refletindo na grama. O mundo inteiro se torna tradutor-intérprete dela.

E então eu disse o que sempre vem tão fácil quando é tarde demais.

— Eu te amo, querido. Até mais. — E acrescentei, quase sem pensar:
— Perdão pelo que eu fiz.

A grande rocha

No avião para Ibiza, eu me sentei à frente de uma fileira de jovens conversando com entusiasmo sobre as boates. Parecia uma língua nova, mas ligeiramente familiar. Uma espécie de código.

— Então... Ushuaïa, amanhã; na segunda-feira, Circoloco, na DC-10; Amnesia, na quarta; Ushuaïa e depois Hï, na sexta; Pacha, no sábado...

Naquela hora, me ocorreu que eu nunca tinha sido jovem. Mesmo aos 21, teria achado aquilo exaustivo — dançar a noite toda, passar o dia dormindo numa espreguiçadeira ao sol.

Mas eram jovens muito simpáticos. Vestidos como um arco-íris e empolgados feito labradores. Eles tentaram calcular o quanto iam gastar com os ingressos. Eu fiz as contas e compartilhei o resultado, então eles tomaram um susto coletivo e começaram a repensar os planos. E ficaram muito agradecidos. Quem já foi professor, sempre enxerga a criança em todo mundo. Você imagina como as pessoas eram em sala de aula. Principalmente as que estão apenas um passo depois da infância.

Tinha gente de todo tipo no avião.

Logo à minha esquerda, havia um espanhol bonito de cabelo comprido, chinelo, uma tatuagem de pena no antebraço e uma aura zen, pacientemente tentando ler. À minha direita, uma mulher de meia-idade, barulhenta, com um perfume forte e a gola virada para cima conversava com outra sentada na fileira ao lado, uma mulher de olhar inexpressivo chamada Valerie, comparando preços de imóveis nas Ilhas Baleares.

— Ibiza está com preços absurdos. *Absurdos*. De repente, ficou na moda de novo. Boemia chique. Eu escolheria alguma das outras ilhas. O lugar para investir é *Men*orca, e não *Mai*orca. É o que o Hamish diz. O mercado está para os compradores. Conheço uma pessoa que reformou uma chácara lá e quadruplicou o valor. *Quadruplicou!*

Na minha frente, três mulheres de trinta e poucos anos estavam a caminho de um retiro agroturístico, para passar uma semana fazendo ioga e cuidando do bem-estar, mas também queriam visitar um mercado hippie e ver o pôr do sol numa praia cujo nome esqueci no instante em que elas mencionaram. Uma delas disse que estava decidida a passar a semana inteira sem postar nada no Instagram nem abrir o TikTok.

Um adolescente falava baixinho com a mãe sobre TikTokers, YouTubers, um rapper chamado 21 Savage e outros ícones de um novo mundo que, àquela altura, eu não tinha a menor esperança de entender. Ele tinha uma relação carinhosa com a mãe. Tentei não pensar em Daniel e apenas ficar feliz por eles. A mãe era bem jovem. Os dois estavam na fileira ao lado, e eu os via de canto de olho. O cabelo dela era preto e curto, e estava com uma camiseta que dizia "Taylor Swift: The Eras Tour". A palavra "eras" entrou na minha cabeça e não saiu mais. Fiquei pensando em como se entra numa nova era. Não só percorrendo fileiras de lápides no cemitério, mas no decorrer da vida mesmo. É preciso criar uma ruptura óbvia com o que veio antes. Em geologia, costuma acontecer depois de uma extinção, não é isso? A Era Mesozoica terminou com a destruição em massa dos dinossauros por um meteoro. Eu me perguntei se estava iniciando uma nova era ou se estava levando coisas demais comigo. Esse é o desafio da vida, não é mesmo? Seguir em frente sem exterminar o que veio antes. Saber em que se segurar e o que deixar para trás sem se destruir. Tentar não ser o meteoro e o dinossauro ao mesmo tempo.

Na fileira da frente, a mais próxima ao banheiro, um casal da minha idade falava em um tom formal, analisando com atenção um livro chamado *Trilhas secretas: Ibiza e Formentera*. Eles conversavam sobre algo a respeito da ilha que tinham ouvido no *Start the Week*, um programa de debates da Radio 4. Senti uma pontada de tristeza. Ah, como seria ainda ter alguém com quem caminhar em trilhas secretas... Eles pareciam tão à vontade um com o outro. Lembrei de um documentário fofo e ao mesmo tempo triste que vi uma vez sobre castores-europeus, de como, para ter certeza de que teriam casca de árvore suficiente para sobreviver, eles mantinham o mesmo parceiro pelo resto da vida. E, se um deles morria cedo, não restava a menor chance para o outro.

Eu quis poder apertar a mão de Karl.

Minhas pernas não deram problema. Não cheguei a sentir dor, só um leve inchaço nos tornozelos, mas estava acostumada com isso. Fiz meus exercícios de panturrilha e movimentei um pouco os pés, um sapateado lento e imperceptível, para fazer o sangue circular. Meus quadris começaram a doer. Tentei não pensar nisso. Dor nas articulações é igual a luto. Quanto mais você pensa no assunto, mais dói, mas é impossível *não* pensar no assunto, porque dói. Um círculo vicioso.

Senti o peso da minha imobilidade silenciosa, sentada ali, em meio a tanta vida e barulho. Olhei para os anéis na minha mão esquerda. A aliança de casada e o rubi no anel de noivado. Lembrei de Karl me pedindo em casamento pela segunda vez, na biblioteca, onde nos abrigamos da chuva.

Seis anos antes disso, eu tinha dito não na primeira tentativa dele, num restaurante indiano, em Hull, porque éramos muito novos, e alguém tinha que ser sensato.

Enquanto o piloto nos informava sobre nossa altitude, olhei fixamente para a pedra vermelha e para as memórias contidas nela. Então me forcei a mudar o foco antes de ficar sentimental demais.

E por falar em coisas que desencadeiam lembranças, havia uma mãe com um bebê no colo, andando de um lado para o outro pelo corredor. Ela beijava a cabeça do filho, embalando a criança nos braços. Teve uma época em que doía demais ver uma cena dessas. Quando considerei abandonar o magistério só para não ter de olhar para tantas crianças, todas vivas, indo para a escola em bicicletas que nunca eram atropeladas por caminhões. Eu sorri para o bebê e tentei transmitir sinceridade. O bebê começou a chorar.

— Desculpa — falei sem som, só movendo os lábios para a mãe da criança.

Ela reagiu com um sorriso e assentiu com a cabeça.

Uma comissária de bordo passou, atarefada, empurrando um carrinho de bebidas, e eu pedi um gim-tônica, algo que não estava acostumada a beber, e provavelmente não era aconselhável, dada a situação das minhas veias da perna. Não que eu estivesse seguindo à risca as ordens médicas.

Eu deveria me levantar de vez em quando, para melhorar a circulação, mas ficava com vergonha, então passei a maior parte do tempo sentada, fazendo os exercícios discretamente.

Tivemos um pouco de turbulência. Os *clubbers* pareceram gostar.

O bebê voltou a chorar.

Começamos a descer.

Pela janela do avião, vi um litoral rochoso e montanhas verdes escarpadas. Faixas de areia clara. Uma paisagem cravejada de casas brancas e um ou outro agrupamento de edifícios residenciais ou hotéis de médio porte. Notei uma ilhota no Mediterrâneo. Uma rocha vertiginosa e desabitada, que logo eu descobriria se chamar Es Vedrà. Mesmo ali, do alto, antes de tudo o que estava para acontecer, ela me transmitiu um misto de pavor e admiração. Se eu tivesse estado mais em sintonia com aquele sentimento, talvez tivesse ficado no aeroporto e voltado no primeiro voo para a Inglaterra. Mas, naquela época, meus sentidos estavam embotados, e eu não fazia a menor ideia do que viria pela frente.

Por fim, aterrissamos.

Fiquei sentada por um instante, quieta, enquanto todos se levantavam, animados, e começavam a pegar as malas de mão no compartimento superior, prestes a seguir para seus destinos predeterminados. Respirei fundo algumas vezes, devagar, e continuei ali. Como se uma parte de mim ainda estivesse nas nuvens e eu precisasse esperar até ela me alcançar.

Quando passamos um número de um lado de uma equação para o outro, o que fazemos na verdade é aplicar a operação inversa. Era como eu me sentia. Não como se eu tivesse pegado um voo curto para outro país na Europa, mas como se tivesse sido invertida. Como se eu tivesse *cruzado* uma fronteira invisível e de repente, de alguma forma, fosse ser reconfigurada. Reavaliada. E haveria uma permuta de elementos. Eu estava com uma vaga sensação, não inteiramente nova, de que havia perturbado a ordem das coisas.

O aeroporto era impressionante. Estiloso, claro e se destacava pela eficiência energética. E, ao me aproximar da saída, depois de passar pelos quiosques de aluguel de carros, notei duas mulheres se despedindo. Eu diria que tinham em torno de trinta e poucos anos. A que estava de costas para mim era loira. A outra usava óculos e os cabelos soltos e desfiados, bermuda jeans e camiseta. O que me atraiu mais a atenção foi a camiseta, porque tinha uma foto do Einstein estampada. Aquela da língua para fora. Ela parecia triste. As duas se amavam, mas a loira estava indo para algum lugar sem a outra. Passei por elas devagar.

A moça de cabelo castanho flagrou o meu olhar. Ela sorriu, como que por instinto, em vez de se ofender com meu intrometimento. Foi um sorriso simpático. Isso me deixou um pouco à vontade naquele aeroporto movimentado. Mas eu não fazia a menor ideia de que em breve iria conhecer aquela jovem, nem que acabaríamos virando amigas. E muitas vezes me lembro de como a vi bem ali, logo depois de pousar. Como isso era estranho. Como fazia parte de um padrão que até hoje só consigo vislumbrar.

Saí do aeroporto, e o ar de fora me envolveu como uma fornalha.

Olhei ao redor, tentando me orientar. O prédio do aeroporto tinha um letreiro grande na frente, com letras garrafais que diziam: *Eivissa*. Isso era catalão. Ibiza é uma ilha da Espanha, e eles falam espanhol, mas o catalão também é língua oficial.

Eivissa. Um bom nome. Soava como uma promessa. Que eu estava prestes a descobrir de que tipo.

Naquele instante, eu me dei conta da minha loucura. *O que eu estava fazendo?* Eu não conhecia absolutamente ninguém na ilha. Fazia anos que não viajava para o exterior. As únicas coisas que sabia falar em espanhol eram *muchas gracias*, *por favor* e *patatas bravas*. E, no entanto, lá estava eu. Ali, sem dúvida alguma. Invertida, sem a menor sombra de dúvida.

Em outro país. Sozinha. E já com um pouco de medo.

Começa com A

Eu tinha uma malinha xadrez, um endereço e um envelope com uma chave dentro. Só isso. Isso era tudo mesmo. Um mundo condensado.

— Qual é o hotel? — perguntou o taxista, sorrindo, enquanto botava minha mala no bagageiro do carro branco reluzente, com toda uma fila de veículos idênticos atrás dele. Sua loção pós-barba evocava uma clareira silvestre, e sua aparência era impecável. Barba bem aparada. Óculos escuros. Combinava tanto com Fórmula 1 quanto com ponto de táxi. Forte. Braços capazes de lutar contra um touro. Ele deslizou os óculos para o alto da cabeça e fez contato visual. Falava inglês com bastante sotaque, mas muito bem. Sou péssima em julgar as pessoas pela cara delas, e ele tinha um rosto honesto e um sorriso de filhinho da mamãe. Gostei dele. Mesmo assim, me senti muito longe de casa. O calor sufocante, as sinalizações em espanhol e catalão, o céu de um azul exótico, as placas dos carros, a arquitetura moderna e elegante em tons de camelo do aeroporto. Fiquei ali, de pé, olhando para as palmeiras atordoantes feito um bebê fitando adultos desconhecidos e altos. Ilhada. Confusa. Não tinha ideia do que estava fazendo. O lugar mais distante ao qual eu tinha ido nos últimos quatro anos fora o supermercado da Canwick Road, então estar num ponto de táxi em meio a uma multidão frenética e malas de rodinhas, do lado daquelas palmeiras gigantes, fazia com que eu me sentisse uma aventureira. Uma espécie de Dom Quixote com roupas da Marks & Spencer.

— Oi. *Hola*. Ah, não é um hotel. É uma residência... *casa*... *casa*... *casa*... — Eu tinha aquele péssimo hábito inglês de achar que a única barreira para a compreensão linguística era não repetir as palavras o suficiente. Entreguei a ele o endereço. Ele fitou o papel como se fosse algo difícil. Ou como se o incomodasse um pouco. Falei o nome da rua, embora ele estivesse lendo. — Carretera Santa Eulalia. — Sem dúvida pronunciei errado, mas ele não me corrigiu. Ou então não deu a menor bola para aquilo.

Continuava encarando o papel. O que estava escrito nele. Uma expressão preocupada ainda assombrando seu rosto.

— Minha letra é horrível — comentei, em tom de desculpas. Mas não era isso.

— Eu conheço esse lugar... — disse ele baixinho, já sem o menor sinal do sorriso de antes. — Já estive lá...

— Ah. Já?

Ele fez que sim com a cabeça e olhou para o taxista seguinte na fila. Um homem mais velho e mais careca, recostado no carro, fumando e nos olhando com cara de "anda logo". Então entramos no táxi.

— Está tudo bem? — perguntei.

Houve uma pequena pausa. Então ele saiu com o carro, parecendo ter despertado de um transe.

— *Sí*. Acho que sim. Essa casa... É a que fica um pouco depois da pista de kart, correto?

— Pra ser sincera, não sei. Sou nova aqui.

— Veio visitar a família?

Família. Uma palavra tão bonita, mas tão doída.

— Não. Não. Não vim visitar ninguém. Só vim pra ficar na casa. Eu conhecia a mulher que morava lá.

Ele pareceu ter algo a dizer sobre isso. Mas acabou mudando de ideia.

No caminho, passamos por palmeiras e botequins de beira de estrada, outdoors gigantes desbotados pelo sol anunciando boates, e um galo andando tranquilamente pela via principal. Na porta de um bar simples, dois velhos riam e jogavam xadrez no calor, ao lado de uma antiga máquina de venda automática com um anúncio de Fanta Limón. Passamos por algumas lojas de jardinagem sofisticadas, com muitos vasos grandes de cactos e oliveiras sob a luz ofuscante do pátio de entrada.

O vidro da janela do motorista estava ligeiramente aberto. Senti um aroma de zimbro, pinheiro e um leve toque cítrico. Um doce perfume mediterrâneo.

A ilha era mais verde do que eu esperava. Não sei por quê, mas estava imaginando um lugar mais árido que exuberante, e sem dúvida era quente e seco, com o branco das casas quase ofuscante sob o sol, mas, conforme nos afastávamos do aeroporto, vi densas montanhas cobertas de pinheiros. Em meio às árvores, longe da estrada, aninhavam-se belas *villas*. Havia uma mais perto de nós, com cachos cor-de-rosa e magenta de flores de buganvília pendendo por cima do muro, exibindo orgulhosas a sua beleza. Observei o tronco retorcido de uma alfarrobeira.

— Eu conheço essa casa... — repetiu o motorista. Mas dessa vez ele pareceu chegar mais perto do que queria me dizer. — Só tem ela nessa estrada. Ia gente lá. Ia muita gente lá.

— Gente?

— É. Gente.

— Ah. Que tipo de gente?

— Todo tipo. Tinha um homem de barba, só de sunga. Ele era velho, de barba. Era mergulhador. Sabe... scuba.

— Ele conhecia a dona?

— Acho que sim. Eu o levei duas vezes lá. Na última, ele estava com uma mulher. Uma moça bem mais jovem.

— Eram amigos dela?

— Não sei. Ela devia ter muitos amigos. Iam famílias inteiras lá. Turistas também. Britânicos, alemães, espanhóis. Um homem rico, bem-vestido... Esse eu peguei no restaurante perto do Hard Rock Hotel. Ele tinha ido comer lá. E me contou do restaurante. É o mais caro do mundo. Sabia disso? O restaurante mais caro do mundo fica aqui em Ibiza. Nada de Paris, Nova York nem Dubai. Fica bem aqui. — O motorista disse isso com um estranho misto de orgulho e desprezo. — Ele é dono de hotel... Esqueci o nome... Começa com A... Há menos tempo, veio uma mulher chorando.

— Chorando?

— Perguntei se ela estava bem, e ela disse que logo saberia, depois da visita. Mas, enfim, isso não foi o mais estranho.

— E o que foi mais estranho?

— Uma noite, eu vi uma coisa... doida lá.

— Uma coisa doida?

Ele fez que sim com a cabeça, me olhando pelo retrovisor.

— É. Uma luz. Uma luz forte. Vindo da casa. Das janelas... Eu estava passando de carro... Aquilo... Como se diz? Quase não me deixou ver. Eu quase saí da pista...

Eu ia replicar, mas alguém falou alguma coisa em espanhol no rádio de comunicação, e ele respondeu, e eu não entendi uma só palavra.

* * *

A ilha definitivamente não tinha nada de deserta nem de abandonada, e, apesar dos meus preconceitos, já dava para ver que era um lugar fascinante. Tinha alguma coisa no ar. Fiquei me perguntando como seria a casa da Christina. Quer dizer, a minha casa, embora seja difícil se imaginar dono de algo que nunca viu. E que você não acha que merece. Como se tivesse ganhado um prêmio por engano.

Mas eu sentia alguma coisa. Algo fugaz, mas prazeroso. O que era novidade. Uma leve sensação que eu tinha quando viajava na minha juventude. É um sentimento bobo, mas vou compartilhar aqui, caso você também já tenha sentido isso antes. É a sensação do *mundo inteiro acontecendo*. Ela eleva o *agora* ao quadrado — não, ao cubo — não, à quarta potência. O que eu quero dizer é que viajar transforma a experiência num *tesserato*, extrapolando-a para a quarta dimensão. E é estonteante perceber quantos agoras estão acontecendo ao mesmo tempo. Pensar em quantos taxistas em todos os continentes estão falando pelo rádio neste momento. Quantas pessoas estão dando à luz. Ou comendo um sanduíche. Ou escrevendo um poema. Ou segurando a mão de alguém que amam. Ou olhando pela janela. Ou falando com os mortos.

— Você mencionou uma luz... — comentei. Minha voz saiu fraca e distraída porque, naquele exato momento, passamos por uma loja chamada Sal de Ibiza, a única do lugar. As paredes da casa eram de um tom bonito de azul-turquesa. Mas então algo interrompeu a minha paz. Senti um aumento da percepção sensorial, como um animal que de repente percebe que pode ser devorado. Do lado de fora havia uma bicicleta vermelha caída no chão. Um dos principais problemas do mundo era a existência contínua de bicicletas vermelhas. Enfim, eu fiz o que sempre fazia quando via uma, ou quando via qualquer outra coisa que me remetesse intensamente ao Daniel: recorri à matemática. Uma placa de trânsito dizia: *Santa Eulalia 3, Sant Joan 21, Portinatx 25*. Então, na minha cabeça, identifiquei as porcentagens: 25% de 3 é 0,75; 3% de 21 é 0,63; 21% de 25 é 5,25. Tem gente que respira fundo. As três mulheres do avião faziam ioga. Mas eu tinha a matemática. Ela me ajudava a me distrair. Me ajudava a esquecer, por um momento, que havia algumas coisas que não podiam ser decompostas nem subtraídas.

Sal

O motorista me viu olhando para a bicicleta e achou que eu estava interessada na loja. Ele parecia estar tentando compensar a estranha reação que teve ao ver o endereço.

— Ibiza é uma ilha de sal. Eles o extraem em Ses Salines. O sal fica... sabe como é... — Ele fez um gesto de algo bem grande e plano enquanto procurava a palavra certa.

— Em salares? — sugeri.

— Isso. Nos salares. É lindo. Você tem que ver. Principalmente quando os... pássaros rosa aparecem.

— Flamingos?

— Isso. Isso. Você precisa ver. Meu pai trabalhava nos salares, assim como o pai do meu pai, e o pai do pai do meu pai, e o pai do pai do pai do meu pai... — Captei o espírito da coisa. — Sabe, *señora*, Ibiza foi invadida por muita gente diferente ao longo da história... mas o sal continuou o melhor do mundo. A gente salgava o peixe dos imperadores.

Eu logo descobriria que em Ibiza os taxistas costumavam fazer as vezes de guias turísticos e historiadores.

— E agora vocês foram invadidos por turistas — respondi, retomando a paz, depois do momento de instabilidade provocado pela bicicleta.

— É — concordou ele, e riu. — Tem esses também. A pior das invasões. Os hippies, depois os *ravers*, as celebridades, os hippies de novo. De tudo quanto é canto. Não só da Grã-Bretanha. Da Alemanha, da França, da Holanda, da Itália, de Portugal, da Suécia, e até hoje ainda tem os americanos e todos os outros também... brasileiros, argentinos... Não, a verdade é que é uma invasão boa. Somos todos da mesma espécie, né? — Ele abriu um sorriso largo e sincero. — Você vem pra Ibiza pra se lembrar disso. Todos os lugares, todas as idades, todas as pessoas. É uma coisa boa. Tirando os campos de golfe. Aqui ninguém gosta de campo de golfe. Já tem um, e chega. Um basta.

— Campo de golfe? — Pensei em Karl. Ele não gostava de golfe.

— *¡En serio!* Se você quiser inaugurar um campo de golfe aqui, as pessoas irão pra rua! Você pode abrir uma boate na praia, mas campo de golfe não! A gente gosta de música, de mar, de comida boa e de natureza. Mas de campo de golfe não. Nem do preço dos apartamentos. Nem das estradas em agosto. — E então o carro e a conversa tomaram um rumo diferente. — Ibiza também tem alienígenas. É o que dizem. Tem muita gente... doida nesta ilha.

— Vou me lembrar disso. Vou tomar muito cuidado para não inaugurar um campo de golfe — afirmei, séria. — E vou procurar o ET.

Ele riu e ainda deu um tapinha satisfeito no volante.

— Isso. Muito bom! Golfe! Não! Alienígena! Sim!

Eu sorri no banco traseiro e olhei pela janela, mas então meus pensamentos ficaram um pouco pesados.

A gente gosta de mar.

Olhei para o motorista, como se ele fosse a mancha de tinta de um teste de Rorschach que ainda não havia se revelado. Ele ficou em silêncio por um tempo. Franziu a testa, pensativo. E então acabou falando.

— Eu sei que ela morreu — disse ele. — Li sobre isso. Christina van der Berg. — Ele pronunciou o nome com cuidado. Como se fosse de porcelana. — Eu vi no *Diario*. O jornal daqui. *Diario de Ibiza*.

— E dizia como ela morreu?

— Acho que foi mergulhando. — Nós nos entreolhamos pelo retrovisor. Lembro que ele fez a pergunta seguinte com muita hesitação: — Você era amiga dela?

— Não — respondi, por algum motivo. E então: — Era. Quer dizer, há *muito* tempo. Eu era amiga dela e vim pra cuidar da casa. — Não sei por que falei assim. *Cuidar da casa.* Talvez eu tenha ficado sem jeito de repente com o fato de que era muito estranho herdar uma casa de alguém que você mal conhecia. — Ela se mudou pra cá há muitos anos, pra ser cantora, mas não sei se ainda estava fazendo isso. Ela era muito talentosa. Tinha um dom.

O motorista voltou a parecer preocupado.

— Um dom?

— É.

Ele engoliu isso como se fosse um comprimido.

— Tem umas coisas nesta ilha — disse ele. — Coisas que a maioria das pessoas não vê. Coisas que não são fáceis de... explicar...

Eu não tinha a menor ideia do que ele estava falando. Quando era criança, uma vez passei férias na Ilha de Wight e fiz amizade com uma mulher estranha em uma loja de doces, em Yarmouth, que acreditava ter sido sereia um dia. Talvez seja assim com as ilhas. Talvez elas enlouqueçam as pessoas.

Desolação

Paramos o carro. Tínhamos chegado. Um lugar desolado, sem nada em volta além de trânsito.

Eu só tinha visto uma foto do exterior da casa, que havia sido impressa numa carta, e, assim como a minha vista, a impressão não era de boa qualidade. Só um céu muito azul e paredes brancas. Eu estava imaginando uma *villa*, em um vilarejo numa encosta.

Mas não foi a esse lugar que chegamos, e, na mesma hora, senti que estava cometendo um erro.

Não quero parecer mal-agradecida, mas ela devia ser, quase com certeza, a casa mais feia de Ibiza. Não havia o menor sinal de buganvília. Nem o menor charme. E, comparada àquilo, a casa de Lincoln parecia uma mansão em Hollywood Hills. Talvez fosse por isso que Christina não a tinha deixado para nenhum dos amigos de verdade. *Eles não a quiseram.*

A casa não passava de uma caixa branca e pequena, sem motivo algum para existir ali. Um único andar. Janelas minúsculas. Erguendo-se da areia à beira da estrada e do asfalto desbotado, com a tinta descascando feito ferida. Era salpicada de manchas de cimento marrom por toda parte. Cacos de vidro de uma garrafa de cerveja arremessada no chão e lixo aleatório espalhavam-se em torno da casa, no asfalto. Não era possível ir a pé a lugar nenhum.

Para piorar, do outro lado da estrada havia o outdoor de um hotel de luxo. Uma fotografia aérea de piscinas e prédios imponentes no alto de uma falésia. *Recém-inaugurado. Mais um The Eighth Wonder Spa Resort Hotel, em Cala Llonga, Ibiza. Visualize seus sonhos e transforme-os em realidade.*

— É essa? — perguntei, dando uma nota de vinte euros para o motorista e olhando para a casinha decrépita.

— É aqui. — Ele abriu um sorriso simpático. — Prazer em conhecê-la — disse ele. E me olhou com a expressão com a qual a gente vai se habituando à medida que envelhece. Preocupação. — Meu nome é Pau. Igual a Paul. Só que sem o l.

— Eu sou a Grace — respondi, abrindo a porta do carro. — Também sem l. Como se diz "prazer em conhecer" em espanhol?

— *Mucho gusto.*

Assenti enquanto ele tirava a minha mala do carro.

— Certo. *Mucho gusto.*

— E *buena suerte* é boa sorte.

— Ah. Isso eu não perguntei.

Ele assentiu.

— Eu sei. Mas pode ser que precise...

Antes que eu conseguisse perguntar por quê, ele já estava de volta ao táxi.

E então esperou por uma brecha no trânsito, fez meia-volta e partiu, acelerando.

As fotos na parede

E lá estava eu, no asfalto, sob o sol. Com os pés inchados e doidos para se libertarem dos sapatos. Queria ter ido com as minhas sandálias confortáveis, mas elas pareceram um tanto excêntricas naquela manhã, quando acordei em Lincoln.

Enfim.

O barulho dos carros competia com as cigarras, enquanto eu olhava para ela.

Para a casa.

Aquela caixa branca e em condições precárias. Em vez de uma porta na frente, havia um portão de metal azul na lateral que levava a um pátio improvisado de cascalho, arbustos secos e ervas daninhas. Estacionado do lado de fora, havia um carro velho e surrado — um Fiat Panda.

— Certo — falei, para ninguém. Uma característica do meu processo de envelhecimento era que cada vez mais eu agia como se estivesse num palco, murmurando comentários para um público que não prestava atenção em mim. Ou que nem estava presente.

Passei pelo portão. Eu sentia as batidas do coração. Um formigamento nas pernas. Não soube se tinha a ver com a cirurgia ou se era medo. Eu me atrapalhei com a chave da porta. Deixei cair no chão. Meus joelhos enferrujados não me agradeceram quando me abaixei para pegar. (Aproveite a capacidade de se abaixar sem esforço, Maurice. É um dos muitos privilégios da juventude.)

Olhei para a chave cercada pela areia, brilhando sob o sol, e, por um segundo, senti tão intensamente o peso da minha estupidez de ter feito aquela viagem que deu vontade de ser engolida pelo universo. De ser atropelada por um carro para a minha carcaça alimentar algum cachorro selvagem.

Ouvi a voz da minha mãe ecoando através das décadas. *Olhe só pra você. Grace, a Inútil.*

Deixe de ser ridícula, pensei. *Controle-se.*

Peguei a chave e me levantei, o corpo todo rangendo e reclamando.

Havia um jardinzinho lastimável. Um terreno negligenciado com ervas daninhas e terra seca, e uns fiapos de grama. Eu nunca tinha visto nada tão abandonado.

Dentro da casa, a situação era só um pouquinho melhor.

A paleta de cores da decoração tinha como base a cor de burro quando foge. Havia um cheiro de mofo. E o ar parecia denso e estagnado. A poeira pairava, brilhando feito uma pequena galáxia. Um pensamento macabro me invadiu. Será que havia pele morta em meio à poeira? Eu me perguntei se estaria inalando a Christina.

Havia um hall de entrada, onde deixei a mala e os sapatos. Meus pés inchados suspiraram de alívio ao saírem dos mocassins. E então vinha a sala de estar, com o sofá, uma manta em estilo meio hippie e um tapete que precisava de limpeza. Havia um ventilador grande, visivelmente coberto de poeira, e o piso precisava de um esfregão. Dei uma volta, ainda assustada e meio que esperando esbarrar no cadáver dela. Eu me sentia uma invasora na casa. Havia algo privado e íntimo no espaço, então estar ali era invadir memórias que jamais conheci. Eu era uma intrusa, dentro de uma herança que já parecia mais uma maldição.

Havia fotos emolduradas nas paredes. Uma galeria da vida de Christina em Ibiza.

Ela na praia, com os cabelos castanhos e compridos ao vento, e um homem também de cabelo comprido, olhos brilhantes, e um buggy Mini Moke no fundo.

Uma garotinha com um sorriso nervoso, segurando um ursinho de pelúcia.

Ela e a mesma menina, e o mesmo homem.

Ela com um microfone na mão, cantando para uma plateia, num hotel.

Ela ao lado de um homem que parecia ser o Freddie Mercury, em alguma festa dos anos 1980.

Ela com equipamento de mergulho, e um homem diferente. Um homem com uma barba mais desgrenhada que o primeiro. Parecia feito para o mar. Uma versão mais baixa de Poseidon, com uma roupa de mergulho que mal cabia nele. Os dois pareciam mais amigos que um casal.

Ela em algum tipo de festival local, dançando, com uma fantasia antiga.

Em todas as fotos, Christina aparentava estar mais feliz do que jamais fora como professora. Mas todas tinham cara de antigas. Não havia nada recente.

— Por que estou aqui? — perguntei àquele público imaginário. Olhei para a menina e para o urso roxo fofinho. Seria filha dela? Por que não deixar a casa para ela? Ou para outra pessoa nas fotos. — Por que eu?

Mas não obtive resposta. Em vez disso, só silêncio. E preocupação. E umidade. E muita poeira.

O vidro de azeitona

Andei pela casa. Estava à procura de respostas, mas não encontrei nenhuma.

Num quarto, achei uma planta seca e provavelmente morta em um vaso em cima da cômoda, murcha e marrom. Um lírio-da-paz, acho. Olhei para a cama. Parecia boa. E estava com lençóis limpos. Então voltei para a sala e reparei no aparelho de som dos anos 1980, nas fileiras de fitas cassete e nas pilhas de discos de vinil.

E nos muitos livros.

Sempre achei que o jeito mais rápido de conhecer uma pessoa é olhando o que ela tem nas estantes. Principalmente se forem estantes genuínas, e não do tipo chique e decorativo. E não havia nada de chique nem de decorativo na casa.

Havia uma variedade de livros, alguns nas prateleiras, outros no chão perto da estante. Alguns em inglês, outros em espanhol e um ou dois em grego. Entre os livros em inglês, havia uma tradução de *Sidarta*, de Hermann Hesse, e um exemplar de *Tao Te Ching*.

Um guia sobre a flora e a fauna das Ilhas Baleares. Dois livros de Agatha Christie.

Christina tinha um clássico que li quando jovem e adorei. *O conde de Monte Cristo*, de Alexandre Dumas. (Você já leu *O conde de Monte Cristo*? Pois deveria. É o melhor livro que já li. É sobre vingança *e* perdão, e tem uma fuga da prisão. Sempre gostei de uma boa fuga da prisão. Na adolescência, li tudo do Dumas, além de *Frankenstein* e *As aventuras de Sherlock Holmes*. Sabe como é. Histórias *de verdade*.) Tinha também um *Zorba, o grego*, mas não em grego, e os poemas de Cavafy, estes em grego.

Em espanhol, tinha mais poesia (Pablo Neruda), um Carlos Ruiz Zafón e um livro de Isabel Allende com marcas de bastante manuseio.

E então, deslocado entre os demais, vi um livro sobre clarividência chamado *O guia definitivo do poder psíquico: volume 8*. O título me fez dar uma risada estranha. *Professores de música*, pensei.

Um outro livro também se sobressaiu entre os demais. Era um dos exemplares em espanhol. *La vida imposible*, de Alberto Ribas. Tinha uma capa simples. Uma ilustração meio tosca do mar, com uma ilhota rochosa. A vista de uma praia. Da água saíam traços, como se ela estivesse brilhando. Na quarta capa, havia uma foto do autor. Um homem com a pele castigada pelo sol, barba desgrenhada e uma camiseta com estampa de polvo. Tinha um sorriso enorme e um dente faltando. Parecia um pirata idoso.

Fiquei com a estranha impressão de já o ter visto. Isso porque *tinha* visto. Cerca de um minuto antes, na verdade, me olhando da parede.

Na foto da Christina com o homem de barba desgrenhada e sorriso largo. Ela conhecia o autor. Olhei a foto de novo. Era ele, sem dúvida. Voltei a olhar para as fotos na parede. Vi, numa delas, que Christina usava a medalhinha de São Cristóvão que dei para ela, em 1979. Ela aparecia nas outras fotos também. Até na festa em que ela conheceu Freddie Mercury.

Havia um leve cheiro de mofo no ar. Não exatamente fétido, mas também nada agradável. E um perfume. Bem fraquinho. O fantasma dela pairando no local.

Minha barriga roncou. Fui até a pequena cozinha e abri a geladeira, mas só encontrei uma embalagem de gaspacho vencido. Havia alguns biscoitos no armário. E também, por mais estranho que pareça, um vidro de azeitona, mas sem azeitonas. Era um vidro normal, de tamanho médio — ligeiramente mais estreito que um vidro comum de geleia —, mas estava cheio de água. Eu sabia que era de azeitona porque o rótulo tinha uma ilustração de azeitonas verdes recheadas com pimentão e as palavras "Olivos del Sur". Abri a tampa e cheirei o conteúdo. Tinha um aroma de picles, levemente sulfuroso, mas não o tipo de picles que vem num vidro de azeitona. Era uma água muito estranha. Tinha uma aparência complexa, como se estivesse se movendo. Talvez tivesse alguma alga dentro. Eu não sabia, mas não parecia ser só água do mar. No entanto, tinha certeza de que não servia para nada, então fui até a porta da casa, abri o vidro, joguei a água num trecho de chão ressecado, voltei para dentro e reparei em outra coisa.

Um cartão numa prateleira do corredor.

O cartão tinha um desenho de pétalas de flores e os dizeres "MUCHAS GRACIAS".

De dentro dele, caiu uma carta. *Aqui está*, pensei. Talvez a carta me explicasse tudo.

Querida Grace,

Se você está lendo isto, é porque tomou a decisão certa. Esta casa não é grande coisa, mas é tudo o que eu tenho.

Eu queria te agradecer. A sua bondade tanto tempo atrás salvou minha vida. Sei que isso parece melodramático, mas eu realmente não acho que teria sobrevivido àquele Natal. Eu estava no fundo do poço. A força que você me deu para vir para Ibiza me ajudou a me reerguer. E agora é minha vez de te ajudar a acessar qualquer potencial inexplorado que exista dentro de você. Eu sei que não vai fazer o menor sentido eu ter escolhido deixar esta casa para você, em vez de para qualquer outra pessoa. Mas você precisa confiar em mim, porque se eu explicasse como sei que é a pessoa certa, você ia achar que eu enlouqueci. Além do mais, quando for a hora, você vai descobrir por que tinha que vir para cá. Mas, por enquanto, vou só dizer que você é uma pessoa muito especial, e eu sinto que vai ter paz aqui.

Sei que não me resta muito tempo. Não estou com medo. Sei, de verdade, que não é o fim. E sinto que estou indo para um lugar melhor.

Amei morar aqui. Nunca teria me mudado para esta ilha maravilhosa se não tivesse sido por você. Aquela conversa que tivemos no seu sofá, vendo "Top of the Pops", há tantos anos, levou a este exato momento. Nunca cheguei a ser a Blondie. E com certeza não fiquei rica, não no sentido convencional, como dá para ver por esta casa modesta. Mas tive uma vida rica e descobri coisas que jamais poderia ter imaginado.

Tem gente que diz que esta ilha é mágica. E você vai ouvir histórias e lendas estranhas. Nem todas são verdadeiras. Mas há mais coisas nesta vida do que nós sabemos. E nossa mente é mais poderosa do que imaginamos.

Independentemente de você usar esta casa para passar férias ou para morar, tente visitar todos os lugares bonitos. Aqui vão minhas dicas:

Deixe-se perder pelas vielas de Dalt Vila — o centro histórico da Vila d'Eivissa, ou cidade de Ibiza, empoleirado no alto da montanha, atrás das muralhas fortificadas.

Faça uma caminhada pela antiga trilha dos peregrinos, de Cala San Vicente até a Gruta de Tanit.

Veja os cavalos no santuário de Es Murta.

Vá para o norte, cercar-se de pinheiros.

Veja os flamingos em Ses Salines.

Visite o mercado hippie de Las Dalias — o diurno, não o noturno, que vira uma rave — e mande lembranças para minha amiga Sabine.

Pegue um barco até Formentera e observe o farol.

Beba um shot de Hierbas Ibicencas num bar de um vilarejo no alto da montanha.

Ouça os tambores na praia de Benirràs, ao pôr do sol.

Faça compras na mercearia de Santa Gertrudis. Eles são muito legais por lá.

Vá de carro até a antiga fonte de pedra conhecida como Font de Peralta para ver a tradicional "dança camponesa" de Ibiza — o ball pagès —, cheia de pessoas com roupas coloridas, pulando e girando ao som das castanholas.

Dance você também. Só uma vez. Aqui, a idade não importa nem um pouco.

Divirta-se.

Ah, e o mais importante de tudo: passe na Atlantis Scuba, em Cala d'Hort. Diga pro Alberto que fui eu que te mandei. Ele não vai cobrar nada de você. Vá ver o prado de ervas marinhas. É o organismo vivo mais antigo da Terra.

E, por favor, quando estiver lá, mantenha a mente aberta. Qualquer mudança que acontecer será para melhor. Confie em mim.

Um beijo, da sua amiga do passado,

Christina

P.S.: O Fiat Panda branco estacionado do lado de fora também é seu. A chave está na gaveta da cozinha.

Satisfação

Era uma carta fascinante. Toda carta que te deixa um carro de presente no *postscriptum* tem o seu valor. Mas preciso confessar que me deixou exausta. E preocupada. E ainda mais confusa que antes.

Não me resta muito tempo...

Isso esclarecia uma coisa, percebi, com o coração batendo acelerado. Christina *sabia* que ia morrer. Mas não mencionou nenhuma doença, nem deu qualquer outra explicação, e a carta não se parecia em nada com um bilhete de suicídio.

Alguém uma vez me disse que o jeito de morrer feliz é morrer realizado. Viver como se você estivesse comendo uma refeição deliciosa. Devorar e saborear cada prato, para terminar satisfeito e tendo aproveitado cada garfada, mas sem ficar muito triste por ter acabado. Parece que, depois de uma entrada medíocre, Christina pode ter tido um prato principal e uma sobremesa saborosos e deixado este planeta satisfeita.

Reli as recomendações dela. Por algum motivo, senti que eram mais do que dicas. Senti que sinalizavam algo que eu ainda não era capaz de entender. Então, embora eu não estivesse nem um pouco interessada em dar uma de turista, considerei levar a sério o que ela dizia na carta — ou havia deixado nas entrelinhas. Li mais uma vez suas dicas.

Tive de descartar várias coisas de cara. Por exemplo, eu não iria mergulhar de jeito nenhum. Com certeza não era aconselhável iniciar essa atividade aos 72 anos. Outra coisa era que, mesmo com as minhas pernas novas, eu duvidava muito que voltaria a dançar. Afinal, desde 1992 eu não dançava.

Que ervas marinhas que nada. A sensação que dava era que *eu* era o organismo vivo mais antigo da Terra.

A parte que mais saltava aos olhos era o trecho "mantenha a mente aberta".

Acho que é uma coisa normal de se dizer. Principalmente depois de ter sugerido que eu mergulhasse. Mas isso e a referência a algumas das estranhas histórias e lendas serem verdadeiras e os livros esotéricos espalhados pela casa me fizeram me perguntar se Christina tinha se mudado para Ibiza, usado drogas demais e se metido com alguma baboseira mística. Eu me lembrava muito bem de que ela acreditava piamente nos signos do zodíaco.

Eu estava sendo preconceituosa. Um mau hábito que acabei cultivando depois de passar tempo demais mofando sozinha em casa.

Então tentei me acalmar, fui para o quarto e desfiz a mala. O armário, como o restante da casa, era meio velho. A madeira estava toda arranhada.

O primeiro item que tirei da mala foi um roupão. Eu diria que ocupava uns vinte e oito por cento da bagagem. Era o roupão do Karl. Eu não consegui deixá-lo em casa nem me desfazer dele. Precisava daquilo, mesmo no calor do Mediterrâneo. Depois que ele morreu, eu enfiava a cara no tecido com frequência. E vestir o roupão era a coisa mais próxima de um abraço de Karl. Ridículo, eu sei, mas, depois de determinado ponto na vida, tudo é ridículo. Também havia levado comigo o desenho do azulão feito por Daniel. O que ele me deu de presente no Dia das Mães. Tínhamos mandado emoldurá-lo muitos anos atrás, e eu quis trazer uma coisa dele comigo.

Há algo terapêutico em desfazer a mala, Maurice. Sempre que você chegar a um lugar novo, recomendo desfazer a mala com muito esmero. Dá uma sensação de ordem e ritual ao novo. Então arrumei as minhas roupas com o mesmo cuidado com que prepararia uma cerimônia do chá para um imperador da dinastia Ming. Não sei por que fiquei surpresa ao ver as roupas de Christina no armário. Talvez tenha imaginado que alguém teria ido lá dar um rumo para elas.

Eram coloridas, do tipo que desapareciam rapidamente das araras de brechós beneficentes quando os estudantes chegavam. Era triste ver aquelas roupas caleidoscópicas ali, um leque de fantasmas coloridos. Um espectro de personalidades que nunca conheci. E então, depois que arrumei todas as minhas roupas lá dentro, percebi como eram monótonas. Tudo em tons de creme, coral e lilás, contrastando com o índigo e o amarelo das roupas dela. Parecia errado colocar nossas roupas lado a lado. Como se eu tivesse acabado de botar purê de batata numa salada de frutas.

Então me deitei na cama e tentei tirar um cochilo, mas não consegui. Na verdade, acho que adormeci por alguns segundos, mas logo acordei, toda doída, com as costas pouco habituadas ao colchão e a cabeça tentando desvendar o que ela quis dizer quando escreveu *mantenha a mente aberta*.

Os carros passavam acelerando pela estrada, uma espécie de ruído branco que eu achava tranquilizante. E eu precisava ser tranquilizada enquanto me perguntava o que diabos teria acontecido com Christina e por que ela havia me escolhido.

É difícil explicar como eu estava me sentindo.

Vulnerável, acho. E sozinha.

As casas noturnas, as boates na praia, as *villas* luxuosas, os bares voltados para o pôr do sol, os retiros de ioga, os grandes hotéis e os restaurantes com estrelas Michelin pelos quais a ilha ficara famosa podiam muito bem estar em outro universo.

Necessidade

Eu precisava sair de casa. Precisava descobrir o que tinha acontecido com Christina.

Um terço cheio

Eu me sentia insegura. E essa insegurança aumentou a ponto de eu ter de prestar atenção na minha respiração só para confirmar que eu existia de fato.

Uma parte de mim se perguntava se eu estava envolvida em alguma pegadinha bem elaborada. Afinal, se ela tinha a mim em tão alta conta, por que não entrou em contato comigo enquanto estava viva?

As possibilidades se espalhavam como vetores. Fiquei tonta. E meu estômago me lembrou de que a última coisa que eu tinha botado nele fora uma tigela de cereal em Lincoln. Eu precisava comer alguma coisa, ou pelo menos ir ao mercado.

Notei o vidro de azeitona perto da porta de novo. Exatamente onde eu o tinha deixado. O mesmo vidro, na mesma posição, a tampa fechada. Mas ainda havia água dentro. Eu podia jurar que tinha jogado tudo fora. Mas não. Lá estava. Um terço cheio.

Um pensamento que já não era novidade para mim me ocorreu: eu estava perdendo o juízo.

Velhice, suspirei, saindo para o sol da tarde. E me esforcei ao máximo para me convencer de que não podia haver nenhuma outra explicação.

Matemática

Não tenho muito talento para acreditar em misticismo.

Acho que é por ter tido uma criação católica e uma vida cheia de orações não atendidas. Não chegaria ao ponto de dizer que sou absolutamente avessa à religião. Mas, mesmo quando era mais nova, anos antes de Karl e Daniel, cansei de procurar respostas onde nenhuma poderia ser encontrada.

Talvez por isso eu amasse a matemática.

Saber matemática de verdade é *saber* a única coisa que se pode *saber de fato*. Política, sociologia, história e psicologia têm fatos que você precisa *interpretar*. Mas, na matemática, fatos são só fatos. Não tem discussão. Não existe álgebra de esquerda, nem de direita. Não existe pecado na geometria, nem culpa na trigonometria.

A matemática é a pureza da paz. Só que, obviamente, é tão misteriosa e enigmática quanto a vida, e esperar que ela — ou qualquer coisa — se adaptasse ao que eu queria foi um erro. E essa é a coisa mais brutal de todas. Quando o mundo lógico que almejávamos se desfaz em pó diante dos nossos olhos.

Uma nova teoria do infinito

Estou te contando isso pelo que vem a seguir, para você entender o meu ponto de vista. Não sou propensa a absurdos implausíveis. Acho que o homem pousou na Lua, e que a Terra é, *grosso modo*, uma esfera. Não acredito em cristais e nem quero atribuir cada estado de espírito a uma das luas de Júpiter ou a Mercúrio estar retrógrado. Eu nem tenho velas.

Mas também sou uma pessoa que hoje percebe que a compreensão humana do mundo é muito limitada, e que não acreditar em coisas que não se encaixam em nossa visão de mundo é uma forma de preconceito. *O que estou dizendo* é que às vezes não conseguimos aceitar a verdade que está bem na nossa cara. E que às vezes os loucos de uma época se tornam os sábios da seguinte.

Digo tudo isso porque, ao ler as próximas páginas, você pode acabar concluindo que eu endoidei. Então, por favor, lembre-se do que aconteceu com Georg Cantor.

Como você está cursando matemática, tenho certeza de que já ouviu falar dele.

Acho que eu até costumava mencioná-lo nas minhas aulas. O sujeito que, no fim do século XIX, criou a Teoria dos Conjuntos. Enfim, quando ele provou que, tecnicamente, havia tamanhos diferentes de infinito, foi tachado de herege. Georg Cantor foi criticado, condenado ao ostracismo, virou motivo de chacota. E não aguentou. Desmoronou por causa do que tinha descoberto. Ele teve o próprio sistema de crenças questionado. Deixar de acreditar num único infinito era acreditar no impossível. Foi um colapso nervoso atrás do outro. Georg Cantor terminou a vida num hospício. Mas estava certo. Matematicamente, pelo menos. Existem diferentes tamanhos de infinito. Mas foi preciso muito tempo para todo mundo enxergar o que ele estava vendo.

Não sou nenhum Georg Cantor. Mas também tive a minha visão de mundo virada de cabeça para baixo recentemente, e precisava contar isso para alguém. Eu também vi coisas que me desafiam profundamente. Você me mandou o e-mail na hora certa, porque acho que minha necessidade de contar esta história coincidiu com a sua necessidade de encontrar respostas.

Então, a questão é, você está pronto para uma nova teoria do infinito?

Santa Gertrudis

O carro da Christina era uma lata-velha. Fiquei sentada dentro dele um tempo, sentindo o cheiro do estofado velho, procurando pistas sobre a vida dela. Não havia nada além de uma garrafa vazia de refrigerante de limão diet e um pacote de biscoitos pela metade no porta-luvas. Liguei o rádio. Vozes rápidas em espanhol intercaladas com jingles e depois um rap. Eu me perguntei se aquele seria o tal do 21 Savage, o rapper do qual o garoto no avião falava. Desliguei o rádio, suspirei e liguei o carro.

Eu nunca tinha dirigido fora da Inglaterra na vida. Era meio assustador. No início, fiquei muito confusa. Antes de sair, eu havia digitado no celular "mercearia Santa Gertrudis". O telefone ficou sem sinal, e logo esqueci o que tinha visto no mapa. Então fui só seguindo as placas para Santa Gertrudis, avançando no asfalto grafite, tentando me lembrar de que lado das faixas brancas eu deveria ficar.

Logo descobri que Santa Gertrudis era um lugar muito bonito. Ruas largas, casas geometricamente harmônicas, prédios caiados de branco, mais buganvílias cor-de-rosa e cafés cheios de gente descontraída. Tudo perfeitamente projetado para combinar com o céu muito azul lá em cima. Fui dirigindo a esmo. Passei por um café vegano, um estúdio de pilates e, por fim, uma loja que parecia vender comida. Uma vitrine exibia cartazes anunciando cerveja e azeite. Estacionei junto ao meio-fio, num ângulo que Pitágoras teria achado interessante.

Percorri os três pequenos corredores com uma cesta. Era um mundo totalmente inédito para mim. Eu me senti de novo na pele de uma universitária aprendendo a pensar nas coisas de que a gente precisa para viver. Por décadas eu vinha funcionando no piloto automático. Desde que enviuvei, era raro eu fazer alterações nas compras semanais. Era muito assustador começar do zero. Fiquei andando pela loja. Havia plaquinhas com coisas escritas em giz acima das mercadorias. *Frutas y verduras ecologicas*, por exemplo, sobre as caixas de papelão com nectarinas, cogumelos e os tomates mais carnudos que já tinha visto. Botei um dos tomates na cesta e segui pelo corredor. Logo me deparei com uma máquina peculiar ao lado de uma pilha de garrafas vazias. A máquina tinha uma calha de metal em espiral que descia até um cilindro transparente. Ao lado, havia muitas laranjas. Enfiei algumas na calha e fiquei esperando pacientemente, enquanto o suco escorria devagar para dentro da garrafa que eu segurava. Depois de alguns poucos minutos, eu tinha em minhas mãos uma garrafa de suco de laranja (muito) fresquinho. Então terminei de encher a cesta com uma baguete, queijo, biscoitos, café, detergente, sabonete líquido, papel higiênico, uma garrafa de gim e água tônica. Em meio ao zumbido das geladeiras e do ventilador, e da música pop agitada tocando baixinho no rádio, tive uma conversa com a moça animada do caixa, cujo crachá dizia *Rosella*.

A loja estava vazia, e Rosella obviamente queria bater papo. Seu inglês era ótimo. Tinha morado uns dois anos na Inglaterra — em Brighton —, e depois voltou para casa.

— Esta ilha é um ímã — comentou ela, passando o café pela máquina registradora. — Já ouviu falar de Es Vedrà?

— Es Vedrà? Não. Acabei de chegar.

— Ah. Es Vedrà é uma rocha. Uma rocha grande no meio do mar. Dá pra ver lá de Cala d'Hort. Uma praia no sul.

Lembrei da estranha sensação que tinha experimentado ao olhar para a ilhota alta e rochosa da janela do avião.

— Acho que vi do avião.

Ela fez que sim.

— É. Dizem que é o terceiro ponto mais magnético da Terra. Tem alguma coisa de especial lá.

— Ah, é?

— É. Es Vedrà tem histórias boas e ruins. Há muitos anos, um eremita morava lá. Numa caverna. Um homem religioso. Um padre. Ele escreveu sobre as luzes que viu na água. Luzes que iluminaram o mar inteiro. E, desde então, essas luzes já foram vistas em outras situações. Uma vez, quase causaram um acidente de avião… E agora a rocha está emitindo uma vibração estranha. É meio assustador, às vezes. Eu sempre fico com a impressão de que tem alguma coisa lá. Dentro da rocha.

Era uma conversa bem dramática para se ter numa mercearia. Tentei ser educada.

— Ah, okay. É uma ilha interessante.

A mulher que vendia o futuro

Notei uma pequena tatuagem preta no braço de Rosella. Um círculo e uma linha horizontal que se apoiavam no vértice superior de um triângulo. Das extremidades da linha horizontal subiam dois traços verticais curtos, um de cada lado. Como a representação mais simples e esquemática de uma pessoa levantando as mãos.

Nunca fui muito de tatuagem. É uma coisa de geração, acho. Na minha época, ter tatuagem significava que você era marinheiro ou que tinha sido preso, ou era algum tipo de mau elemento. Karl gostava, ou fingia que gostava, mas nunca se atreveu a fazer uma.

Ela seguiu meu olhar. Desejei não ter parecido muito preconceituosa.

— É o símbolo de Tanit — explicou. — A deusa da lua. — Lembrei da referência à Gruta de Tanit, na carta da Christina. Depois eu descobriria que Tanit era muito importante em Ibiza. A deusa púnica da lua, sim, mas também da chuva, da fertilidade, da dança, da criação, da destruição e de mil outras coisas que deviam incluir conversas em mercearias. — Os povos antigos acreditavam que ela protegia a ilha.

— É adorável — falei. Feito a velha que eu era. Vi uns panfletos coloridos ao lado do caixa, anúncios de boates.

E então ela disse algo que eu não esperava. As palavras tão fortes quanto um farol.

— Você é a Grace, não é?

Tentei agir com naturalidade.

— Ah, sim. Sou eu. Como você sabia?

— Ela me disse que você viria.

— Quem? — perguntei, feito uma idiota.

— Christina.

— Christina, claro.

— Antes de morrer.

— Lógico. — Eu estava tão atordoada que repeti. — Lógico.

Ela parou de passar as minhas compras e me encarou.

— Ela adorava o mar. Adorava mergulhar. Fazia só uns poucos anos que tinha começado. Um acidente tão trágico.

— Na verdade, eles ainda não sabem direito o que…

— Ela me pediu pra ser legal com você. Disse que você é especial.

— Certo. É... Bem, fazia anos que a gente não se via. Décadas. Nunca fomos muito íntimas… você a conhecia bem?

O que eu queria mesmo era perguntar: "Você sabia que ela ia morrer?" Afinal, eu tinha viajado para a ilha *porque ela tinha morrido*. Herdei a casa *porque ela tinha morrido*. E a própria carta da Christina dava a entender que ela sabia que ia morrer. Mas não dava nenhuma pista de como. Se Christina sabia que a morte estava próxima, e ainda assim a polícia espanhola continuava investigando o caso, isso sem dúvida levantava uma série de questões.

Eu tentava organizar tudo na cabeça, encontrar um sentido. Era como tentar provar a hipótese de Riemann ou a conjectura de Goldbach. O cérebro dava um nó.

— É. Tinha muito tempo que ela morava na ilha. Esta loja é dos meus pais. Ela vinha aqui desde que eu era pequena. E, antes de morar aqui, acho que morava em Sant Antoni. San Antonio. Nós chamamos assim em catalão e espanhol. Mas vocês, britânicos, dizem apenas San Antonio. Ela cantava num dos hotéis. Cantava muito bem. E sempre vinha aqui. A Christina era ótima. Tinha uma aura em torno dela. Mas nos últimos tempos não vinha com tanta frequência. Não desde que começou a trabalhar no mercado hippie.

— Las Dalias — falei, me lembrando da carta da Christina.

— Isso — respondeu ela, registrando o suco de laranja fresco. — Ela passava muito tempo lá.

— E o que ela vendia?

— *El futuro.*

— Oi?

— O futuro...

— Não entendi.

Rosella riu.

— A Christina virou... virou... — Ela ficou tentando encontrar o jeito certo de se expressar, e fez um gesto entusiasmado no ar, como se as palavras fossem animais de estimação que poderiam vir quando chamadas. — Paranormal.

Por alguma razão, isso não me surpreendeu tanto assim. Afinal, eu tinha visto aquele livro na casa dela. E, como falei, Christina havia sido professora de música. Na minha experiência, eles são meio propensos a excentricidades. E os que se mudaram para Ibiza no final dos anos 1970 sem dúvida eram mais propensos que a média.

— Uma vidente?

— Isso. Vidente. Acho que era mais para os turistas. E não para os moradores daqui. Nunca conversei muito sobre isso com ela.

— Ah. Certo. — E então, do nada, fiz uma pergunta, por instinto. — Ela falou pra você que ia morrer?

— Não! — respondeu Rosella, depressa. E então torceu o canto da boca, numa expressão de ceticismo. — Não.

— Mas falou que eu vinha?

— *Sí.* Falou que você chegaria para ficar na casa. Ela fez uma descrição sua e me pediu pra ser legal.

Velha, imaginei. *Ela disse que eu era velha.*

— E como ela estava quando você a viu pela última vez?

— Bem. Silenciosa. Mas bem.

Entrou uma cliente na loja. Uma mulher com um vestido branco esvoaçante, carregando uma bolsa de palha.

— *Hola*, Camila — cumprimentou Rosella, enquanto eu arrumava as compras.

Elas conversaram um pouco em espanhol ou catalão, ou nas duas línguas. E então Rosella se virou para mim e continuou registrando as compras.

— Quem era o marido dela? — perguntei.

— Johan. Ele era só um velho hippie holandês. Faz tempo que se separaram. Ele voltou pra Amsterdã. Acho que foi quando ela parou de cantar. — Então Rosella soltou uma bomba. — Ela teve uma filha, no início dos anos 1990. Com o Johan. Ela mora em Amsterdã.

Lembrei da foto da menina na parede. Segurando um ursinho de pelúcia.

De novo, me veio o mesmo pensamento de antes. *Por que eu? Por que Christina não deixou a casa para a filha? Ou pelo menos para alguém íntimo o suficiente para saber que ela era mãe?*

— Ela via a filha?

Rosella sorriu, passando o último item. Fiquei com a sensação de ter contado uma piada, sem nem me dar conta.

— *Todo mundo* vê a filha dela.

— Desculpa, não entendi.

E então Rosella indicou algo na rua, pela vitrine da loja.

— O nome dela é Lieke. Lieke van der Berg. Ela é muito famosa. Trabalha com música. É DJ. Ainda mora em Amsterdã, mas todo verão vem pra Ibiza. É ela… *ali*.

Rosella apontou de novo. Olhei pela porta de vidro para os dois outdoors na rua. O mais próximo tinha uma foto do rosto de uma moça de cabelo curto e descolorido, iluminada com uma luz azul exótica.

LIEKE. AMNESIA. TODA QUARTA-FEIRA.

— Este ano, ela está tocando na Amnesia. — Rosella presumiu, corretamente, que eu não sabia o que era Amnesia. — É uma das maiores boates.

Fiquei encarando o outdoor mais um pouco. Tirando um ou outro detalhe, podia ser a Christina de 1979. Talvez a ambição de virar Blondie tenha sido alcançada pulando uma geração. E talvez fosse esse o motivo de a casa não ter sido deixada para ela. Uma celebridade não precisava de um casebre de beira de estrada.

— Ah. Uau. Então ela é importante.

— E muito. Mas acho que a Christina não pensava assim.

— Ah, a Christina não se dava bem com ela?

Rosella deu de ombros.

— Não sei. Acho que tinha algum ressentimento. Acho que elas se distanciaram. Quando falava da filha, era sempre com lágrimas nos olhos. Ela disse que tentou entrar em contato com ela. Família, né?

— É. Família.

Algo se ergueu das profundezas. A véspera do funeral do meu filho. Karl com lágrimas nos olhos, batendo com força a porta do armário da cozinha. *"Por que você não ficou de olho nele?"*

— Acho que mergulhar a deixava feliz. Você já mergulhou?

A pergunta me deixou constrangida. Não sei por quê.

— Não. Não.

— Christina dizia que não tem nada mais relaxante no mundo do que mergulhar. Na água, você esquece tudo. Ela disse que achava que você ia adorar.

Foi um comentário curioso. Quer dizer, por que Christina tinha pedido a uma caixa de supermercado — uma pessoa que falava fluentemente a minha língua — para me convencer a mergulhar? Parecia um pouco demais. Quase uma armação. Mas eu não podia imaginar com que objetivo. Rosella, no entanto, soava natural e calorosa.

— Eu tenho 72 anos. Sou muito velha. Esqueço as coisas só de acordar.

Rosella riu, mas carinhosamente.

— Não! — Ela falou algumas palavras em espanhol. — Que isso! Muito velha? Você sabe nadar?

— Eu adorava nadar. Mas já faz muitos anos. — Então tentei um pouco de espanhol. — *Muchos, muchos años.*

— Então pronto. Se você sabe nadar e sabe respirar, pode mergulhar. Você ainda parece bem forte.

Ela estava me tratando feito criança, mas com muita delicadeza, então acabei entrando no jogo.

— Pareço, é?

— *¡Sí! ¡Está claro!* Você veio sozinha?

— Vim — respondi. E a tristeza ficou evidente. Transpareceu no meu rosto e nos meus olhos. O luto é um dilúvio que atravessa o corpo e faz os outros se esquivarem. Ou no mínimo encerra o assunto.

Rosella pareceu perceber. Ela ficou pouco à vontade. Meu constrangimento refletido nela.

— Deu 47 euros e 49 centavos.

Peguei a carteira que Karl tinha comprado para mim muitos anos antes, a de tecido, que um dia foi de um tom forte de vermelho, mas tinha virado um rosa desbotado.

— Mas, se você for mergulhar, não vá à Atlantis Scuba. Era lá que a Christina ia. Mas ela era a única pessoa que gostava daquele lugar. O dono é um louco.

— Um louco?

— É. Alberto Ribas.

Alberto Ribas.

O pirata sorridente.

A espanhola que falou com Rosella ao entrar na loja surgiu atrás de mim na fila. Decidi não me demorar mais.

— Foi um prazer te conhecer — falei.

Rosella sorriu.

— Foi um prazer conhecer você também. *Chao.*

Saí da loja para o calor da tarde perfumada pelos pinheiros e fitei a foto imensa da DJ holandesa, me perguntando o que teria acontecido com a mãe dela.

A flor amarela

Quando voltei para casa, notei uma planta crescendo na frente da porta. Era comprida, batia quase no meu joelho, com pétalas amarelas finas, bem no meio do caminho cheio de areia que levava à porta.

Embora imponente, era uma flor bonita e delicada demais para estar ali sozinha. Não parecia ser uma erva daninha.

Na verdade, ervas daninhas não existem. É só uma questão de percepção. Quem não gosta de um dente-de-leão crescendo no seu gramado chama a planta de erva daninha só de birra, porque nós, seres humanos, temos que separar tudo. Nós/eles. Matemática/poesia. Erva daninha/flor.

Mas o que estou querendo dizer é que não era o tipo de planta que as pessoas chamariam de erva daninha. Era uma flor que as pessoas decidiam plantar. Mas por que Christina, ou qualquer pessoa, plantaria uma flor num solo árido, bem na frente de uma porta? E, o que era mais importante, por que eu não tinha reparado naquilo antes?

Tirei uma foto e mandei por WhatsApp para minha cunhada, Sophie, na Austrália. Além de ela ter uma loja de flores, a sócia dela era formada em botânica. Talvez as duas soubessem me dizer o nome da flor. Eu precisaria cuidar das plantas da casa, se fosse ficar ali.

Ao entrar, notei outra coisa.

O vidro com água do mar estava cheio. E não mais um terço cheio. *Cheio.* Sem dúvida havia uma explicação racional. Mesmo com a tampa bem fechada, olhei para o alto procurando algum sinal de um cano vazando. Mas não havia nada além do teto seco, e não tinha chovido.

No entanto, ali estava. Um vidro de azeitona que, de alguma forma, se enchia sozinho com água do mar.

Uma espécie de evaporação reversa, uma condensação extrema que — ao menos segundo as leis da natureza que eu conhecia — era impossível. Novamente tive a sensação de que alguém estava me pregando uma peça.

Como eu já disse, na minha juventude, além do meu querido Alexandre Dumas, eu lia muito Sherlock Holmes. Os romances e os contos. No livro mais perfeito de todos, *O signo dos quatro*, tem uma frase famosa, quando Holmes diz para o Watson que, quando "eliminamos o impossível, o que resta, por mais improvável que seja, deve ser a verdade".

Então isso era o que eu tinha diante de mim. Nenhuma das explicações para o fato de um vidro de azeitona se encher de água sozinho era possível. Portanto só me restavam o ilógico e o improvável. E tenho de confessar que eu não gostava nem um pouco daquilo.

A batida à porta

Eu estava com fome e precisando de uma bebida.

Comi pão com queijo e bebi um gim-tônica. Estava no pequeno sofá de Christina, assistindo, sem prestar muita atenção, a uma versão dublada de *Indiana Jones e a última cruzada*. Sempre gostei da cara do Harrison Ford. É convidativa. Igual a um chinelo velho. Estrelas de cinema têm isso. As boas se tornam tão familiares que é como se as calçássemos sempre que as vemos. Elas cobrem alguma parte solitária da gente. Nos aquecem.

Daniel adorava o filme anterior na série: *Indiana Jones e o templo da perdição*, sobretudo a cena do banquete, quando aparece um olho na sopa. Esse e *O retorno de Jedi* eram os preferidos dele. Assistir ao filme era acompanhado de um toque de melancolia. Os filmes dos anos 1980 podem já ter quatro décadas, mas são também — na minha opinião — bem modernos.

Em casa, muitas vezes eu botava um filme antigo. Alguma coisa em preto e branco, de outro mundo. *A princesa e o plebeu. Aconteceu naquela noite. Jejum de amor.* Ou, se estivesse querendo um pouco de Technicolor, *Sinfonia de Paris.* Clássicos de verdade, que você ainda é novo demais para ter visto, imagino. Eu gostava de ver coisas de antes de conhecer o Karl, de antes de ser mãe, às vezes até de antes de eu nascer. Era um pouco como deixar de existir por um tempo. Ir para outro mundo, antes de minha dor começar.

Enquanto eu assistia ao filme, aconteceu uma coisa que me fez pular do sofá.

Alguém bateu à porta.

Devia ser bem tarde, pois estava escuro lá fora, e estávamos em junho. Quando o sol demorava a se pôr. Mas acho que Ibiza não entende muito bem o conceito de "tarde".

Abri a porta e me deparei com um homem. Um homenzarrão, de ombros largos. Os braços eram puro músculo. Tinha um olhar de búfalo. Cabelo descolorido e uma tatuagem de crucifixo ou punhal perto do olho esquerdo. Havia nele uma energia perigosa e espasmódica. A pele era uma tapeçaria de cicatrizes. Dava a impressão de ter mais de dois metros de altura. Era como se uma rocha tivesse ganhado vida com a ajuda de um pote de creatina. Ele parecia ter se esforçado muito para obter aquela aparência intimidadora. E mantinha uma das mãos às costas. Eu me perguntei se estaria segurando uma arma.

— Você não é a Christina — disse ele. Era inglês. De Londres. Ou Essex.

— Sinto muito — respondi. — Não, não sou.

— Cadê ela?

— Não está. — Eu não queria dizer que ela havia morrido. Não queria falar nada para ele.

O homem sorriu. Um sorriso bem tímido.

— Diz pra ela que o Frankie veio aqui. Diz que ela estava certa. Que acertou tudo. Agradece por mim. E isso é pra ela.

Ele tirou a mão que mantinha atrás das costas e a estendeu para mim. Senti um frio na barriga, como se estivesse passando em velocidade por uma ponte arqueada. Mas, quando vi o que ele segurava, ri de alívio. Era um pacote de ursinhos de gelatina Haribo.

— Ela disse que os doces são seu "prazer culposo" — comentou ele, com um sorriso gigante. — Ursinho amarelo de abacaxi é o preferido dela. Tem uns aí. Só como forma de agradecimento.

— Certo — falei. E estava prestes a contar a verdade sobre Christina, mas ele já tinha me dado as costas. — Obrigada — acrescentei.

E, enquanto o portão de metal se fechava atrás dele, me senti culpada por tê-lo julgado. Ouvi uma porta de carro batendo. E então uma música eletrônica retumbando feito um batimento cardíaco bem alto.

La vida imposible

Entrei na internet.

Eu tinha botado o computador na mala. O laptop com dez anos de uso, com um adesivo da Harley-Davidson. Tinha sido do Karl — o adesivo da Harley-Davidson era para dar um toque radical à sua vida de engenheiro civil —, então trocar por um mais novo parecia uma traição. Não que ele algum dia tenha tido moto.

Digitei "Christina van der Berg" no Google.

No site do *Diario de Ibiza*, vi a matéria que Pau, o taxista, havia mencionado. Quando traduzi o texto, a frase "desaparecida, dada como afogada" saltou aos olhos. Ela havia marcado um mergulho à meia-noite na Atlantis Scuba e não voltado dele. Alberto Ribas foi interrogado e solto em seguida.

Acrescentei a palavra "vidente" à busca, e só apareceu uma menção, numa lista de barracas do mercado de Las Dalias, então voltei a pesquisar só o nome dela.

Surgiram algumas coisas. Quase todas relativas ao fato de que, muitos anos atrás, ela cantava num hotel chamado Buenavista, em Santa Eulalia. Havia uma foto dela numa boate chamada Ku, em 1986, e outra, tietando Freddie Mercury — diferente daquela pendurada na parede, mas sem dúvida tirada na mesma noite. Ao que parece, foi na festa de 41 anos de Freddie Mercury, no Pikes Hotel, e ela foi uma das várias artistas locais a se apresentar naquele evento. Nessa foto, estava com um pequeno chapéu-coco, igual a Sally Bowles, em *Cabaret*. Acabei descobrindo que era o mesmo lugar onde o grupo pop Wham! havia filmado o clipe de "Club Tropicana" alguns anos antes. Parecia um mundo muito glamouroso.

Continuei pesquisando, sentindo orgulho dela. No Instagram, no perfil "Ibiza Nostalgia", achei uma menção a ela e a uma amiga numa boate chamada Glory's, nos idos de 1981.

Era exatamente a Christina da minha memória, mas com um pouco mais de maquiagem e o cabelo produzido. Depois, uma foto dela mais grisalha, no *Diario*. Estava ao lado de duas pessoas, segurando uma faixa que dizia "PETRÓLEO NÃO". O texto do artigo estava em espanhol, então coloquei no Google Tradutor e vi que era sobre protestos realizados na cidade de Ibiza, em 2014, contra o plano de uma empresa petrolífera escocesa de perfurar poços de petróleo na costa da ilha. Um plano que, segundo as minhas pesquisas, nunca se concretizou porque as manifestações foram bastante expressivas. Dez mil pessoas em passeata pela cidade. O mesmo número que havia protestado contra um campo de golfe em Cala d'Hort alguns anos antes. Havia também outra menção a ela relacionada a uma manifestação contra um hotel em Cala Llonga.

Tentei outra coisa. Digitei "Alberto Ribas". Encontrei uma menção a ele num blog chamado *O cético errante*, num artigo intitulado "Cientistas que perderam o fio da meada":

> *Alberto Ribas.* Esse outrora respeitado biólogo marinho formou-se em oceanografia pela Universidade de Vigo, antes de lecionar nos Estados Unidos, na Universidade da Califórnia, e posteriormente em diversas universidades espanholas e sul-americanas.
>
> Ribas foi uma das primeiras pessoas a chamar atenção para o perigo dos microplásticos no oceano e é autor de vários livros, sobre diversos assuntos, de algas a tartarugas marinhas, passando pelo ecossistema de recifes de coral. Ele foi amplamente desacreditado depois de publicar um artigo sobre *Posidonia oceanica*, os prados de ervas marinhas de Ibiza e Formentera. O artigo concluiu que as ervas marinhas conseguiram

viver como um único organismo por mais de 100 mil anos por causa de uma "presença peculiar e etérea na água da região, que se manifesta ocasionalmente como uma luz atípica com propriedades não naturais, sem relação com as algas e que não parece ter origem terrena".

A crença de Ribas de que alguma força extraterrestre habita o Mediterrâneo o levou a ser expulso da Sociedade Internacional de Biologia Marinha, em 2016, e a perder o posto na Universidade das Ilhas Baleares, em Palma de Maiorca, quando estudos independentes subsequentes não encontraram evidências que corroborassem as suas alegações. O Dr. Ribas, no entanto, redobrou seus esforços e publicou por conta própria um livro chamado *La vida imposible*, alegando ter provas de muitas ocorrências de formas de vida que os cientistas consideram "impossíveis" de haver aqui no planeta Terra, sobretudo nas Ilhas Baleares.

Certo, pensei. Um louco. Um dos malucos de quem o taxista havia falado. E talvez Christina fosse louca também, e talvez tivesse sido por isso que ela havia deixado uma casa para mim — uma desconhecida, praticamente.

A pesquisa sobre Alberto Ribas também me levou ao site da Atlantis Scuba.

Ao entrar, vi duas bandeiras — uma da Espanha e outra do Reino Unido. Cliquei na bandeira britânica e entrei na versão em inglês do site, com uma bela foto de dois mergulhadores nadando em águas cristalinas.

"Deixe seus problemas em terra e explore outro mundo", dizia o texto. "Um outro universo de belezas e maravilhas naturais. Um lugar de calma..."

Cliquei em outras fotos. Havia algumas pessoas num barco, com roupa de mergulho. Christina era uma delas.

Estava ao lado de um homem mais velho, de barba. Eu o reconheci da fotografia do autor com cara de pirata na contracapa do livro. Alberto em pessoa. Ele ainda parecia ter sido feito para o mar. Como Christina, exibia um amplo sorriso. Mas havia um possível quê de malevolência em seu olhar. Não sei por quê, mas, só de observá-lo, senti um desconforto. Um texto falava sobre a importância da conservação dos oceanos. Passei mais algumas fotos, sentindo a boca seca.

Uma criatura marinha fluorescente; um mergulhador entrando numa gruta; um polvo; uma moreia; outro mergulhador visitando o naufrágio do *Don Pedro*, a legenda explicando que se tratava de um barco que afundou a poucos quilômetros do Porto de Ibiza, em 2007; um peixe-escorpião laranja, nadando num recife de corais.

E então a foto de uma planta imensa. Um prado de ervas marinhas. Na água mais cristalina e límpida que se pode imaginar, com a luz do sol se infiltrando no oceano e um cardume de peixinhos prateados ao fundo. Era, muito provavelmente, a fotografia mais bonita que eu já tinha visto. Um sentimento fugaz tomou conta de mim. Algo diferente do medo crescente. Algo paralelo a ele. Maravilhamento, acho. Uma coisa intensa e magnética.

Olhei um pouco para a televisão, enquanto o templo do Santo Graal desabava ao redor de Sean Connery e de Harrison Ford, e então voltei ao laptop. Cliquei na foto e foi aí que vi algo novo. Um detalhe pequeno e fácil de passar despercebido. Um minúsculo objeto dourado em meio à erva marinha.

Dei um zoom na imagem.

E foi naquele instante que fiquei com medo de verdade. De estar sozinha naquela casa nova, naquela ilha nova, me sentindo a quilômetros de distância de tudo que eu conhecia, imaginando vidros de azeitona que se enchem de água sozinhos e plantas que aparecem do nada. E então *aquilo*. Algo muito estranho estava acontecendo. Eu não tinha como calcular a probabilidade daquilo, mas devia ser uma em milhões. Ainda assim, lá estava, no fundo do mar. Algo que eu tinha a forte impressão de ter sido meu um dia. A imagem estava nítida o suficiente para que eu visse não só a cor do colar, mas a imagem de São Cristóvão na medalhinha.

Eu não tinha a menor dúvida de que aquele era o mesmo colar que eu tinha dado a Christina em 1979, naquele Natal, brilhando feito uma esperança perdida.

Por favor, fique longe do Sr. Ribas

Sentado atrás da mesa, com uma camisa social verde-selva de manga curta impecavelmente passada, o policial da Guardia Civil, um homem de idade indeterminada, olhava para a carta que Christina havia deixado para mim. Ele mascava um chiclete enquanto lia. Havia um leve brilho de suor em sua testa franzida.

Ele transpirava emoções reprimidas. O homem era como um punho cerrado.

— Eu sei que o senhor ainda está conduzindo uma investigação sobre o desaparecimento da Christina e achei que isso poderia ajudar. Embora não diga muita coisa.

Ele assentiu de leve com a cabeça. Resmungou algo. Então falou comigo num "espanglês" meio impaciente.

— *Es verdad*. Não diz muita coisa.

— Mas diz que ela sabia. Ela sabia que ia morrer… Isso tem que ter alguma importância. Eu também preciso informar que havia um colar na água. Vi numa foto, na internet. Eu que dei pra ela. Era um São Cristóvão.

O policial olhou para mim. Um homem de poucas palavras e gestos. Ele tinha uma cabeça redonda, raspada e não usava barba. Seus olhos cansados eram inexpressivos.

— *Cuando*?

— O quê?

— Quando?

— Não entendi.

Senti a sua frustração. Ele murmurou algo baixinho em espanhol. Então perguntou:

— Quando a senhora deu o colar? — Ele fez a pergunta com relutância, como quem dá moedas para um mendigo.

— Em 1979.

O policial me olhou como se não estivesse entendendo.

— Há 45 anos — esclareci. — Eu dei o colar pra ela há 45 anos. E, pelas fotos, ela o vinha usando desde então.

Não gosto de delegacias. Elas sempre fazem com que eu me sinta culpada.

Ele suspirou e deu a impressão de que eu o estava fazendo perder tempo. Talvez estivesse constrangido por não terem descoberto o que de fato havia acontecido com a Christina. Eu queria muito saber um pouco de espanhol para não parecer uma turista tão ingênua.

— Onde estava a foto?

— Num site. Atlantis Scuba.

Ao ouvir isso, algo brilhou em seus olhos.

— Atlantis Scuba?

— *Sí*. Isso. *Sí*. Do Alberto Ribas. Acho que ela o conhecia bem.

— Hum. Alberto Ribas. — Ele suspirou longamente. — *Pues*. A senhora viu… alguma… outra coisa…?

Eu não ia falar para ele de vidros de azeitona que se enchiam sozinhos com água do mar, nem de flores que apareciam do nada.

— Não.

— Certo.

Houve uma longa pausa. Por um segundo, pareceu que ele ia dizer mais alguma coisa. Sua boca deu indícios de que ia abrir, como um ovo antes de eclodir, mas não saiu nada.

— É só isso? — perguntei, falando bem alto.

O homem me lançou um olhar severo. Tentei uma abordagem mais branda. Do jeito que uma pessoa falaria com um urso-pardo na floresta cujo almoço ela acabou de interromper.

— É que estou preocupada com a minha amiga. Sei que ainda há dúvidas sobre como ela morreu, e tenho certeza de que o senhor está se empenhando...

— A senhora é uma hóspede nesta ilha. É importante lembrar… Esta ilha não é fácil de… — Ele procurou a palavra certa e se decidiu por: — ... ver... Quer dizer, dá pra ver. Dá pra ver… as praias… e as palmeiras… e passar de carro pelas discotecas e os restaurantes. Mas a senhora nunca vai ver esta ilha como uma pessoa daqui. Certo. Obrigado pela sua ajuda, *señora*. Agora, por favor, deixe a investigação com a gente. Vá aproveitar as suas férias.

Ele botou a carta de lado e passou a olhar para o computador.

— O senhor ainda vai precisar da carta? — perguntei.

— *Sí*.

— Certo. Entendi.

Eu ia perguntar se ele podia me dar uma cópia, mas senti que tinha chegado ao fim da minha cota de perguntas.

Era a minha deixa para ir embora. Mas, quando estava prestes a sair daquele ambiente úmido, já com a mão na porta, ele pigarreou.

— Ah, e, *señora*, por favor, fique longe do Sr. Ribas.

Olhei para ele e assenti.

E, naquele momento, era exatamente aquilo o que eu ia fazer.

Anedonia

Tentei ao máximo deixar toda aquela coisa de detetive de lado, desistir de ser Miss Marple por um tempo. Então fiz o que a maioria dos ingleses faz quando vai a uma ilha do Mediterrâneo.

Aproveitei as férias.

E, à primeira vista, foram férias muito boas.

Vi o farol de Portinatx.

Visitei os salares em Ses Salines e caminhei pela praia em Es Cavallet, tentando não me espantar com os nudistas.

Segui a recomendação de Christina e fiz a trilha dos peregrinos, de Cala San Vicente até a Gruta de Tanit, no alto da montanha íngreme, e achei que ia morrer. Alcancei um pequeno grupo de turistas, peguei um raminho de alecrim e ofereci para a deusa retratada no braço de Rosella. Eu me senti meio ridícula, colocando o alecrim ali no pequeno santuário, na caverna.

Atravessei uma ponte levadiça do século XVI e me perdi em meio às ruelas de Dalt Vila.

Vi um homem andando de skate, com o cachorro correndo ao lado. Vi *clubbers* com roupas coloridas. Vi gente andando de kart. Vi gente fazendo trilha nas montanhas. Vi hippies tocando tambor ao pôr do sol.

Fitei as palmeiras.

Comi pão, azeitona e aioli.

Experimentei uma tortinha de queijo com hortelã chamada *flaó*.

Comprei uma casquinha de sorvete esculpido como uma flor.

Vi iates luxuosos e veleiros pequenos.

Fui de um lado para o outro de carro.

Vi montanhas, cavalos, praias, pomares, igrejas, restingas, dunas, grutas, enseadas, falésias, torres de vigia.

Vi uma antiga boate dos anos 1970 abandonada, coberta de plantas e grafite.

Vi o imenso relógio de sol da praia deserta de Cala Llentia.

Aproveitei o sossego entre os pinheiros no pico de Sa Talaia.

Vi um martim-pescador.

Todos os lugares eram lindos.

A maioria, pelo menos.

Mas eu me sentia vazia.

Era um sentimento comum, ou um não sentimento comum.

Anedonia.

Eu estava bloqueada.

Sabe, o problema era o seguinte: eu acreditava de verdade que não era uma pessoa boa, que merecesse ser feliz.

Eu tinha me tornado aquilo que acreditava ser. Um ser humano da pior qualidade. Acreditar que você é uma pessoa má muitas vezes é um prelúdio para fazer coisas ruins. E eu me sentia assim desde a morte do Daniel. Ele tinha morrido num sábado, quando eu não estava onde deveria estar. Ele havia acabado de assistir ao *Superman II* na televisão e saiu na chuva. Ele quis que eu o levasse ao centro da cidade. O pai dele estava no pub, que era aonde ia todo sábado à tarde, naquela época. Mas eu não fui ao centro da cidade, porque estava chovendo e eu *não estava a fim*. Então ele foi de bicicleta, de mau humor, e eu fiquei folheando catálogos de produtos. Eu estava procurando um secador de cabelo, quando meu filho dobrou a esquina da Wragby Road e deu de cara com um caminhão.

E fui eu. A culpa foi minha. Podia muito bem não ter acontecido se eu tivesse simplesmente dito: "Espera, Daniel, deixa eu pegar meu guarda-chuva, e a gente vai junto ao centro da cidade." E essa culpa entrou na minha alma e me convenceu de que eu era falível num nível fundamental. E, quando você acredita nisso, você age assim. Da mesma forma que o

Super-Homem sabe que é ele quem vai evitar que as pessoas caiam nas Cataratas do Niágara, e, portanto, continua fazendo coisas boas, eu era aquela que deixou a pessoa que eu amava mais do que qualquer outra morrer.

Não me entenda mal. Meu talento para me culpar vem de bem antes do Daniel. Eu sempre fui propensa a isso, mesmo quando criança, na escola católica de St. Cuthbert, com minha medalhinha de São Cristóvão. Quando você tem uma infância cercada de santos, é fácil se sentir um pecador. Uma vez, uma professora me disse que, se as suas orações não estão chegando a Deus, é porque elas foram bloqueadas pelo seu próprio pecado. E meus pais — que queriam um menino — sempre me trataram como se eu não estivesse à altura. Mas a morte do Daniel solidificou a culpa como a minha característica definidora. Algo que eu tinha de carregar para sempre.

E então, alguns anos depois que o Daniel morreu — mas, ainda assim, décadas atrás —, eu fiz outra coisa. Fui infiel. E nunca contei para ninguém sobre isso, muito menos para o Karl. E, depois que ele morreu, a culpa só aumentou.

Aidan Jenkins. O Sr. Jenkins. Um professor de história de um tempo anterior ao seu. Depois de se divorciar, ele flertava comigo na sala dos professores, no estacionamento, nos corredores da escola. Ele pressentiu o caos dentro de mim. Sentiu que eu estava num turbilhão constante e que, com o empurrão certo, eu poderia ir em quase qualquer direção. E eu flertei também. Foi tão eletrizante quanto terrível. E, quanto mais eu me repreendia por ser uma pessoa má, mais eu me aproximava. Até que houve o momento fatídico em que nos cruzamos por acaso no almoxarifado.

Foi aí que começou.

Agimos como criaturas clandestinas, fazendo algo indescritível, em meio a pilhas de cadernos, fileiras de grampeadores e cópias sobressalentes de *A longa jornada* e *Admirável mundo novo*. E depois aconteceu de novo. Ele gostava da tensão da situação. Do clichê. Uma realização da fantasia de professores fazendo sexo no almoxarifado.

(Papel passaria a ter cheiro de pecado para todo o sempre.)

Não há desculpas verdadeiras, só sentimentos. O poeta espanhol Federico García Lorca escreveu que “calar e queimar por dentro é o maior castigo que se pode se impor”. E, naquele breve período da minha vida de casada, eu estava queimando por dentro. Não necessariamente de desejo por Aidan Jenkins. Mas por uma fuga. Por *algo* que não fosse luto. Era como se Karl tivesse me deixado, mesmo tendo ficado comigo. Às vezes, ele me culpava. Era como se houvesse uns quinze mil quilômetros entre a gente, mesmo quando estávamos no mesmo sofá. Eu precisava de ar. De alguma coisa. Qualquer coisa que não fosse aquela inércia solitária.

E o Aidan estava solteiro, era bonito e, quando falava, sua voz reverberava pelo meu corpo. Eu a sentia na pele. Sentia algo eletrizante e excitante. Ele também foi muito direto nos sinais que me enviava. Eu era egoísta, estava deprimida e não conseguia lidar com o peso das coisas. Então agi feito uma idiota.

Estou dizendo tudo isso para ajudar você.

Às vezes, para sermos úteis, temos de abrir mão do desejo de que as pessoas gostem de nós.

Então estou aqui para dizer o seguinte: eu gosto de você, você foi um bom aluno, sempre foi legal comigo e com os colegas de turma. Lembro que você possuía um misto de autoconfiança e docilidade. Você nunca teve medo de levantar a mão quando sabia a resposta. E não hesitou quando a turma toda riu do queridinho da professora enquanto recitava π até a trigésima casa decimal. Mas você também era modesto. Você baixava a cabeça. Pedia desculpas quando não precisava. Se desculpava por coisas que nem tinha feito. Eu sempre acho interessante quando as pessoas fazem isso. É como uma admissão de que todos no mundo são um pouco culpados por tudo.

Seu e-mail foi sincero. E eu quero que saiba que gosto de você o suficiente para não precisar que goste de mim também. Quero ser honesta com meus erros para ajudar você a perdoar os seus.

Você escreveu no e-mail que pisou na bola com sua namorada e que ela terminou com você. Foi um comentário meio vago, mas que também me disse tudo. É difícil ser jovem e ter defeitos, ainda mais na era do julgamento. (É lógico que todas as eras são eras do julgamento, pois seres humanos permanecem humanos; é só que mudamos os julgamentos de lugar feito móveis, quando queremos fazer com que um cômodo pareça maior.) A única coisa boa de ter arrependimentos é que não julgo mais os outros com tanto rigor. Cada pessoa neste planeta é um contexto, e nunca dá para ver totalmente as circunstâncias desse contexto. Todos nós somos um mistério, até para nós mesmos. Este mundo pode nos brutalizar de inúmeras maneiras, não apenas as óbvias. Uma pessoa pode parecer inteligente e bem-sucedida, com uma gravata, um sorriso, uma vida brilhante e uma formação acadêmica sofisticada, mas ainda ouvir os abusos do pai distante, berrando no seu ouvido, enquanto bebe ou aposta ou transa para esquecer a dor, incapaz de interromper o ciclo.

Estou aqui para dizer a você que, em algum momento, todo mundo — e digo *todo mundo* mesmo — pisa na bola com alguém. Talvez não de forma tão dramática quanto eu naquele almoxarifado, mas tem um milhão de outras maneiras. No entanto, eu me sinto especialmente culpada. Não só me sinto responsável pela morte do nosso filho, mas fui infiel ao único homem que amei.

Enfim, nunca mais me permiti sentir prazer depois daquele caso. Ou mesmo durante ele. Decidi que tinha esgotado a minha cota. Eu fechava os olhos depois, naquele almoxarifado, e via o rosto ensanguentado do Daniel no asfalto, como se minha alma estivesse resolvendo a equação, cancelando um positivo de um lado e subtraindo do outro. E assim, por anos, eu me impedi, em algum nível profundo, de sentir qualquer tipo de prazer de novo. Até os mais inocentes.

Acho que a grande diferença era que não sentir prazer sentada no sofá de casa era uma coisa, e não sentir quando era *esperado* que se sentisse prazer era outra. E eu nunca tinha ido a um lugar onde o prazer fosse uma coisa tão esperada quanto nesta ilha espanhola.

Em junho, a felicidade é tão comum em Ibiza quanto as equações são em álgebra, mas eu não conseguia sentir nem um pingo dela.

Estava com saudades do Karl. Estava com saudades do Daniel. Estava com saudades de quem eu tinha sido muitas décadas atrás. A pessoa que Christina conheceu. O meu eu que não chafurdava na dor.

Eu me perguntava se aquele eu ainda existia. E se um dia eu o encontraria.

Mercado hippie

Visite o mercado hippie de Las Dalias... e mande lembranças para minha amiga Sabine.

Era o que a carta dizia. Então, por falta do que fazer, foi o que eu fiz.

O mercado estava bem cheio. Era como eu imaginava a São Francisco de 1967. Um monte de gente de olhos esbugalhados. Incenso no ar. Barracas vendendo bijuteria de Bali (entre as quais, "pulseiras curativas de opala"), sarongues indianos, túnicas brancas, saias de flamenco vermelhas e pretas. Numa barraca, alguém oferecia leitura de tarô. Outra pessoa ouvia Joni Mitchell e fumava um baseado de tamanho considerável. Vi uma barraca cheia de roupas. Eram bem coloridas. Do tipo que Christina tinha. Fiquei olhando para um maiô tie-dye. Eu não havia botado maiô na mala. Imaginei como ficaria com aquele. *Ridícula, suponho.* Mas acabei comprando, sobretudo para poder perguntar onde encontrar uma pessoa chamada Sabine.

— Ali — disse o rapaz simpático dentro da barraca.

Ele apontou para uma mulher sentada atrás de uma mesa repleta de pinturas de paisagens de Ibiza. Ela estava parcialmente coberta pela sombra da rede de pesca que cobria sua barraca, mas ainda assim dava para ver que era deslumbrante. Cabelo branco rebelde e enfeitado com flores, um vestido branco longo e esvoaçante, e umas setenta pulseiras em cada braço.

Sabine falava inglês com um leve sotaque alemão, pronunciando as palavras tão devagar e de forma tão ponderada que parecia que estava num estado permanente de meditação. Às vezes, até fechava os olhos. Que falta me fez uma cadeira. Minhas pernas podiam não ter mais varizes, mas não tinham sido treinadas para o trabalho de detetive.

— Christina era especial — disse ela.

— Era sim. A lembrança que eu tenho dela é exatamente essa.

Ela me olhou por um tempo com um sorriso levemente triste. Fiquei com a sensação de ter perdido alguma coisa.

— Tem gente que brilha — comentou ela, com uma seriedade profunda e misteriosa.

— Ainda mais neste calor.

Para a sorte de Sabine, ela não pareceu ouvir minha tentativa de fazer graça.

— E a Christina, ela brilhava mais forte. Brilhava como uma deusa. Uma deusa grega. Esse é que era o problema.

— Problema? — perguntei.

Ela então abriu bem os olhos, aproximando-se de mim para me responder.

— Brilhar é perigoso. Atrai os corvos. E ela tinha um dom. — Sabine inspirou fundo, bem devagar. — Um poder. — Expirou. Inspirou de novo. Era como se tivesse acabado de inventar a respiração e estivesse se exibindo. — Um talento.

— Talento?

— Ajudar as pessoas.

Lembrei do homem que passou na casa dela. Na minha casa. Tanto faz. O homem grande de cabelo descolorido, tatuagem no rosto e que queria dar um pacote de ursinhos de gelatina para Christina.

— Como assim poder? Que poder Christina tinha? A voz? Ela cantava muito bem. Disso eu me lembro.

Sabine inspirou, expirou e inspirou de novo. As pausas eram irritantes. Ou talvez fosse o calor. Talvez o calor fosse irritante, tornando todo o resto irritante também. Eu inclusive.

— Ela era clarividente.

— Clarividente?

Ela indicou um outro canto no mercado.

— Ela ficava sentada ali e revelava o futuro das pessoas.

— Ah, sim, pros turistas — comentei, lembrando do que Rosella tinha dito.

— Não. Não era só um truque para os turistas. Ela via o futuro de verdade.

Tentei não parecer nem soar muito surpresa, nem muito cética. Eu sabia que estava falando com alguém que talvez tivesse crenças *excêntricas* — para usar um termo educado. Mas eu era uma professora de matemática *raiz*. Precisava de lógica, evidências e justificativa algébrica. Lembrei do livro na estante de Christina. *O guia definitivo do poder psíquico: volume 8*. Lembrei da conversa estranha com o taxista na primeira noite. As palavras dele me vieram à mente de novo.

Tem umas coisas nesta ilha... que a maioria das pessoas não vê. Coisas que não são fáceis de... explicar...

Lembrei do táxi se afastando da casa da Christina em alta velocidade, como um mosquito fugindo de citronela. Lembrei também da água no vidro de azeitona.

É o calor, Grace, pensei. *É só o calor. Está fazendo você se sentir estranha. Fazendo os seus tornozelos incharem e te deixando confusa.*

— Ela só começou com isso há uns quatro anos, mas a coisa foi tomando conta da vida dela muito rápido... A gente se conheceu muitos anos atrás, num protesto contra um campo de golfe na reserva natural de Cala d'Hort. E depois contra um hotel...

— Que hotel?

— The Eighth Wonder Spa Resort Hotel, em Cala Llonga, com a filha dela.

— Ah, sim — comentei, lembrando do outdoor em frente à casa da Christina. — Eu vi um anúncio dele.

— Era a única coisa com a qual elas concordavam. O meio ambiente. Christina sempre foi muito ligada à natureza. Era amiga da floresta. Mas aí as coisas mudaram. *Ela* mudou.

— Mudou como?

— A expressão no rosto dela ficou diferente. Vivia tenso. E ela ficava sempre com um olhar distante. Primeiro achei que era depressão. Mas aí ela começou a prever coisas. Coisas que acabavam acontecendo mesmo.

— Sei.

— Esta ilha tem os seus videntes, médiuns e leitores de tarô, mas ninguém igual a ela. Foi por isso que fez inimigos. Os boatos circularam. Ela acabou com uma fila de gente que ia dali até lá.

Sabine indicou uma barraca que vendia sinos de ventos e estranhos recipientes para inalar marijuana, num ponto depois de onde ficava a barraca da Christina.

— Christina previa o futuro só de olhar nos olhos da pessoa. Ela me falou que eu tinha que voltar pra casa e ver meu pai. Então fui pra Leipzig e tive um último dia com ele antes de sua morte. Não tinha explicação racional. Mas esse não era o único problema.

Era muita coisa para assimilar. Deixei tudo armazenado na cabeça, para refletir depois, e fitei um dos quadros dela. Uma rocha imensa no oceano. Aquela que eu tinha visto do alto. Na pintura, parecia escura e assombrosa.

— Es Vedrà — disse ela, devagar.

— É. — Lembrei de Rosella falando da ilha.

— Linda. Mas amaldiçoada. Eles estão planejando destruí-la.

— Eles?

— É. Estão planejando explorá-la. Construir um resort nela. Destruir toda a vida selvagem. E as pessoas são contra.

Sabine pegou um panfleto de uma pilha na mesa e me entregou. O layout era bem simples. Só umas palavras em espanhol digitadas num papel verde.

— É uma manifestação. Contra os que permitiram que isso acontecesse. Na quinta-feira. A concentração vai ser na frente do Café Mar y Sol, na cidade de Ibiza. Você deveria ir. Christina ajudou a organizar.

— Ah, é... eu... é, talvez... — Corei. Depois lembrei da razão de estar ali. — Havia algum outro problema? Com a Christina, digo?

E experimentei aquela sensação que muitas vezes tenho com a matemática, de que a resposta está na ponta da língua, e você sabe disso, está no seu cérebro, tomando forma mas não completamente visível.

De novo, uma respiração elaborada e lenta. Sabine fechou os olhos, meditativa. Fiquei me perguntando se tinha pegado no sono.

— Alberto Ribas… — pronunciou ela, na terceira expiração. — É a ele que você tem que perguntar.

— Então você acha que ele é responsável pela morte dela?

— Ela previu a própria morte. Só não sabia quem ia matá-la. A polícia interrogou o Alberto e não aconteceu nada com ele. Mas… — Sabine olhou para mim por um bom tempo depois daquele "mas". E por fim completou: — Eu acho que ele é a única pessoa que sabe de verdade o que aconteceu com ela.

Fiz que sim com a cabeça. Agradeci. E, ao me afastar, fiquei visualizando aquele colar no fundo do mar. Eu sabia que não tinha como eu sair da ilha sem antes falar com Alberto Ribas. Então entrei no carro e digitei "Atlantis Scuba" no celular. Mas, segundo o GPS, aquele lugar não existia. Só encontrei uma lista de outros centros de mergulho. Divestar Ibiza. OrcaSub Ibiza. Centro de Buceo SCUBA. Anfibios Ibiza. Mas nada de Atlantis Scuba.

Então digitei "Cala d'Hort" e parti para o sul.

A cobra e o bode

Uma hora depois, eu estava na praia. Uma praia curta e em curva, bem movimentada. Havia um restaurante. Um lugar de peixe fresco e *paella*. Uma loja com telhado rústico de palha vendendo vestidos floridos e roupas de banho. A praia em si estava cheia de gente, guarda-sóis, espreguiçadeiras e dois pedalinhos no mar (lembrei de ter discutido com Karl num desses, em Corfu, muitas décadas atrás, enquanto Daniel mergulhava da parte traseira do pedalinho).

Da areia, tem-se uma vista incrível e intimidante de Es Vedrà, a ilhota rochosa que se ergue do mar de forma bem dramática, quase vertical. Calcário alto pontilhado com manchas esparsas de verde. A ilha na pintura de Sabine. A que me impactou no avião. A que diziam ter propriedades magnéticas. Caminhei pela praia, os quadris doendo um pouco. Sentindo muito calor. Eu estava com uma saia comprida e uma blusa, o que fazia de mim a pessoa com mais roupa num raio de um quilômetro.

Andei até a areia virar pedrinhas. Cheguei às cabanas de madeira. Elas tinham tábuas fazendo as vezes de portas, e a maioria abrigava barcos ou pranchas. Duas tinham painéis solares nos telhados improvisados de metal corrugado. Uma estava com roupa no varal. Em cima de um dos telhados havia uma criança sentada, lendo. Fiquei me perguntando qual cabana Alberto chamava de casa. Subi uns degraus de pedra até o terraço de um restaurante e, mais adiante, cheguei a um estacionamento. Eu estava na outra ponta da praia em relação ao local onde havia estacionado — bem adiante na estrada —, mas continuei caminhando pela trilha vermelha e pelas árvores mais adiante, sentindo o cheiro dos pinheiros e ouvindo o canto ritmado das cigarras. Até que, por fim, encontrei uma pequena cabana com uma placa desbotada na frente que dizia "Atlantis Scuba – Centro Buceo". Era um cubo de concreto com uma porta frágil de madeira. O centro de mergulho mais fácil de passar despercebido do mundo.

Hesitei. Inspirei. Expirei.

A ansiedade fez meu corpo inteiro ficar em alerta, como no princípio de um ataque de pânico. Era uma sensação à qual eu estava acostumada. A sensação de que minha existência era um fio delicado que podia desaparecer com um vento repentino.

Minha pele arrepiou.

Bati à porta. Fiquei atenta. Não ouvi nada além das cigarras.

Teria sido um ótimo momento para dar meia-volta, andar até o carro e esquecer tudo aquilo. Quem eu achava que era? Harrison Ford? Que ridículo. Mas então tive certeza de que tinha ouvido alguma coisa. Algo acima do zumbido dos insetos. Abri a porta.

Não encontrei ninguém dentro da cabana. Ou melhor: ninguém humano. O ar estava pesado com o calor. Analisei o ambiente. Uma mesa, alguns equipamentos de mergulho, muitas caixas de papelão velhas nas prateleiras, duas cadeiras, um computador, um colchão e um lençol, uma sacola de roupas de uma lavanderia, um calendário de golfinhos, um adesivo velho que dizia: "GOLFE NÃO!", e uma placa de madeira indicando o céu, com as palavras: *Alpha Centauri 4.367 años luz.*

E um bode.

Um bode de verdade, preto na frente, branco atrás, com chifres bem amplos e um cheiro forte que era difícil de suportar naquele calor.

— Ah, oi — falei, em meu espanto.

O bode não respondeu. E voltou a comer aveia de uma tigela.

Notei uma pilha desorganizada de panfletos sobre a mesa. Eram iguais ao que Sabine havia me entregado no mercado hippie. Divulgando a manifestação contra o empreendimento em Es Vedrà.

Lembrei das palavras do taxista. "Começa com A." O homem rico e bem-vestido que havia visitado Christina. Será que o A era de Alberto?

Então ouvi passos e um homem murmurando algo.

O homem entrou na cabana, de chinelo, bermuda jeans e uma barba grande e grisalha. Não era o homem de quem Pau falara. Estava sem camisa, mas os pelos no peito eram quase como uma peça de roupa. A pele brilhava com o protetor solar com cheiro de coco. Levei um segundo para confirmar que era a mesma pessoa da foto no livro. Hesitei, porque — e vou falar logo de uma vez — fui pega de surpresa pelo fato de ele estar carregando uma cobra. Uma cobra preta com pintas amarelas, semienrolada em seu braço. A cabeça da serpente ficou bem ereta de repente, os olhos me encarando. Eu nunca tive muito medo de animais de estimação. Nem de nenhum outro animal. Mas a combinação de bode, cobra e macho humano peludo num local tão claustrofóbico foi um pouco demais.

— O que foi? — perguntou ele, com um sotaque forte enfatizado por uma gargalhada. — Parece que você viu uma cobra!

Alberto

Ele não parecia exatamente um pirata, mas um náufrago, com os cabelos despenteados, a barba brotando do rosto em todas as direções e olhos jovens que brilhavam como um nascer do sol visto através de uma ruína antiga. Independentemente dos olhos, era muita coisa para administrar. Ele despertava um sentimento primitivo de repulsa que eu não conseguia ignorar.

— Acho que estou no lugar errado. — Não sei por que falei isso. Medo, imagino.

— Então vocês são dois, cara... — devolveu Alberto, soando quase americano por um momento.

— Oi?

Ele apontou com a cabeça para a cobra, que deslizava para o seu outro braço.

— Cobras! São uma ótima companhia. O mais intelectual dos répteis. Têm a cabeça cheia de enigmas filosóficos fascinantes. Mas não somos feitos para ter cobras! Durante milhares de anos, Ibiza não teve cobras nem serpentes.

— Ah.

Ele deve ter achado que eu estava ali para ter uma aula de história.

— Os antigos fenícios se estabeleceram aqui originalmente porque não havia nada ameaçador na ilha. Nenhum animal perigoso. Nenhuma planta perigosa. Era uma ilha abençoada. Até vinte anos atrás, não tinha nenhuma cobra. E agora? Cobras, cobras e mais cobras. E isso não é bom. Não é nada bom... Sabe, elas não podem fazer mal à gente. Elas não têm...

— Veneno?

— Isso! — Ele apontou para mim como se eu tivesse acabado de decifrar o código da Enigma. Seu inglês era mais fluente que o meu, mas ele gostava de enfeitar as frases com expressões em espanhol, para me lembrar de onde eu estava. — Mas prejudicam o equilíbrio da vida. Elas estão acabando com os lagartos. Antes, tinha lagarto por toda parte. *Continua* tendo, mas eles estão sendo exterminados por esta mocinha aqui e pelas amigas dela.

O bode tinha terminado de comer a aveia e saía lentamente pela porta.

— *Hasta luego*, Nostradamus — disse Alberto, dando um tchauzinho animado para o bode. — Não seja assim — acrescentou, como se esperasse que o animal retribuísse o tchau. Então Alberto olhou para mim. — É uma alma misantropa. Muito comum entre os caprinos. Mas ele vai voltar pra jantar. Ele sempre volta.

— Acho que estou no lugar errado — repeti. Eu só queria ir embora. Ou nunca ter ido até lá.

Ele me encarou. Seus olhos tinham uma intensidade peculiar.

— Não. Você está no lugar certo. Isso eu garanto. E é por isso que eu tenho que terminar de contar sobre os lagartos. Eles estão morrendo. Em todos os lugares. As pessoas não entendem como isso é importante. Principalmente os filhos da puta que moram nas montanhas.

Houve agressividade na maneira como ele falou aquilo. Alberto era um homem com ressentimentos muito evidentes. As palavras de Sabine ecoaram na minha cabeça. *Eu acho que ele é a única pessoa que sabe de verdade o que aconteceu com ela…*

— As pessoas com os jardins chiques e as oliveiras. Os milionários e os bilionários com os tapetes de ioga e as piscinas de borda infinita. Eu posso falar isso pra você porque tá na cara que você não é rica.

Eu já não tinha gostado dele, mesmo antes do comentário, mas aquilo foi a gota d'água.

— Tá na cara — repeti. — Agora, se me dá licença, posso…

Mas algo atraiu minha atenção. Notei que, enquanto falava, ele massageava com o polegar uma área sob o pescoço da cobra, e o réptil pareceu desacelerar os movimentos.

— Esta é uma cobra-rateira. Elas vêm com as árvores importadas, nos… buracos… o… Elas põem ovos ali… Os ovos ficam nas árvores… E, agora que chegaram aqui, estão se multiplicando loucamente. E o ecossistema tá todo fodido. Fodido. Fodido que nem um golfinho. E golfinho é um bicho que gosta de foder. Golfinho é feito pra sentir prazer. Eles são umas máquinas de prazer.

Concluí que ele estava tentando me chocar. Então, apesar da minha ansiedade, mantive o rosto tão imóvel e impassível quanto uma estátua da Ilha de Páscoa e não transmiti nem um sinal sequer do puritanismo que ele provavelmente estava esperando.

— Então vieram os caçadores de cobras, e eles esmagavam a cabeça delas com uma pedra. Mas eu não posso fazer isso com esta aqui. Olha só pra ela. Está cheia de perguntas na cabeça. Você não pode ouvir, mas, vai por mim, esta cobra é muito curiosa. Acho que é porque ela é um transplante, como você. Está num lugar onde não foi feita para estar... Não se preocupe, cobra. Tá tudo bem... Então, eu vou botar esta moça pra dormir um pouco. Olha, ela dormiu. Ainda tá com os olhos abertos, porque é uma cobra. Mas olha só. — A cobra se soltou do braço quando ele a ergueu. Alberto foi até a mesa, abriu uma gaveta e guardou o animal lá dentro. — Vou ligar pro meu amigo. Ele trabalha de segurança numa boate. A filha dele tem cobras de estimação.

Eu já não era uma grande especialista em conversas naquela época, mas sabia que aquilo não era normal.

— A cobra está bem?

— *Sí, sí*. Foi uma técnica que eu aprendi com um general argentino. — Ele se aproximou e estendeu a mão, que eu apertei, um tanto hesitante. Ele falava inglês com um sotaque meio espanhol, meio americano, provavelmente do tempo em que deu aulas na Universidade da Califórnia. — Alberto Ribas — apresentou-se. — Amigo dos animais e do mar.

— Eu sou a Grace. Sou amiga de uma pessoa que morreu em circunstâncias misteriosas. Estou tentando descobrir o que aconteceu com ela.

— Bem-vinda ao meu escritório. — Ele apontou para o colchão. — E à minha casa.

— Você mora aqui?

— Moro. Por que não? Tenho outras opções. Minha filha tem uma casa linda, no norte da ilha, e quer que eu more com ela, mas eu gosto daqui. Eu acordo. Tomo banho no mar e me seco ao sol. O que pode ser melhor que isso?

— Água encanada? — sugeri.

Ele me ignorou.

— Por favor — tentei de novo. — Eu queria saber o que aconteceu com a minha amiga.

— Você disse que se chama Grace? Igual a Grace Kelly?

Era frustrante. O jeito como ele desviava a conversa do rumo que eu queria que ela tomasse, mas acabei cedendo.

— Minha mãe adorava a Grace Kelly. Nasci no mesmo ano de *Matar ou morrer*. — Era verdade. Mas não era o que tinha me levado até ali.

— Você sabia que ela passou a lua de mel em Ibiza?

— Não. E acho que não...

— Pois passou. Dá uma pesquisada. As pessoas acham que as celebridades só começaram a vir de uns tempos pra cá. Mas elas sempre vieram. Errol Flynn veio no iate dele. Laurence Olivier. Elizabeth Taylor. Todos antes até de termos aeroporto. Depois, Joni Mitchell veio pra se inspirar. E um jovem Cormac McCarthy, quando hippie, veio pra escrever. E Bob Marley, pra dançar. Eu conheci o Bob Marley. Um herói.

Tentei calcular quantos anos ele teria. A barba e a pele queimada de sol dificultavam. Podia ter qualquer coisa entre 60 e 80 anos. Mas, apesar do desgaste do corpo, tinha uma espécie de juventude. Era alguém que nunca havia aprendido a ser adulto.

— Então — falei, com uma severidade surpreendente, dado o meu nervosismo —, eu vim aqui pra perguntar de uma antiga amiga minha.

Ele ignorou completamente minhas palavras. Talvez não tenha ouvido. Não. Ele ouviu, sim. Mas seguiu falando não exatamente *comigo*, mas *por cima* de mim, como se para uma multidão imaginária, porém reverente, que de alguma forma havia se espremido dentro da cabana. Talvez uma sala de aula repleta de alunos admirados, num universo no qual ele ainda tinha uma carreira.

— Sabe, esta ilha não é normal. Eu sei que as pessoas falam isso o tempo todo, mas eu tenho certeza que é verdade. Esta ilha não é normal. Tem algo de especial aqui. Está em todos os lugares pra onde você olha, se souber o que está procurando. O bode, por exemplo…

Tentei interromper. Era como preencher a lacuna numa sequência numérica que já havia sido preenchida.

— Ele foi batizado em homenagem a Nostradamus, porque o grande francês previu lá atrás que Ibiza seria o último santuário para a vida na Terra. Você sabia disso?

Olhei para a tigela vazia de aveia, tentando imaginar o que aquilo tudo tinha a ver com Christina, com mergulho submarino ou com todo o resto.

— Tem bode em Es Vedrà também. Estão sempre querendo se livrar deles. Dizem que são "*malos para el habitat*"! Humanos! Dizer que bode e cabra fazem mal ao hábitat! Imagina só! Malditos humanos!

Ele então emitiu um som estranho. Como um lobo uivando. Só Deus sabe por quê.

Admito que senti um pouco de medo. Ele não era só um louco, era também grande. Grande, selvagem e peludo. E, aparentemente, em ótima forma para a idade que tinha — seja lá qual fosse. Mesmo com minhas pernas renovadas, eu seria mais lenta que ele. Estava presa numa cabana deserta, bem longe da praia e até do estacionamento. Qualquer grito seria engolido pelo constante canto de acasalamento das cigarras.

— Foi a erva marinha, não foi? — perguntou Alberto. Os olhos dele mudaram de infantis para anciães. Era um olhar forte. Eu sentia que ele seria capaz de me derrubar.

— Oi?

— Foi a foto das ervas marinhas. O que te trouxe aqui.

E eu não tive a menor ideia de como responder.

Pensei na foto no site. A do colar de São Cristóvão. Tive uma sensação estranha. Igual a quando você deixa uma porta e um portão abertos. Mas a porta e o portão era eu.

— Foi um dos motivos.

— Você tem que ir lá ver — disse ele, a voz subitamente calma e séria. — Vai mudar a sua vida.

— O que te faz pensar que eu quero mudar de vida? — Minha voz me traiu e falhou de leve.

Ele sorriu. O buraco do dente que faltava lembrava uma caverna numa rocha de calcário. Ele parecia prestes a dar uma grande cartada num jogo de pôquer.

— Pra que se mudar pra Ibiza e morar numa casa feia, à beira de uma estrada movimentada, que você ganhou de uma pessoa quase desconhecida, se não queria mudar de vida?

Daquela vez eu não titubeei. Escondi toda a minha surpresa. Ele provavelmente soube daquilo tudo pela Christina. Essa era a explicação racional.

— Curiosidade — respondi.

— Ah! — Alberto sorriu. — *La curiosidad mató al gato*. Conhece essa expressão? Vocês têm na sua língua também.

— Eu não sou um gato.

Isso o fez rir. Uma gargalhada genuína. Própria de um pirata. Uma gargalhada que parecia exagerada demais para o comentário que a havia provocado. Dois mais dois sendo igual a setecentos.

E aí ele me deu outra aula sem que eu pedisse.

— Iggy Pop tem uma música que fala sobre isso. Eu toquei essa aqui, uma vez. Na Amnesia. A boate, sabe? Em 1980, quando ainda era uma casa de fazenda, e a gente dançava com qualquer música...

Não sei por que ele achou que eu queria saber tanto sobre ele. Esperei uma chance de falar, feito um cachorro obediente esperando a comida.

— Você tem a mente aberta? — Ele me fitou com um sorriso.

Não gostei do olhar que ele me lançou. Por um segundo, desejei estar dentro da gaveta, com a cobra.

— Eu era professora de matemática — respondi, frustrada. — Tenho uma mente que gosta de resolver problemas. E quero muito saber o que aconteceu com a minha amiga, Christina van der Berg. Quero saber como ela morreu. E acho que você pode ter algumas respostas.

O nome completo o afetou. Ele pareceu estremecer com aquelas palavras. A tristeza encobriu seu rosto como uma nuvem. Ele assentiu. Esperou um pouco.

— Ela sabia que ia morrer. Sabia que ia ser morta. Então tomou uma atitude.

— Como assim? O que ela fez?

— Eu não estava aqui. Estava com a minha filha, Marta. Em Madri. Ela tinha ido a uma conferência, sobre astrofísica, e eu fui para dar uma força. — Não sei por quê, mas fiquei surpresa ao saber que ele tinha uma filha a quem acompanhava em conferências acadêmicas. Era como ver uma aquarela pintada por um orangotango. Por alguma razão, parecia além dos limites que eu havia estabelecido para ele. — Marta era muito amiga da Christina. Elas trabalhavam juntas. Minha filha não é só astrofísica, é ambientalista também. Sou um *papá* muito orgulhoso. — Ele pegou um panfleto na mesa. — Ela está organizando uma manifestação. Na quinta-feira. Contra o empreendimento que estão planejando construir em Es Vedrà.

Assenti com a cabeça.

— Estou sabendo. Parece uma causa muito nobre. Mas vim aqui para saber mais sobre a Christina.

— Christina era uma mergulhadora muito habilidosa. Às vezes, mergulhava sozinha. A polícia sabe de tudo isso. E agora você também.

— E isso é tudo que você sabe?

— Não. Eu sei muitas coisas que você não sabe. Coisas que te ajudariam a entender.

— Que tipo de coisas?

Alberto me encarou por um tempo. Estava considerando algo a meu respeito. Eu me senti sendo avaliada. Ele estudava meu rosto como se pudesse encontrar uma pista de algo importante.

— Sim — disse, por fim. — Você está pronta para enxergar a verdade. Estou vendo isso agora...

— Vendo o quê, exatamente?

— O seu potencial. — Ele apontou para mim. Eu nunca tinha sentido vontade de quebrar o dedo de alguém antes. Acho que o calor estava me afetando. — Ela estava certa sobre você. Porque você vai ser ótima nisso.

Naquele momento, eu meio que perdi a paciência.

— Dá pra parar de me tratar como criança, de ficar dando voltas, e começar a falar comigo como um ser humano normal?

— Dando voltas. É uma expressão interessante, você não acha?

— *Ir direto ao ponto* também. Conhece essa?

— Olha aqui. Se você quer continuar sendo um ser humano normal, melhor ir embora agora. Porque essa não vai ser uma experiência normal...

— O que não vai ser uma experiência normal?

— Amanhã vai ser uma noite sem lua — continuou ele.

E o que isso tem a ver?, eu me perguntei.

Ele sorriu como se soubesse exatamente o que eu estava pensando. Então apontou para trás.

— Lá no oceano, amanhã à noite, entre esta praia e Formentera, é a sua chance de saber o que aconteceu com a sua amiga. Eu te levo lá. Você já mergulhou alguma vez?

— Não. E, se você acha que eu vou entrar num barco com você no meio da noite, está muito enganado.

Mais uma vez, ele pareceu ignorar o que eu disse.

— Você sabe nadar?

— Sei.

— Então sabe mergulhar, cara. Mergulhar é só nadar. Só que pra baixo. Tem um pouquinho mais que isso. Mas eu explico. Te encontro na praia, à meia-noite.

— Eu tenho 72 anos. Não marco encontros à meia-noite. Nem mergulho.

— Bobagem. Você está em Ibiza. Ninguém é velho demais pra nada. Tem um nonagenário que vai dançar na Pacha toda noite.

— Fascinante — retruquei. Sarcasmo é o meu tique nervoso.

Ele começou a sair da cabana. Tive a sensação de estar sendo puxada pela maré. Eu queria respostas, e ele sabia disso.

— Aonde você vai?

Ele parou perto da porta. Virou-se com um sorriso. Seus dentes, mesmo faltando um, eram chamativos. Tortos e espaçados como lápides irregulares. Seria um louco? Um assassino? Um rosto era capaz de revelar alguma coisa? Era melhor segui-lo, ou ficar numa cabana úmida, sem respostas e com uma cobra de verdade? Fiquei pensando em todas as coisas sinistras que ouvi a respeito dele, de Sabine e de Rosella. E do policial da Guardia Civil, cujas palavras eu lembrava perfeitamente.

Fique longe do Sr. Ribas...

— Eu só quero saber o que aconteceu com a minha amiga.

— E você vai saber — respondeu ele, baixinho. — Eu prometo. Mas tem coisas que não dá pra dizer. Só mostrando. Amanhã. À meia-noite.

Amanhã.

À meia-noite.

E então ele se foi. E eu soltei o ar pelo que pareceu ser a primeira vez nos últimos vinte minutos.

A solidão inescapável de Grace Winters

Foi um trajeto de meia hora até a casa, grande parte por estradas esburacadas.

Eu estava cansada e preocupada, e com os tornozelos do tamanho de bolas de vôlei. Fiquei pensando que todo aquele calor e estresse não devia ser aconselhável logo depois de uma cirurgia venosa.

Eu queria que Karl estivesse comigo. Ele teria gostado de Ibiza. Teria gostado dos hippies velhos, e ele lidava com o calor melhor que eu. Karl sempre aproveitava qualquer oportunidade para pôr as pernas ao sol. Ele achava que usar bermuda o deixava um pouquinho mais feliz. Era o típico inglês, que cuidava do jardim de calção de banho em pleno abril. Eu o imaginei na estufa, regando os tomates, com a cara tão vermelha quanto um deles, por causa da hipertensão. Mas sorrindo. Sempre sorrindo. Um sorrisinho que era a sua expressão padrão. Não era bem um indicativo de felicidade, mas de estoicismo. A filosofia de vida dele, na verdade. Sorrir diante de tudo. Em meio à dor, ao luto e à perda. Um sorriso que era, acredito, para Daniel. Como se ele achasse que Daniel estava observando e ele não quisesse que nosso filho ficasse triste por nós, ou desconfortável, ou se sentisse culpado pela nossa dor.

Era triste pensar em Karl e Daniel. Nos meus meninos. Mas havia um consolo na tristeza. É difícil explicar, e não sei se você sente o mesmo em relação à sua mãe, mas às vezes eu *me entregava* à minha tristeza. Eu a procurava. O luto parecia a única maneira de me manter perto deles. Então minha mente se voltava para pensamentos tristes e melancólicos — até para uma caminhada na floresta com os dois, trinta e seis anos atrás, colhendo dentes-de-leão e ranúnculos — só para ter algum tipo de companhia.

Passei pelo kartódromo. Era um lugar estranho para se ter um kartódromo, no meio do nada. Mas parecia popular. Ali me dei conta de que havia muitas Ibizas. A Ibiza da família em férias, que anda de kart e a cavalo. A Ibiza das festas. A Ibiza hippie. A Ibiza do hotel com spa. A Ibiza do mergulho marítimo e da praia. A Ibiza luxuosa, dos iates e das estrelas Michelin. A Ibiza do Leonardo DiCaprio. A Ibiza das trilhas no meio do mato, da observação das estrelas. A Ibiza tradicional, das danças folclóricas, de aldeias, festivais, igrejas e costumes antigos. E por fim, claro, a Ibiza de seus habitantes, viva e contemporânea, que eu testemunhara nos supermercados, nos cafés e nas pessoas caminhando com o cachorro na beira da estrada. Aparentemente, havia uma Ibiza para todo mundo, menos para as viúvas solitárias e enlutadas.

Uma fila de turistas esperava para entrar no kartódromo. Famílias e grupos de rapazes. Karl teria gostado. E Daniel também. Pensei em todas aquelas pessoas, rindo, aproveitando as férias. Parecia tudo tão frágil. Nesse estado de espírito, era difícil não olhar para qualquer pessoa viva e imaginar o buraco que ficaria caso ela partisse. Ver todos na Terra como sendo o luto de alguém esperando para acontecer.

E então cheguei. À casa que ainda não era um lar. Uma casa que eu ainda não sentia me pertencer. Abri a porta, entrei e preparei uma refeição simples na cozinha pequena e marrom. Bebi um pouco de suco de laranja e comi pão com queijo e tomate, e estava tudo bom, mas na verdade eu não conseguia sentir o gosto de nada. Meus sentidos estavam ainda mais embotados que o normal. Nem o suco fresco eles pareciam registrar.

Olhei para o anel de noivado no dedo. Para o rubi incrustado nele, o segundo anel com que Karl havia me pedido em casamento. O primeiro tinha uma esmeralda.

É engraçado como, na minha idade, ver uma coisa sempre desperta uma lembrança de algo ainda mais remoto. Neste livro da vida, não existe isso de momento presente puro e simples. Sempre dá para ver as palavras da página anterior, as sombras da tinta escurecendo o que está à sua frente. Ou no mínimo deixando tudo meio embaçado.

Alguns anos atrás, eu tinha cortado o anelar, picando cebola. O sangramento não parava, então tive de ir para o hospital e cauterizar a ponta. Eles queimaram os vasos sanguíneos para interromper o sangramento. Eu perdi a sensibilidade na ponta do dedo. Era como se aquilo tivesse acontecido comigo, como se a dor, a culpa e a vida tivessem me cauterizado e não houvesse nada de novo para sentir. Só uma ferida para olhar e ficar cutucando, em busca de alguma sensação.

Era uma noite instável e confusa, ainda estava claro lá fora, mas escuro e úmido dentro de casa. Liguei a televisão e assisti a um programa de entrevistas em espanhol, sem entender uma palavra. Só fiquei ali sentada. Olhando para a televisão, para os livros de Christina, para sua pilha de discos de vinil antigos, e para as fotos na parede. Olhei para o rosto sorridente de Alberto me encarando de uma delas.

— O que você quer? — perguntei à imagem dele.

Não houve resposta.

O tempo passou. Desliguei a televisão. Fiquei ouvindo o barulho esporádico do trânsito.

Estava tarde. Fiquei deitada na cama com minhas articulações doloridas, meus ouvidos zumbindo e meu pesar profundo. Não conseguia dormir.

Eu me sentia no fundo do poço. Sentia que, se morresse pacificamente no meio da noite, seria bom. Eu tinha imaginado, feito uma boba, que viajar para Ibiza iria agitar as coisas, sacudir a poeira, aliviar o peso mental. Basicamente, eu pensei o que todos queremos pensar quando pisamos num avião: que eu estava a caminho da fuga perfeita.

Mas não.

O problema de mudar de cenário é que, quando você chega lá e descobre que sente o mesmo que antes, percebe que está mesmo preso. E essa foi a minha conclusão. O problema não era Lincoln, nem a casa, ou a minha situação. O problema era eu. Não havia como fugir do luto e da solidão. Enquanto eu permanecesse no mesmo corpo envelhecido, com as mesmas lembranças azedas, eu era a minha própria prisão perpétua.

Eu não ia descobrir o que havia acontecido com Christina. Só estava fazendo papel de boba, a diferença sendo a umidade extra. Senti as lágrimas brotando. Um leve progresso.

O que eu estou fazendo aqui?

E, antes do que poderia imaginar, eu teria uma resposta.

Rádios quebrados

Tenho uma teoria sobre a vida, e vou ser muito generosa e contar para você. É uma teoria antiga, mas que recentemente descobri ser verdadeira.

O momento do desespero costuma ser o momento da verdade.

Quando as coisas estão dando errado, precisamos ir até o fundo do poço para que a mudança aconteça. Às vezes, precisamos nos sentir presos para achar a saída. Nós não nos encontramos quando há luz ou quando estamos ao ar livre. Não dá para entender o funcionamento do rádio quando a música está tocando. Às vezes é preciso quebrar a coisa em pedaços para ver como ela é feita.

E aqueles primeiros dias em Ibiza trouxeram à tona tudo que eu tinha reprimido. A dor, o desespero, a solidão. Eu estava quebrando e estava me vendo. Eu estava aberta feito um rádio desmontado. Estava diante das minhas engrenagens, dos meus circuitos e transistores defeituosos. De todas as falhas e inconsistências. E talvez tenha sido isso. Talvez tenha sido por eu estar deitada ali, quebrada, paradoxalmente entorpecida e com dor ao mesmo tempo, que aquilo aconteceu. É possível que, ao se gritar em silêncio, a ajuda chegue em silêncio também. Talvez o universo estivesse ouvindo. Talvez o sinal tenha sido captado.

Não sei.

Mas algo com certeza aconteceu.

E o timing foi impecável.

Brilho

Já passava bastante de uma da manhã quando um brilho suave que entrava pela fresta da porta atraiu minha atenção. Eu devia ter deixado uma luz acesa em algum lugar. Mas era estranho, porque eu tinha certeza de ter apagado tudo. Fiquei assustada por um segundo. O medo penetrando meu entorpecimento. Um lembrete de que estava viva. *E se alguém tivesse invadido a casa? E se fosse o Alberto?*

Afastei aqueles pensamentos bobos, me levantei da cama, fui em direção à luz e logo encontrei a fonte. O vidro de azeitona junto à porta da casa iluminava as fotos na parede. A água brilhava como uma lanterna, e o feixe de luz irradiava para cima, criando uma forma cônica no ar. Não dava para fitar diretamente o pote sem que os olhos lacrimejassem, então fixei o olhar no feixe de luz. Parecia diferente da luz emitida por uma lanterna, por exemplo. Parecia ter vida própria. Com pequenas flutuações, alterações e movimentos. Era como se eu estivesse testemunhando algo que, embora não fosse capaz de entender, estava ali para ser entendido. Isso faz sentido? Parecia uma espécie de mensagem. Como se eu fosse um bebê hipnotizado pelo movimento dos lábios da mãe.

— O que está acontecendo? — lembro de ter me perguntado.

Por fim, a luz se foi. E voltei para a cama. Por mais estranho que pudesse parecer, eu me sentia mais calma.

Também tinha uma certeza. Mesmo que tudo indicasse que eu deveria ter cautela, ficou muito claro que, à meia-noite do dia seguinte, eu estaria na praia de Cala d'Hort, à espera de uma resposta.

Um barco chamado "No"

Era um barco de mergulho de madeira caquético, que rangia, com um motor ainda mais precário, que engasgava e roncava feito um cachorro rosnando para um esquilo travesso. Mesmo na escuridão profunda da noite sem lua, dava para ver a tinta descascando como uma ferida cicatrizada, tanto que apenas as duas últimas letras de seu nome — *Neptuno* — permaneciam visíveis. Se eu acreditasse em sinais do universo, teria todos os motivos para não entrar num barco chamado *no*: "não" em espanhol. Mas lá estava eu.

O mar estava calmo. A água batia suavemente no casco, um som baixo e estranhamente desconcertante, como se todo o Mediterrâneo tivesse se aquietado, esperando algo acontecer. Várias luzes brilhavam na ilha que tínhamos acabado de deixar para trás, e uma ou duas luzes vinham da outra ilha no horizonte, Formentera.

Alberto se manteve no leme — fitando o mar como um bucaneiro obstinado —, enquanto eu tirava a roupa e ficava só com o maiô tie-dye que havia comprado no mercado hippie. A luz fraca da lanterna dava à minha pele uma tonalidade quase azul-esverdeada, e, mesmo com Alberto de costas para mim, eu sentia vergonha do corpo velho à mostra, apesar das minhas pernas novas e mais uniformes, e de ele estar longe de ser um Adônis. Na verdade, acho que aquilo foi uma das primeiras coisas que me incomodou nele. A facilidade com que se exibia. O jeito como deixava tudo exposto. A pança, os pelos do corpo, a camisa aberta, a bermuda jeans ridícula. Não sei se era porque ele era homem, ou se era só porque era ele, mas Alberto não dava a mínima. Eu, por outro lado, me preocupava demais. A inquietação latente que eu sentia com a minha existência sempre encontrou seu foco na minha forma física. Passei a vida inteira odiando a minha aparência do momento presente, e apreciando a do passado. Sem dúvida, no futuro, havia uma Grace de 90 anos se perguntando por que eu não gostava da minha aparência aos 72. Se ao menos pudéssemos ter sempre a perspectiva do futuro enquanto vivemos o presente.

É lógico que, a todo momento, nunca fomos tão velhos, mas também nunca seremos tão jovens quanto somos. Eu nunca gostei muito do meu corpo, e, mesmo sem as veias mais protuberantes, ainda sentia muita vergonha dele. Ser inglesa — sobretudo da variedade condensada proveniente das Midlands Orientais — era ser criada para considerar o medo do que as pessoas vão pensar de você uma virtude. Mas era também uma questão de ser velha, e mulher, era como eu estava condicionada a ser. O que é uma coisa tão ridícula, não é? A forma como julgamos nosso corpo. A maneira como, à medida que nos tornamos cada vez mais invisíveis com a idade, continuamos nos apegando a esse medo do que os outros vão pensar. O modo como falamos mal do que nos manteve vivos durante todo esse tempo. Duvido que um pardal se ressinta das suas asas, mesmo quando as penas estão secas e murchas.

Eu sempre quis ser um pássaro. Um azulão. Igual ao que o Daniel desenhou para mim na infância. Mas ali estava eu, mais humana do que nunca. E a consciência de que Alberto — já de roupa de mergulho — podia virar e me ver a qualquer momento aumentava a minha urgência para vestir a minha, enquanto eu lutava com ela, desajeitada.

Botar uma roupa de mergulho, aliás, é um dos maiores desafios da vida. Requer a força de um touro e os membros de um contorcionista. Se existisse roupa de mergulho na antiguidade, um dos doze trabalhos de Hércules teria sido entrar numa delas. No fim, quando já estava quase toda vestida, ainda tive de pedir ao Alberto para me ajudar um pouco.

— *Sí, sí*, lógico… *por supuesto…*

Em seguida, ele desligou o motor, prendeu um cilindro de ar comprimido nas minhas costas e me explicou tudo sobre os outros equipamentos, inclusive a lanterna na nossa cabeça. Por alguns instantes, ele pareceu um instrutor de mergulho normal. Me falou do regulador através do qual eu ia respirar. De um outro dispositivo — uma espécie de colete — que era para controlar a minha flutuabilidade, para eu não ter de ficar batendo as pernas. Um cinto com lastros. Uma máscara, que, segundo ele, era muito importante, porque eu precisava manter os olhos bem abertos, o máximo possível. E nadadeiras. Eu não sabia se me sentia ridícula ou apavorada, então optei pelas duas coisas. Ele voltou ao leme e continuou avançando pelo mar.

Eu não tinha ideia do que estava fazendo ali. Sim, queria desesperadamente descobrir o que havia acontecido com Christina, mas acho que havia outra razão para eu estar naquele barco, e certamente não tinha nada a ver com o carisma selvagem do Alberto. Talvez, em algum nível inconsciente, aquilo fosse uma espécie de pulsão de morte. Talvez eu quisesse que algo ruim acontecesse. Talvez, depois de descobrir que não conseguia sentir nada em relação a uma ilha tão bonita, eu tenha percebido que não tinha nada a perder.

Ou então talvez, apenas talvez, fosse o oposto. Talvez eu estivesse com a sensação de que precisava quebrar o padrão. E, ao fazer isso, eu ia sair do limbo em que estava. Ia morrer. Ou encontrar uma maneira de viver de verdade. Ou seja, talvez algo estivesse me chamando. Christina. Ou outra coisa. Algo a ver com aquela estranha água brilhando no vidro de azeitona.

— As pessoas dizem que ela podia prever o futuro — comentei, em determinado momento, quando o ruído do motor diminuiu.

— Podia — respondeu Alberto, fitando o contorno baixo e escuro de Formentera à nossa frente. — Ela viu que a própria vida estava em perigo. Mas eu não sei quem a estava ameaçando. Quem queria matar a Christina. E nem ela.

— Ninguém pode prever o futuro.

— Claro que pode. As pessoas fazem isso o tempo todo. Meteorologistas, economistas… Quer dizer, elas tentam.

Ele riu. Achou graça do próprio comentário. Achou que era um bom momento para fazer uma piada boba, logo depois de falar da morte da Christina. Ele tinha uma admiração absurda por si mesmo.

— Você sabe o que eu quis dizer. Você é cientista. Deve ter alguma noção de que está falando bobagem. Clarividência é uma ilusão, um truque de mágica, não existe comprovação disso.

— Tem várias coisas que as pessoas achavam que não eram verdade e que acabaram sendo muito verídicas. Até quase o fim do século XIX, todos os cientistas marinhos da Terra estavam convencidos de que não podia haver vida a mais de quinhentos metros abaixo do nível do mar. Aí descobriram que tem vida até o fundo, e foi um choque. Um choque *imenso*.

— Isso é diferente.

— É? Tudo parece óbvio depois de registrado pela história. Mas na época foi igual a encontrar provas de vida alienígena. Nunca estamos no capítulo final da história. Nem no da ciência.

— Você acredita em vida alienígena, não acredita? Escreveu até um livro sobre isso.

— Escrevi. Se você nunca tivesse pisado aqui, conseguiria se imaginar acreditando na Terra? Já pensou como seria acreditar no elefante, na tartaruga, no peixe-palhaço, no tubarão-zebra? Seria uma loucura, uma loucura.

— Eu tento acreditar na realidade conhecida — rebati.

— E a água do mar brilhando no vidro de azeitona?

Eu gelei na hora. Tinha certeza de não haver mencionado aquilo para ele. Alberto enfiou a mão no bolso e tirou uma garrafinha de rum. Só que não era rum. Era água do mar, brilhando bem fraquinho.

— Eu levo isso comigo pra tudo que é lugar. Desde que parei de beber. Gosto de estar sempre perto dela.

— *O que* é isso?

— Algo que você vai entender muito em breve. A realidade é apenas uma ilusão. Uma ilusão muito persistente. Acho que foi isso que Einstein falou. Às vezes, a ilusão é a realidade que ainda não compreendemos.

— Se ela podia prever o futuro, então por que morreu?

Ele franziu a testa, sorrindo.

— Quem disse que ela morreu?

— Todo mundo — retruquei. — É por isso que estou aqui. Ela morreu.

— Ela não morreu. Ela só viu que ia morrer. Ela sabia que, se ficasse, alguém ia fazer mal a ela. Christina simplesmente foi embora.

— Pra onde?

— Daqui a pouco eu te mostro.

Eu não tinha ideia do que dizer.

— Eu tenho 72 anos. Não preciso de um exame médico pra mergulhar?

— Você está bem de saúde?

— Não exatamente. — Não estava com vontade de dar a lista completa. As veias problemáticas, o quadril prejudicado, os tornozelos inchados, o zumbido no ouvido, a artrose, a pressão arterial irregular, a depressão ocasional, a anedonia... O audiolivro de *Guerra e paz* teria sido mais curto.

— Muito bom, então. Perfeito.

— Perfeito? Para quê?

Para justificar a minha morte por causas naturais?

— Você vai ver — disse ele.

O que não serviu muito para me acalmar.

Nolletia chrysocomoides

Eu me sentei no banco afixado ao convés e esperei.

O motor engasgou, e Alberto foi até a popa, xingando em espanhol até que voltasse a funcionar.

Seguimos para o sul, passando por Es Vedrà. De perto, no escuro, era uma visão bem intimidadora. A rocha parecia se elevar eternamente, fundindo-se com a noite. As extremidades cobertas de vegetação. Era difícil imaginar alguém morando ali. Mesmo bodes e cabras. Considerei seu tamanho bem conveniente, aquela rocha. Dava para fazer qualquer coisa atrás dela, sem que ninguém visse. Fiquei ainda mais nervosa.

Pratiquei colocar o regulador na boca e respirar através do bocal.

Foi um alívio quando percebi que o celular estava vibrando. Procurei o aparelho na minha pilha de roupas e vi que tinha recebido uma mensagem no WhatsApp de Sophie, a irmã de Karl. Ela estava dando um retorno sobre a foto da planta com flores amarelas que eu havia mandado.

Era uma mensagem longa. Ou melhor, uma longa sequência de mensagens. Isso era incomum. Sophie estava explicando que não tinha reconhecido a planta, então recorreu à sócia, Sarika, a botânica. Sarika aparentemente teve uma forte reação à foto:

> Ela ficou MUITO confusa.
>
> Ela achou que você tinha arrumado a foto na internet. Alguma coisa de Inteligência Artificial.
>
> A planta que você mandou pra gente tem um nome chique em latim, *Nolletia chrysocomoides* (tive que copiar e colar isso!),

e está oficialmente extinta na Europa!!! Há dez anos que não existe em nenhum lugar perto da Espanha. E a Sar sabe tudo desse tipo de coisa... uma nerd das plantas... especialista em plantas e flores ameaçadas de extinção e extintas. Então... pois é... muito estranho!!!

Ela vai mandar a foto (se você não se importar) pra uma colega dela na UWA (a universidade aqui de Perth), pra ver o que ela acha. De qualquer forma, espero que você esteja bem e aproveitando a vida em Ibiza. Eu sei que às vezes você acha difícil socializar e curtir a vida. Mas acho que o Karl ia gostar disso. Até mais. Bjs!

Fechei o WhatsApp e, embora Alberto ainda estivesse falando comigo, eu não ouvia. Meu coração batia mais rápido do que eu sabia ser possível, e minha mente entrava em áreas antes bloqueadas, cheias de noções e ideias que eu já teria descartado como fantasiosas. Um dos pensamentos que se formavam era o seguinte: a planta não tinha aparecido do nada na frente da porta. Ela havia surgido onde eu joguei a água. A água que estava no vidro de azeitona. A água mágica. A água que brilhava.

Olhei para Alberto. Eu precisava me concentrar.

— O oceano ainda é vastamente desconhecido — dizia ele. — As pessoas falam que o universo é desconhecido, mas nosso planeta é a mesma coisa. Já teve mais gente pisando na Lua do que na parte mais funda do oceano. A Fossa das Marianas, cara. Você já ouviu falar? É muito difícil chegar lá. A maior parte do oceano não foi vista pelos seres humanos, muito menos mapeada. A gente sabe mais sobre a superfície de Marte. Mesmo em mares rasos, como este, grande parte é um mistério. Ter isso em mente vai ajudar...

Dava para ver que ele gostava do assunto. Estava muito empolgado, movimentando os braços até onde a roupa de mergulho apertada permitia.

Ele falou de coisas que tinham sido descobertas e descreveu como eram mágicas — montanhas submarinas; vales maiores que o Grand Canyon; um rio no fundo do Mar Negro (maior que o Tâmisa), com árvores nas margens. Será que, se estivesse prestes a me matar, estaria fazendo tanto esforço para me instruir sobre a vida nos rios e oceanos?

— E então chegamos às ervas marinhas — continuou Alberto. — A coisa mais incrível. *Posidonia oceanica.* Vai de Ibiza a Formentera, um único organismo autorreplicante que, por algum milagre, manteve-se preservado por muitos, muitos, muitos séculos... Milênios, na verdade.

— Então, por que você não queria que eu visse isso durante o dia? Não vai estar escuro lá embaixo? Mesmo com as lanternas?

Ele riu. E repetiu a minha pergunta.

— Não vai estar escuro lá embaixo? Cara, muito pelo contrário. Você vai ver.

— Se este prado subaquático está em toda parte, pra que ir tão longe?

Alberto se afastou do leme. E falou mais alto que o barulho do motor.

— Porque você quer a resposta, não quer? Você quer estar exatamente onde a foto foi tirada. Você quer ver o colar que deu pra ela...

O colar que deu pra ela...

Era muita informação em pouquíssimas palavras.

— Você sabia que eu tinha dado pra ela?

— *Sí, sí. ¡Por supuesto!* Claro que eu sabia. Ela me contou. Ela falou que você era a pessoa mais bondosa que ela já tinha conhecido. Não só boa, mas forte. São as duas qualidades essenciais, Grace. Elas são tudo de que se precisa. Força mental e empatia emocional. Deixa eu falar uma coisa sobre bondade. Eu fui criado pela minha avó, aqui na aldeia de Santa Agnès de Corona. Ela era artista. Mas era boa com todo mundo. Antes de eu nascer, ajudou um monte de artistas a fugir da Alemanha e encontrar refúgio em Ibiza. Nossa casa era pequena, mas tinha uma amendoeira na frente da minha janela, e toda vez que ela florescia eu me lembrava que este mundo é cheio de uma beleza estonteante. Nossa família era pobre, mas Ibiza era rica de outras maneiras. Naqueles dias vivíamos muito integrados com a natureza. Tínhamos apenas duas ruas pavimentadas e quase nenhuma luz elétrica, mas sempre havia música e conversas interessantes e o mar. Minha avó me levava pra todo canto e queria que eu aproveitasse a vida. Lembro de dançar na infância ouvindo jazz na praia de Ses Figueretes. Devo tudo à bondade dela, e, quando vejo bondade, quero retribuir. Graças a ela, sempre tive três coisas. Amor à natureza, força e empatia. Minha avó tinha essas qualidades. Você também.

— Sua avó parece ter sido uma boa pessoa.

— Ela era. E Christina também. E ela viu essas qualidades em você.

— Mas Christina não me conhecia direito — respondi. — Não de verdade. Não mantivemos contato.

— Ah, ela sabia de *tudo*.

Alberto desligou o motor e foi sacudindo a cabeça até a proa, onde baixou a âncora. Olhei para a água. Inspirei a maresia. E vi alguma coisa. Algo brilhando em meio às profundezas escuras. Só por um instante. E o oceano ficou escuro novamente.

— Este mar tem belezas como nenhum outro — disse Alberto, com um sorriso contido. — Mas poucas pessoas conseguem ver. Uma luz na água. É especial, mas pode ser hipnotizante. Tenha cuidado. Não nade em direção à luz... Ela virá até você.

Coloquei o regulador na boca e fiquei de pé na pequena plataforma, pronta para seguir Alberto e pular no mar.

O que eu estou fazendo? O que vai acontecer?

A maior parte da vida, me dei conta, era um mistério. Até a matemática é cheia de mistério. Sabemos que todo número par maior que dois pode ser escrito como a soma de dois primos, mas não sabemos por quê. Há mistérios em todo lugar. Na mente de toda criatura viva e no fundo de todos os mares. Às vezes, a única coisa a fazer é mergulhar e descobrir as coisas por nós mesmos.

Metade de mim estava com medo. Mas então pensei naquela casa vazia em Lincoln, cheia de lembranças tristes, e levantei a perna e entrei na água, lembrando de manter os olhos bem abertos.

O escuro repentino

Alberto foi nadando na frente, o que achei bom, pois dava para vê-lo com o feixe da minha lanterna e ter certeza de que não estava sabotando o meu cilindro de ar. Seguimos num ângulo suave para baixo, em direção às ervas marinhas.

Ele apontou para a direita, eu virei a cabeça e, quando minha lanterna iluminou uma enguia roxa com manchas amarelas, o corpo avançando numa onda hipnotizante de movimento, esqueci por um segundo de respirar. Depois disso, tive um pouco de dificuldade para controlar a respiração. Minhas pernas estavam formigando. Duvidava muito que algum médico fosse recomendar mergulho para mim. Mas eu estava ali, então segui em frente.

Ao nos aproximarmos do fundo do mar, vi uma abundância de vida na escuridão. Um pequeno cardume de peixes prateados nadando em formação, suas sombras se projetando na grama e na areia lá embaixo, mais algumas enguias circulando pelas lâminas verdes da planta, cavalos-marinhos, uma lesma-marinha tecnicolor. Um peixe ferido — uma garoupa — com o sangue vazando na água.

Também era possível ver as ervas marinhas muito nitidamente sob o brilho artificial da lanterna. Aquilo era lindo e estranho ao mesmo tempo. Folhas verde-esmeralda longas e finas, que davam a impressão de se estenderem infinitamente em todas as direções. Pareciam muito importantes em sua simplicidade, como se fossem a chave para a sobrevivência. Sem nunca florescer, ou evoluir, ou complicar. O mesmo padrão para sempre.

Então vi Alberto indicando alguma coisa. Algo pequeno e dourado, exatamente como na foto. Nadei até ele e o peguei. Um colar que eu não segurava fazia quarenta e cinco anos. Vi a figura em relevo de São Cristóvão, carregando o menino Jesus pelo rio. Eu o apertei com força, como um tesouro perdido, e procurei alguma pista de como havia sido deixado ali. Busquei sinais de problemas. Mas não havia mais nada, e as ervas marinhas não pareciam perturbadas, pisoteadas nem deformadas por uma luta.

Então, curiosamente, os peixes e as outras criaturas marinhas que circulavam nas mais variadas direções de repente passaram a seguir no mesmo sentido. Todos se afastavam depressa de uma entidade invisível, como se estivessem em pânico. Eu tentava descobrir qual era o problema quando outra coisa aconteceu.

A luz presa à minha testa começou a piscar.

Eu me virei para Alberto sob a luz intermitente e vi que a dele também piscava. Acho que ele estava sorrindo, mas era difícil dizer, por causa do equipamento de mergulho. E então, um segundo depois, as luzes se apagaram. Escuridão total. Nada. Olhei para todos os lados.

Senti a mão dele no meu braço.

Por favor, fique longe do Sr. Ribas.

Ele apertou meu braço com força.

Um louco.

E mais força.

A única pessoa que sabe de verdade o que aconteceu com ela.

Então ele soltou.

E tudo mudou.

Luz

De repente, fez-se a luz.

A nuvem e a esfera

A luz que eu via naquele momento não vinha das nossas lanternas. Estas ainda estavam apagadas.

Não, a luz vinha de um ponto a uns cem metros na nossa frente. Fosforescente. E os peixes velozes que vi se afastando de alguma coisa estavam, na verdade, fazendo o oposto. Nadavam depressa em direção à luz.

Uma *coisa* brilhante acima do prado, uma cor que parecia ao mesmo tempo forte e fraca, que no início tinha forma de nuvem e depois de esfera. Uma esfera geometricamente *perfeita*. O tipo que Euclides e Arquimedes descreveram há milhares de anos, mas que, na Terra, só existe como uma ideia abstrata e não como uma coisa da natureza. Aquilo oscilava entre nuvem indistinta e esfera perfeita de uma forma que imediatamente pareceu estranha e sobrenatural. Não era particularmente grande — maior que uma bola de tênis, porém menor que uma bola de futebol. Pelo menos no início. O tamanho mudava — crescia, e depois diminuía — como o movimento de um pulmão. E, em termos de cor, era um azul como nunca vi. Não o azul do mar, não exatamente, embora a cor mudasse tanto quanto o tamanho e a forma. Os peixes nadavam para aquela coisa, para a luz.

Lamento muito ser tão pouco precisa aqui, mas é difícil descrever algo para o qual não há uma referência mundana. O momento em que a comparo com algo é o momento em que percebo que não era nada daquilo. Imagino que descrevê-la seja como descrever uma emoção difícil, uma emoção contraditória. Você vai experimentar mais dessas à medida que envelhecer. Como o estranho e leve contentamento que às vezes pode ser associado à tristeza ou às lágrimas, convivendo com a dor. Ou como a constatação melancólica de que tudo tem um fim.

Era hipnotizante; isso eu posso garantir. Era, simplesmente, a coisa mais incrível que já vi na vida. Virei para Alberto e o vi sorrindo por trás da máscara e do bocal do regulador. A lanterna dele estava funcionando de novo. E a minha também. O sorriso de Alberto era um sorriso de identificação, ou de orgulho, como um parente me mostrando seu filme preferido. E o incrível não era só a visão daquilo, mas a sua *presença*, porque era como olhar para um sentimento.

Isso. Era isso. *Era como olhar para um sentimento.*

Eu sei que isso soa absurdo, mas é o único jeito que tenho para explicar. Como se, de alguma forma, eu estivesse olhando para o amor ou para a esperança. Ou melhor, para uma emoção que não nomeamos, mas que sentimos num nível profundo e que mantemos enterrada, mas que nos conecta. Eu estava olhando para algo fora de mim, claro, mas também, de alguma forma, para algo dentro de mim.

E é possível que eu tenha passado um bom tempo ali olhando aquilo, até notar Alberto apontando para a nuvem, e então, em rápida sucessão, mostrando os polegares para mim, e fazendo um sinal de ok e um outro sinal com a palma da mão aberta — este último parecido com o gesto que faria para um labrador desobediente quando quer que ele *pare*. Então, foi o que eu fiz. Fiquei parada. E observei como a esfera luminescente virou uma nuvem luminescente mais uma vez, antes de mudar lentamente de forma de novo, alongando-se quase como um braço estendido, numa direção evidente, como se não fosse aleatória, mas intencional. E essa linha de luz aproximou-se do peixe ferido, da garoupa, e "tocou" na ferida. Então, quase com a mesma velocidade, a luz voltou a se alternar entre esfera e nuvem, e o peixe ficou ali, só que estava indiscutivelmente curado. Estava todo serelepe, a pele malhada intacta, enquanto se afastava.

Olhei para Alberto, que parecia bem menos atordoado que eu. Ele continuava sorrindo, tão à vontade como se estivesse num café, assistindo a um pôr do sol. Quando voltei a fitar a luz, já estava acontecendo. A esfera virou nuvem e permaneceu como nuvem, mas então parte da nuvem se tornou outra vez um braço de luz longo e fino. Só que dessa vez o braço não estava se dirigindo para um peixe ferido.

Estava vindo para mim.

Livre

Eu não consegui me lembrar de tudo o que aconteceu.

Quer dizer, me lembrei do que contei até agora. Mas grande parte do período entre aquele momento dentro da água e a hora em que acordei no hospital é tão estranho. E, por causa da natureza do que estou escrevendo, uma área que tradicionalmente tem levado pessoas a alçar voos radicais de imaginação ou a um ceticismo profundamente arraigado, sinto que devo me ater estritamente ao que de fato vivi.

Então, o que posso dizer é que a luz azul me alcançou. O *braço de luz*, que era um cone de luz muito irregular, comprido e turvo. E, no momento em que me tocou, foi como se todo o oceano tivesse desaparecido.

Não havia criaturas marinhas nem plantas ao meu redor. Nem Alberto. Nada. Só água, mas uma água estranha. Uma água da cor daquele azul iluminado e não natural. E foi a sensação mais relaxante de todas. Foi mais do que relaxante. Foi outra coisa. Foi *libertador*. Eu me senti livre. Eu devo ter deixado o colar cair em algum momento, mas não me lembro quando.

E então, um piscar de olhos depois, eu estava no que parecia ser terra firme. Em meio à natureza. Mas não qualquer natureza que eu tivesse visto antes. Havia árvores que não eram árvores. Altas, finas, de folhas brancas. Havia uma praia que não era uma praia. Um mar que não era um mar. E o ar não era nenhum que eu já tivesse respirado. Um ar tão puro e doce que era como se a respiração fosse o propósito da vida, em vez de um mero pré-requisito.

Vi criaturas entre as árvores. Estavam de pé. Daquela distância, podiam até ser humanas. Usavam algum tipo de roupa. No entanto, pareciam manchadas, como figuras numa aquarela, vapores deixando seus corpos enquanto permaneciam lá. Elas me deixaram calma. Como se fossem espíritos protetores.

A praia tinha areia, mas era de um tom de laranja queimado. E o mar era azul, mas não um azul mundano. Era o azul impossível que eu tinha visto enquanto mergulhava.

Eu sei o que você está pensando. Você está pensando: "Ah, que sonho interessante esse." E não posso dizer com toda a certeza que não foi um sonho. Mas, se foi, não foi como nenhum outro que eu tenha sonhado em sete décadas de existência. Foi tudo tão nítido. Na verdade, o aguçamento de cada um dos sentidos era tamanho que seria mais fácil acreditar que a minha vida até então tinha sido um sonho, e que *aquilo* era a realidade. Sim. Era o que parecia. Era como acordar.

— Onde? — perguntei, em voz alta.

Só uma palavra.

Onde?

Vi algo caído na areia alaranjada. Algo cintilando. Não um colar, mas um anel. O anel de esmeralda que Karl usou para me pedir em casamento no restaurante indiano quando éramos estudantes. O de quando eu disse não.

E, bem naquele instante, houve um rugido oceânico. Em seguida, o som de um poderoso dilúvio inundando as árvores. Era aquela água luminosa de novo. Da cor daquele azul indescritível.

Tudo desapareceu

Tudo desapareceu.

Subindo, rodando, girando

Fui arrastada para dentro daquele mar luminescente, desesperada por ar, e fui subindo, rodando, girando, até me ver parada, de costas, coberta com lençóis limpos, numa cama de hospital, piscando ao acordar.

Saber o nome de alguém sem entender como

Acordei.

Ainda de roupa de mergulho, mas num quarto branco, deitada numa maca, com um oxímetro de pulso preso ao dedo indicador da mão esquerda.

O que quer que tivesse acontecido, eu estava cem por cento de volta à realidade. Um quarto de hospital iluminado, com cheiro de desinfetante e repleto de aparelhos que apitavam. Havia uma fina faixa laranja na parede. E uma cadeira laranja. É sempre interessante ver quais países escolhem quais cores. A Espanha gosta muito de laranja. Móveis laranja. Laranjeiras. Até a terra em Ibiza é laranja. Tingida pelas agulhas que caem dos pinheiros.

Lá estavam uma enfermeira, uma médica e Alberto Ribas. Ficaram todos satisfeitos de me ver acordar. Alberto continuava de roupa de mergulho. Estava ridículo. Senti uma vontade enorme de dar um tapa nele. Eu não sabia ao certo o que tinha acontecido, claro, mas estava num hospital, e o que quer que tivesse sido, muito provavelmente fora culpa dele. O brilho em seus olhos, portanto, não era uma visão bem-vinda. Era como ver um fósforo aceso num arbusto. Significava perigo.

Fui informada de que eu estava no hospital Can Misses, nos arredores da cidade de Ibiza, e que fiquei inconsciente por três horas. Eles já tinham examinado meus pulmões e, para a surpresa da médica, não havia danos causados pela água.

— Como está se sentindo, fisicamente? — perguntou a médica, num inglês ótimo.

— Surpreendentemente bem — respondi. Na verdade, até onde podia dizer, deitada ali, estava me sentindo mais saudável do que nunca. Uma vez, décadas atrás, quando levamos Daniel em suas únicas férias no exterior (em Corfu), nunca fomos tão felizes e ativos, nadando, andando de pedalinho, caminhando por fazendas de oliveiras; nunca dormi tão bem na minha vida. E acordava todos os dias me sentindo quase como uma criança de novo. Nunca mais dormi daquele jeito, certamente não depois que perdemos Daniel. Mas ali eu estava me sentindo mais uma vez tão descansada quanto naquelas férias, nos anos 1980.

— Do que se lembra de antes de perder a consciência?

— Eu vi uma luz — falei, percebendo o quão patético aquilo soava. *Eu vi uma luz*. Até Alberto pareceu se retrair quando eu disse isso. Principalmente ele.

— Que tipo de luz?

Tentei pensar.

— Desculpa, Paula, é difícil explicar. Uma luz se movimentando. Primeiro era uma nuvem e, depois, uma esfe...

A médica ficou imóvel. Como se eu tivesse dito algo errado.

— Desculpa interromper, mas como a senhora sabe que eu me chamo Paula?

— O seu crachá — respondi.

Ela me lançou um olhar desconfiado e ajeitou uma mecha de cabelo atrás da orelha.

— Eu não estou de crachá.

Isso me deixou confusa.

— Ah, não sei. — Devo ter escutado alguém falando enquanto dormia. Já tinha ouvido uma coisa assim no rádio. Sobre o quanto assimilamos durante o sono, sem perceber.

Alberto me encarava.

— A senhora tem histórico de epilepsia?

— Não — respondi. — Mas meu avô tinha convulsões.

Ela assentiu.

— Enxaqueca?

— Sim. Já tive algumas.

Ela assentiu de novo.

— Isso bate com o relato que esse senhor fez. — Ela apontou para Alberto. — Ele contou que a senhora teve uma espécie de síncope e que ele precisou tirar a senhora da água. O nível de oxigênio no sangue está muito bom, mas precisamos fazer mais alguns exames…

Picos

Pediram que Alberto esperasse na recepção. Ele tinha levado minhas coisas para o hospital, e eu troquei de roupa. Fiz um exame de sangue. Aferiram minha pressão arterial, que estava boa. Então fizeram um eletroencefalograma, para pesquisar por qualquer atividade elétrica incomum no cérebro. A médica grudou uns sensores pequenos na minha cabeça com uma espécie de cola e ficou observando as linhas onduladas movendo-se numa tela. Dava pra ver que as linhas estavam mais frenéticas do que deveriam.

Ela indicou a tela.

— Estes picos aqui estão muito altos e próximos uns dos outros.

— E o que isso significa?

A médica me olhou e, ao fitar os olhos dela, tive a sensação de saber tudo a seu respeito, como se ela fosse uma janela aberta, e eu pudesse ver tudo lá dentro. Vi memórias tão nítidas quanto cicatrizes. Eu a vi conversando pacientemente com o irmão doente, durante o último episódio de paranoia dele. Eu a vi na Plaza de España, em Sevilha, sorrindo e de mãos dadas com um marido que ela agora detestava. Eu a vi passeando com o cachorro no inverno, numa Ses Variades deserta, na Sunset Strip em San Antonio, passando diante do Café del Mar fechado e chorando pela mãe à beira da morte. Eu a vi no banheiro, preocupada com uma pinta nova que havia aparecido no antebraço. Eu a vi dentro do carro estacionado, debruçada sobre o volante, se perguntando como iria aguentar mais um dia de trabalho. Estava tudo ali, instantaneamente. Eu fiquei sabendo de tudo, mas não tinha ideia de como. Foi semelhante a uma sensação que tive uma vez no Louvre, quando entrei na galeria de antiguidades, cheia de esculturas gregas, com a *Vênus de Milo* ao fundo. Foi um banho repentino de intensidade. Era demais, mas, ao mesmo tempo, de alguma forma, totalmente natural. Karl tinha uma teoria de que a arte, a música e tudo o que já existiu estavam de alguma forma dentro de nós. Uma boa música ou uma boa escultura era boa porque falava de algo que já estava em nosso interior. Enfim, foi exatamente assim. Olhar para o rosto daquela médica foi como entrar numa galeria de pensamentos. E eu conhecia cada um deles como se fossem meus.

La Presencia

Fui encaminhada para uma ressonância magnética.

Há algo de peculiar nos hospitais. Algo que te faz pensar no futuro e no passado ao mesmo tempo. Eles têm cheiro de escola, mas é mais que isso. Os corredores eram como um labirinto, com letreiros contendo setas por todo lado.

Triatge. Radiografía. Neurologia. Ultrasò. Urgències.

Fiquei sentada na recepção com Alberto ainda de roupa de mergulho. Ele comia as batatas de um saquinho que tinha acabado de comprar numa máquina de venda automática. *Ele é um homem bom.* Eu não tinha ideia do motivo de aquele pensamento ter surgido na minha cabeça, e tentei ignorar. Havia outro homem sentado lá. Um homem franzino e idoso, de camisa de manga curta para dentro da calça com cinto. Ele tinha um sorriso digno, um sorriso de quem tenta manter a calma. Sorri para ele também. O tipo de sorriso tênue que você compartilha nas áreas de espera de um hospital.

— Eu cometi um erro — confessou Alberto, com uma seriedade tranquila.

— Oi?

— Você vai ter que dar o fora daqui. — Ele sussurrava, com a urgência de um esquadrão de desativação de bombas. — Daqui a pouco. Nós dois temos que sair daqui.

— Por quê?

Ele comeu outra batata.

— Só confie em mim.

— Da última vez que eu confiei em você, quase me afoguei.

— Você não chegou nem perto de se afogar. Até a médica disse isso. Não tem nenhum dano causado por água nos seus pulmões. Aconteceu uma coisa com você, mas não foi isso.

— Eu quase morri. Do mesmo jeito que a Christina morreu. E, até onde eu sei, isso também foi culpa sua.

Ele coçou a barba. Agitado. Nervoso.

— Christina sabia o que ia acontecer com ela. Tudo que aconteceu com ela foi uma escolha dela.

— Como assim?

— Escuta, me desculpa. *En serio*. Eu tentei ser o mais claro possível. Eu disse que, se você quisesse saber o que aconteceu com a sua velha amiga, era pra você vir comigo…

— E eu ainda não sei o que aconteceu com a Christina.

Mais uma vez ele me ignorou e seguiu falando.

— *Mierda*. Eu não sabia que você ia acabar no hospital. Isso nunca aconteceu antes, eu juro. Ela deve ter gostado mais de você do que o normal. Ou talvez tivesse mais… trabalho a fazer.

Eu cedi.

— Ela quem?

— La Presencia.

— O quê?

— É assim que a gente chama.

— A coisa?

— Sim, La Presencia.

— Ah, qual é…

— A luz que você viu.

— Foi uma aura. Foi o que a médica disse. Às vezes acontece quando você tem enxaqueca ou logo antes de uma convulsão.

— Você não teve uma convulsão. Eu estava lá. Mas eu não ia falar isso pra eles. É melhor que eles não saibam os detalhes. E você já ouviu falar de duas pessoas vendo a mesma aura ao mesmo tempo? Não, claro que não. Isso não significa que todo mundo consegue ver. Ela se esconde com muita facilidade. Só é vista por quem precisa ver.

— Jesus — falei.

— Não. Não é Jesus.

— Eu quis dizer *Jesus*! — exclamei. — Que é o que você fala quando tem um homem esquisito de roupa de mergulho do seu lado dizendo as coisas mais ridículas.

Alberto bufou. Então falou de repente, num tom exagerado de guia turístico.

— Tem uma vila em Ibiza chamada Jesús. Mas a gente pronuncia "rei-zus".

O velho bem vestido nos encarou. Eu sorri novamente. Desta vez, ele não fez o mesmo. Estávamos a um passo de causar uma comoção.

— Você é uma pessoa difícil — comentou Alberto. — Alguém já te falou isso?

Já, eu não disse para ele. *Muitas vezes.*

— Eu tendo a evitar conversas o máximo que posso — foi o que eu falei. — E agora estou me lembrando por que faço isso.

Ele me ofereceu uma batata. Fiz que não com a cabeça, embora estivesse com fome. Teimosa que nem uma mula, minha mãe costumava dizer.

Alberto deu de ombros e falou de boca cheia.

— É de páprica. É muito boa. Você não gosta de sentir prazer quando lhe é oferecido, né?

Um minuto de silêncio. Depois, ele não aguentou e continuou.

— Isso é normal. É a fase da negação. Foi a mesma coisa com a Christina. Algo extraordinário acontece quando ela te toca e você atribui isso a um sonho, afinal por que não? Mesmo que uma parte sua saiba que não foi. Aliás, em geral, a pessoa não precisa ser resgatada da água. Em geral acontece muito depressa. Num instante. Mas você teve uma interação mais forte. É por isso que você precisa sair daqui e ir pra casa. Porque, se você fizer uma ressonância, eles vão encontrar alguma anormalidade.

— É *pra isso* que se faz ressonância.

— Eu estou falando de uma coisa talvez nunca vista. É um exame mais completo que o último. E vai mostrar algo que vai surpreender os médicos. E, quem sabe, eles podem te levar pra algum lugar.

Olhei para ele. Pensei na flor extinta que estava crescendo numa fresta no solo seco na frente da minha porta. Pensei no vidro com água do mar que se enchia sozinho. Pensei em todas as coisas ilógicas com as quais eu não sabia o que fazer. E, por alguma razão, tudo que me ocorreu dizer foi:

— Você não tem que ir cuidar de uma cobra?

Palpite feliz

— Escuta, tem uma outra força na ilha, atualmente — disse Alberto. — Não é La Presencia, mas uma coisa que ainda não conseguimos entender. Algo de que Christina só conseguiu ter vislumbres. Alguém ou algo com poderes agindo contra a gente. — Alberto viu alguém andando pelo corredor. Uma médica. Uma mulher alta com um rosto sério e cansado, e fios de cabelo escapando de uma presilha. De repente, ele pareceu ficar nervoso. — Nós temos que sair daqui agora. Foi um erro atrair tanta atenção para nós. É sempre um erro. Isso deveria ser um segredo...

— Eu não acredito em contos de fadas.

— A gente tem que sair daqui. Agora. — Ele baixou a cabeça e ficou olhando para os pés da médica enquanto ela passava.

— Não.

Alberto assentiu.

— Muito bem — disse ele, então indicou a mulher na recepção. — Daqui a quinze segundos, a recepcionista vai ajeitar os óculos. Em vinte, ela vai pegar o telefone para fazer uma ligação.

Aquilo era ridículo. *Isso não é ridículo.*

Meus olhos se alternaram entre o movimento do ponteiro dos segundos do relógio na parede e os gestos da recepcionista. Notei quando ela ajeitou os óculos no nariz e, cinco segundos depois, esticou o braço sobre a mesa, ficando meio de pé para puxar um telefone fixo para junto de si e começar a discar.

Palpite feliz, pensei. Eu ajeito os óculos de leitura o tempo todo. É provável que exista uma pesquisa por aí dizendo que as pessoas ajeitam os óculos em determinados momentos. E quanto ao telefone — recepcionistas devem fazer umas quinhentas ligações por dia.

— É um bom argumento — comentou Alberto, com um suspiro.

— Eu não falei nada.

— *Sí. Claro.*

— Tá. Digamos que seja verdade. Se você consegue prever as coisas, por que não previu que me trazer para o hospital era má ideia?

Ele assentiu.

— *Sí.* Outro bom argumento. A resposta é que eu fiquei com medo. Achei mesmo que você podia morrer. — Ele parecia realmente preocupado. — A maior parte das coisas eu acho impossível saber com toda a certeza. Se observo alguém de perto, sou capaz, sim, de alguns truques, mas a verdade é que hoje meus talentos estão bem reduzidos. Eu já fui todo-poderoso um dia, mas as coisas mudaram. Às vezes, pesco uns pensamentos. Consigo prever alguns minutos no futuro, mas é só isso. Mesmo que ela escolha a pessoa, La Presencia só faz contato uma vez. Posso ancorar meu barco no meio do caminho entre Formentera e Ibiza todo dia e mergulhar naquele exato lugar, e ela nunca vai me tocar. Ela já fez o que tinha que fazer comigo. E só passou de raspão em mim. Com você não. Seus talentos vão ser fantásticos quando se desenvolverem. Maiores até que os da Christina. É porque você ficou muito tempo na água.

— Que bobagem — resmunguei, e foi de fato o que eu tentei transmitir.

— Se é bobagem, como você explica o fato de saber que a médica se chama Paula?

— Poderes mágicos, lógico — retruquei, toda trabalhada no sarcasmo. Mas na minha cabeça eu estava fazendo contas. Segundo o relógio de parede, eram 7h25 da manhã; 25 vezes 7 eram 175.

— Por que você está fazendo contas?

— Como você sabe…

Eu estava entrando numa nova realidade e não tinha onde me escorar.

Ele deu de ombros.

— Não são poderes mágicos. Não é mágica. Mas são poderes, sim. Dados a nós dois por algo que vem de fora. La Presencia. A presença. De Salácia.

— Salácia?

— É o nome que demos ao planeta de onde ela veio. Um bom nome, não é? A deusa romana do mar.

— Eu não acredito nesse tipo de coisa.

— A única coisa em que você tem que acreditar por ora é que existe a possibilidade de não sabermos tudo sobre a vida no universo. Que não somos tão presunçosos a ponto de achar que *este ponto específico da história* é o momento em que sabemos tudo que há para saber. Dá pra ser? Agora, por favor, antes que seja tarde. Ou você sai comigo daqui ou não sai.

Dito isso, ele ficou de pé. E eu não o segui. Só olhei de relance para o velho na minha frente. Ele esperava a esposa. Ela estava fazendo um exame para confirmar uma suspeita de tumor. Ele não tinha dormido de tanta preocupação. Eu sabia disso, mesmo tendo consciência de que não tinha como saber.

Alberto saiu pelas portas automáticas. Fiquei me perguntando mais uma vez o que teria acontecido com Christina. Talvez ela estivesse presa numa base militar, em algum lugar.

Olhei para as minhas mãos. Havia algo de estranho, mas levei alguns segundos para perceber o que era. E então eu vi: o anel. Em vez de um rubi, havia uma esmeralda. Em vez do anel de noivado que eu usava todos os dias desde que Karl me pediu em casamento, na biblioteca, ali estava o que eu havia recusado no restaurante Raj Pavilion, perto da Universidade de Hull, tantos anos atrás. O que eu tinha visto na praia impossível.

Senti a adrenalina nas veias. De repente, estava alerta e com medo.

Senti um súbito impulso de seguir Alberto.

Então me levantei, com a recepcionista ainda ao telefone, e andei depressa em direção à saída. Um homem de farda verde passava pelas portas automáticas. Era o policial da Guardia Civil com quem eu tinha falado. O carrancudo e taciturno. Evitei o olhar dele, mas, quando nos cruzamos, eu soube que se chamava Carlos Guerrero. Soube que ele estava no hospital porque tinha recebido um telefonema sobre uma mulher que havia sido levada para lá por Alberto Ribas após um acidente de mergulho. Soube que ele gostava de ver programas de auditório enquanto tomava uma cerveja todas as noites. Soube que o sofá no seu apartamento ainda estava com a capa de plástico, porque ele não gostava de sujeira. Soube que ele adorava o Barcelona tanto quanto detestava o Real Madrid, mas que, num outro nível, na verdade não estava nem aí para nenhum dos dois. Soube que a parte interna das suas coxas coçava por causa do calor e que ele sentia dores nas costas relacionadas ao nervo ciático. Soube que ele tinha um sonho recorrente no qual um leão urinava nele, e ele ficava deitado debaixo do animal, apavorado demais para se mover. Às vezes, o sonho tinha uma dimensão sexual assustadora que o fazia acordar todo suado. Soube que ele tinha interrogado Alberto e o tinha excluído das suas investigações. Mas também soube que ele tinha recebido propina de alguém. Eu o vi numa casa luxuosa que não era dele, aceitando dinheiro de alguém sem rosto. A pessoa obviamente tinha um rosto, mas não dava para ver.

— *Disculpe, señora* — disse ele, enquanto eu continuava andando.

Eu não sou quem você acha que eu sou, pensei, e pensei com tanta intensidade que o pensamento pareceu se transformar no dele também, porque ele balançou a cabeça e continuou mascando chiclete, enquanto seguia para a recepção.

As instruções

— Presta atenção — avisou Alberto, me deixando em casa feito um pai ansioso. — Nos próximos dias, você vai notar algumas mudanças.

— Eu tenho 72 anos. Estou acostumada com mudanças.

— Essas mudanças vão ser surpreendentes, e talvez intensas.

— Vai crescer um chifre na minha cabeça? — perguntei, numa brincadeira com fundo de verdade.

Ele fez que não com a cabeça, mas não sorriu. Ele levava aquilo muito a sério.

— Não. Nada de chifre. Não vai mudar nada na sua aparência física. Mas você vai mudar. Todo mundo que ela toca é transformado.

Alberto sabia ser dramático. Mais tarde eu descobriria que uma parte dele não estava exatamente *lá*, se mantinha sempre à parte, observando, como se ele estivesse preso dentro de uma perspectiva eternamente maior.

— Como? Eu vou mudar como?

Ele deu de ombros.

— *¡Quién sabe!* É difícil dizer ao certo. Ela se manifesta de formas diferentes, dependendo da pessoa. Mas você agora é parte salaciana. Ela te deu talentos salacianos, e, do jeito como te tocou, acho que vai ser uma mudança muito significativa. Mas o importante é o seguinte: você tem que manter isso em segredo. Pelo menos por enquanto. Pelo menos até ter tudo sob controle. Não conta pra ninguém, não mostra pra ninguém, não deixa ninguém ver. Isso é muito importante.

Daria para escrever um livro inteiro sobre o que eu sentia naquele momento.

Depois de ouvir que eu era basicamente metade alienígena e que tinha habilidades paranormais. O choque. A perplexidade. Mas, sobretudo, eu estava em negação. Não queria acreditar em nada daquilo.

Fazia muito tempo que eu não era tratada como criança. Senti a indignação fervendo feito lava.

— Eu quase morri por sua causa. Por que deveria te dar ouvidos?

— Porque é o que você tem que fazer. Tá legal? Se você não confiasse em mim, não teria saído do hospital atrás de mim. Amanhã eu venho te ver. Você tem comida e bebida em casa?

Fiz que sim com a cabeça e apertei os olhos por causa do calor. Estava quente demais. O tipo de dia em que você sente a pele fritando.

— Ótimo. Fica em casa. Só por precaução.

— Precaução contra o quê?

Achei que ele ia explicar alguma coisa. Mas não. Simplesmente disse:

— Contra você mesma.

— Por quê? O que eu vou fazer comigo mesma?

— Você recebeu talentos aos quais ainda não está habituada. Este é um momento crítico. Tudo pode acontecer. Mas amanhã eu venho.

— Não quero que você venha amanhã.

O que eu queria dizer na verdade era: "Quero que as coisas voltem ao normal." Eu queria subtrair todas as novas adições. Incluindo o Alberto. Em suma, eu estava mais do que só um pouco assustada. E a minha reação ao medo era cair em negação.

Ele me entregou um pedaço de papel com um número rabiscado.

— Pra quando você mudar de ideia. — Ele não falou *se*, mas *quando*.

E então Alberto foi embora, e eu fiquei olhando para o outdoor do resort The Eighth Wonder e para o detalhe da foto de um quarto de hotel impecável. Parecia perfeito, mas aquela perfeição de repente me incomodou. Fiquei me perguntando por que aquilo me perturbou tanto, quando eu tinha muitas coisas para processar. Mas perturbou. Até eu virar as costas para entrar em casa.

O hotel infinito

Quando meu ex-professor de matemática, o Sr. Sole, me disse que havia algo maior que o infinito, eu ri. Ele então me propôs um exercício mental que ajudava a explicar a Teoria dos Conjuntos. Eu provavelmente falei disso nas minhas aulas de matemática. O exemplo do hotel que o falecido gênio alemão David Hilbert inventou para explicar o que Georg Cantor estava querendo dizer com os seus números transfinitos. E que chocou muita gente pelo mundo. Chega a ser pueril de tão simples, mas ao mesmo tempo diabolicamente complexo. Ele basicamente prova que um infinito de verdade não pode ser alcançado. É mais ou menos assim:

Imagine um hotel com um número infinito de quartos. Cada quarto tem um número, como num hotel qualquer. Quarto 1, Quarto 2, Quarto 3, Quarto 4… E assim por diante, para *todo* o sempre. Imagine agora que todos esses quartos estão ocupados. Isso mesmo. É um hotel muito concorrido. Um número infinito de pessoas ocupou um número infinito de quartos. Mas então chega uma hóspede nova. Vamos chamá-la de Marjorie. Ela está cansada. Pegou um voo muito longo. Está com as pernas doendo. A circulação ficou prejudicada. Ela precisa de um quarto.

Certo, o que o recepcionista do hotel diz para ela? Ele não pode dizer que o Hotel Infinito não tem mais vaga, né? A Marjorie podia entrar no TripAdvisor e detonar o hotel na avaliação dela. "ELES SE CHAMAM DE HOTEL INFINITO???????!!!!! TÁ MAIS PRA HOTEL FINITO!!!!! QUE PIADA!!!" (Uma estrela.)

Não. O recepcionista passa todos para o quarto seguinte. Assim, o cara do Quarto 1 se muda para o Quarto 2, e o casal que estava passando a lua de mel no Quarto 2 pula para o Quarto 3. Tá, não é a melhor solução do mundo, mas vamos ver no que vai dar. Enfim, o resultado é que a Marjorie consegue um quarto e todos os outros hóspedes continuam tendo um quarto. O hotel, portanto, passa a ser infinito mais um:

$$\infty + 1 = \text{o hotel}$$

O hotel original não era grande o bastante, então sua infinitude tinha limites. Mas e se aparecessem mais pessoas? E se chegasse uma infinidade de pessoas num avião infinito e houvesse um número infinito de táxis para buscar essas pessoas no aeroporto? Então teríamos:

$$\infty + \infty + 1 = \text{o hotel}$$

Resumindo: o infinito vem em conjuntos. Pode haver um infinito maior. O infinito pode ser dobrado, triplicado, quadruplicado, quintuplicado etc. Pode haver uma infinidade de infinitos. Mesmo sem hóspedes novos, o Hotel Infinito tinha diferentes tamanhos de infinitos. Um hotel infinito certamente tem um número infinito de números ímpares, mas também tem um número infinito de números pares, e em qualquer hotel o número total de quartos é maior que só o número total de números ímpares (ou pares). Você *pode* de fato ir para o infinito e além. O Buzz Lightyear era o verdadeiro gênio de *Toy Story*.

Por que continuo falando disso? Porque a rapidez com que um sistema de crenças pode mudar é assustadora. E porque acreditar em vida extraterrestre no nosso planeta estava além do infinito para mim. Quando se chega à minha idade, a sensação que dá é que não há mais nada de importante para aprender. Que já se acumulou todo o conhecimento necessário. Seu hotel está cheio. Eu tinha chegado ao limite. E eu simplesmente não estava pronta para aquele quarto extra. E houve um terremoto dentro de mim, só comparável com o luto. Mas o luto era a morte de uma pessoa, aquilo era a morte de tudo o que eu considerava real. E quando a gente envelhece, como você escreveu no seu e-mail, fica mais difícil quebrar padrões. Então eu me vi em meio aos escombros. Eu não tinha ideia de quem eu era ou em que mundo estava vivendo. Me senti renascida. E, como todo recém-nascido, eu queria chorar. Ou gritar.

As peculiaridades

Comecei a andar pela pequena casa.

Não precisei me sentar a cada dois minutos, o que foi estranho para mim. Eu tinha energia. Mas, embora me sentisse renascida, não era bem assim — eu ainda tinha uma dorzinha aqui ou ali, e minhas juntas rangiam, me fazendo lembrar que continuava na casa dos setenta; mas estava mais alerta e viva do que em muitos anos.

Este é um momento crítico.

Liguei a televisão, para tentar tirar Alberto da cabeça. Encontrei um canal de notícias em inglês. Eu nunca tinha visto aquele repórter antes, mas, de alguma forma, eu sabia que ele estava no meio de um divórcio. Ele falava de incêndios florestais a milhares de quilômetros de distância.

Era uma notícia perturbadora, claro, mas do tipo que eu já tinha visto centenas de vezes, e à qual eu normalmente ficaria assistindo, boquiaberta, como faria com um papel de parede de computador animado mostrando cenas deprimentes do século XXI. Mas, naquele momento, fiquei olhando para as escavadeiras amarelas e para os troncos sem galhos, e senti uma náusea sem precedentes que me causou ânsia de vômito. Tive uma sensação estranha de fome e enjoo, e minha boca de repente estava cheia de saliva. Era como se alguém tivesse acabado de me obrigar a comer sabão. Desliguei a televisão e corri para o banheiro minúsculo cheio de pontos pretos de mofo e me debrucei na pia.

Eu cheguei a vomitar.

Não porque tivesse comido algo estragado, mas só de ver o noticiário, como se a devastação que havia acabado de testemunhar na tela tivesse provocado uma reação interna direta em mim. Eu não tinha enxaguante bucal lá, como costumo ter em casa, para tirar o gosto ruim da boca. Escovei os dentes.

Peço desculpas. Eu devia ter avisado antes de contar isso tudo. Mas, depois que vomitei, me senti bem de novo.

Então, aconteceu outra coisa peculiar. Notei que os carros na pista lá fora tinham barulhos distintos. Nunca fui uma pessoa muito interessada em carros. Aos 5 anos, meu filho Daniel conseguia distinguir os carros pelos faróis. Mesmo no escuro, ele os reconhecia quando voltávamos da casa da avó dele.

— Ford Cortina — murmurava ele do banco traseiro, numa espécie de transe. — Vauxhall Cavalier… Metro… Ford Sierra…

Eu não conseguia nomear todos os modelos como o Daniel, mas visualizei todos os carros. Só pelo barulho. Enxerguei até o formato e a cor.

Não sabia nem dizer se tinha sido mesmo pelo barulho. Talvez eu pudesse explicar como uma sensação de *déjà-vu*. Só que reverso.

Então olhei pela janela e pensei *carro amarelo*, e, tal como eu previra, o primeiro carro a passar pela janela foi um amarelo. *Carro azul.* Passou um carro azul. *Táxi branco.* Passou um táxi branco. *Ônibus grande e chamativo, vermelho e amarelo.* Passou um ônibus grande e chamativo, vermelho e amarelo. Era muito, muito estranho e muito, muito além de qualquer explicação que eu pudesse dar. E foi aí que senti sede. Então fui até a geladeira e peguei a garrafa de suco de laranja. Falando assim, parece até uma coisa normal. Mas não tinha nada de normal. Era uma coisa muito diferente. Na verdade, tão diferente que acho que vou dedicar um capítulo só para isso.

O prazer infinito do suco de laranja

Tomei alguns goles e fechei os olhos, tão entregue quanto um lobo uivando para a lua. Bebi suco de laranja quase que a minha vida inteira — inclusive suco de laranja espremido na hora, em muitas ocasiões —, mas posso afirmar que nunca dei muita bola. Eu considerava suco de laranja como a água dos sucos de frutas. Simplesmente existia. Estava na mesma categoria do sorvete de creme e do chá com torrada, comidas perfeitamente saborosas, mas de um jeito neutro e pouco valorizado.

Mas aquilo era diferente. Aquele suco foi a bebida mais maravilhosa que já provei. A doçura competindo com a acidez, mas ambas perfeitamente equilibradas, tão complexo quanto o melhor Zinfandel. Saboreei cada gota. Acabei tomando a garrafa toda.

O estranho era que da última vez que eu tinha bebido aquele suco, ele estava bom, mas absolutamente passível de esquecimento. E, de repente, tinha virado o manjar dos deuses. Parecia que todo o propósito da minha vida era apenas desfrutar da experiência de derramar o líquido extraído das vesículas de uma fruta cítrica divina pela minha garganta. Uma sensação imensa de alívio e libertação. Ainda mais intensa que tomar um copo de água inteirinho, quando eu era criança, depois de jogar tênis com a minha amiga de infância Sarah, no calor do verão.

Aquele suco de laranja era a melhor coisa que eu já tinha tomado na vida.

— Que delícia — falei, em alto e bom som, porque parecia tão importante que precisava ser enunciado.

E então me dei conta de um fato: que aquela era a primeira vez que eu desfrutava de algo — *desfrutava* de verdade — em muitos meses. Anos, até. É lógico que eu me distraía com algumas coisas — filmes antigos, Wordle, palavras cruzadas, xadrez on-line, livros de passatempos, um ou outro documentário, e eu sem dúvida estava me distraindo desde que chegara a Ibiza, mas desfrutar de algo era outra coisa. Minha anedonia parecia ter passado, graças a um simples copo de suco de laranja. Em seguida, comi um biscoito. Verdade seja dita, não foi tão gostoso quanto o suco de laranja, mas estava delicioso também.

O livro

Richard Feynman foi um físico norte-americano erudito que escreveu muito sobre matemática também. Eu gostava demais de ler os livros dele, que faziam coisas muito intimidadoras, como mecânica quântica, parecerem relativamente fáceis. Enfim, ele disse uma coisa a respeito da qual tenho pensado muito esses dias: "Quase tudo é muito interessante se você se aprofundar o suficiente."

Quase tudo é muito interessante se você se aprofundar o suficiente.

É verdade. E era basicamente isso que estava começando a acontecer comigo. Eu estava me aprofundando em tudo sem nem me esforçar. No suco de laranja, no barulho dos carros, no latido distante de um cachorro. De repente, tudo tinha uma riqueza e uma complexidade infinitas, ou então, de uma hora para outra, eu tinha passado a ter acesso à riqueza e à complexidade que sempre estiveram lá. O cachorro latindo foi provavelmente a coisa mais interessante. Fechei os olhos enquanto o ouvia. E vi o animal em minha mente, um cão marrom e alto, de uma raça indistinta, latindo, amarrado ao lado de alguns estábulos. Vi até o cavalo para o qual ele latia.

Tentei mudar o foco para outra coisa.

Abri *La vida imposible* e já não parecia ser uma língua estrangeira. Eu conseguia ler. Não tão bem quanto em inglês, mas entendia a maioria das palavras. Lembrei de um documentário que ouvi no rádio, sobre um homem que aprendia línguas novas só de olhar para as palavras. Eu parecia ter adquirido essa habilidade. Li que as águas em torno da ilha de Ibiza haviam sido escolhidas pelos habitantes evoluídos de algum outro mundo como sua base na Terra. Saí da casa e olhei para a flor de novo. A que deveria estar extinta. E eu sabia tudo sobre ela. Sabia que a espécie havia deixado de existir quando a última delas havia sido arrancada do solo para dar lugar a um hotel. Fiquei hipnotizada por um tempo. Já estava escuro, mas isso não pareceu fazer diferença. Fiquei só olhando e descobrindo tudo sobre ela, sem fazer o menor esforço. Entendendo o seu propósito silencioso. O propósito de existir por existir.

Eu me dei conta do horário. Uma da manhã. Era tão estranho estar subitamente ciente de tanto, mas ao mesmo tempo não se ligar em coisas tão importantes — como que horas eram ou mesmo que dia do mês ou da semana (Dia 17? 18? 19? Sábado? Domingo? Segunda?). Inspirei. O cheiro de uma flor já não era só um perfume para mim. Era toda uma linguagem, uma propaganda da vida.

Então me arrumei para dormir. E fiquei ali, olhando para o teto, escutando o barulho do trânsito.

Táxi branco.

Ônibus da noite.

Carro de aluguel prateado, dentro dele um casal discutindo.

Eu não estava nem um pouco cansada. Isso era estranho para mim. Nunca tive insônia. Mesmo na juventude, dormir era o meu estado normal. Nem sempre tive um *sono tranquilo*, mas sempre consegui dormir. Então, de repente, eu estava totalmente desperta.

Saí da cama.

Olhei para a foto da Christina ainda jovem, com o homem de cabelo comprido. Aquela do buggy, na praia. Percebi que sabia tudo do casamento da Christina só de olhar para a sua imagem na parede. Aquele era o homem com quem ela havia se casado. Johan. Ele era um músico hippie e frustrado, que, em 1987, teimava em agir como se ainda estivesse em 1967. Ele se apaixonou por Christina ao vê-la cantando músicas antigas dos Carpenters e de Carole King, no Buenavista Hotel, em Santa Eulália, numa noite na baixa temporada, para um público embriagado. Ela se mudou para esta casa um mês depois de se separar de Johan, pois não tinha dinheiro para bancar o lugar onde moravam, na cidade de Ibiza. Johan nunca foi rico, mas ganhava o suficiente fazendo manutenção de piscinas.

Johan, como é comum aos holandeses, tinha facilidade com línguas. Inglês, espanhol, francês, alemão, um pouco de português. Chegou até a aprender catalão, que misturava com espanhol, como os habitantes do lugar faziam. Eles tocavam juntos. Tiveram uma filha. Lieke, que também se tornaria poliglota e um dia alcançaria o sucesso na música que os pais não alcançaram. A criança com o ursinho de pelúcia e o sorriso nervoso nas fotos. Ainda longe de ser a celebridade forte e intensa na foto do outdoor.

Johan e Christina eram pessoas interessantes, cada um à sua maneira, ambos apaixonados por música, por dança e pela vida, mas os dois discutiam muito e eram ambos impulsivos. Era preciso haver um responsável ali, e nenhum deles se encaixava no perfil. Os dois tiveram casos com outras pessoas, e, muitas vezes, mesmo os bons momentos se perdiam numa névoa de maconha ou no excesso de álcool. Eles deveriam ter se separado antes. Essa era a avaliação em retrospecto, principalmente para Lieke, que tinha 13 anos quando os pais se divorciaram e ela foi morar com o pai, em Amsterdã. Johan nunca mais viu Christina. Lieke viu, mas não com muita frequência, porque a mãe abraçou umas crenças estranhas, das quais Lieke tinha vergonha.

As pessoas dizem que o amor é uma coisa rara. Não tenho tanta certeza disso. O que é raro é algo ainda mais desejável. Compreensão. Não adianta ser amado se você não é compreendido. As pessoas amam a ideia que têm de você na cabeça delas. Elas amam o amor. Elas amam o amor que sentem. Ser *compreendido*. Mais que isso, ser compreendido e apreciado mesmo após ser compreendido. É isso que importa. Infelizmente, Christina e Johan não tiveram isso. Eles estavam apaixonados pela ideia um do outro, e tinham algumas ideias de como a família deles poderia ser, mas, com a paternidade, veio a realidade, e a realidade não correspondeu às expectativas de nenhum dos dois.

Fleetwood Mac

Eu queria ouvir música.

O antigo aparelho de som dos anos 1980 tinha um toca-fitas. Olhei as fitas de Christina. Blondie (é lógico). The Carpenters. Bob Marley. Fleetwood Mac. Escolhi Fleetwood Mac.

Ouvi "Everywhere".

Foi o som mais bonito, exuberante e sofisticado que já ouvi. Por algum motivo, eu me deitei. No chão da sala, com a água do vidro de azeitona brilhando de novo. A luz reluzente e em movimento acompanhando a sinfonia dos sentimentos, um compêndio de todas as emoções positivas que eu já havia sentido. A música me vinha em cores e como uma sensação tátil, como algo que podia ser visto e sentido, além de ouvido.

Olhei para um livro na estante. *O mistério do trem azul*, de Agatha Christie. Letras brancas numa lombada azul. Tive uma forte sensação de que conseguiria movê-lo. Digo, movê-lo sem tocá-lo, fisicamente. Ou melhor, tive a impressão de que a minha imaginação era capaz de manipular a realidade. Pela cortina entreaberta, dava para ver o outdoor do hotel The Eighth Wonder, do outro lado da rua. "Visualize seus sonhos e transforme-os em realidade." E foi o que eu fiz. O livro foi sendo empurrado para fora da prateleira, centímetro a centímetro, até cair, mas sem bater no chão, pairando no ar, não, sendo *sustentado* no ar, porque eu sentia o peso dele dentro de mim, o tipo de peso oculto que você sente quando percebe que disse uma coisa que não deveria ter dito. Ele descreveu um círculo no ar, e a minha cabeça doeu, então o soltei, e ele bateu no chão, ao som da voz de Christine McVie, um lamento perfeito. Complexo, mundano e etéreo ao mesmo tempo.

A dor de cabeça passou, outra música começou a tocar, e eu me sentei e olhei para o livro no chão, sem saber se ria ou se chorava com o que tinha acabado de acontecer, então fiz as duas coisas. Naquela hora a luz no vidro se apagou, e eu voltei para a cama e fiquei acordada até o dia nascer.

Embora ela estivesse em poder da Guardia Civil, lembrei da carta que Christina tinha deixado para mim, palavra por palavra, com todos os sinais de pontuação, e, naquele instante, atribuí um novo significado a ela. Particularmente neste trecho:

> *Ah, e o mais importante de tudo: passe na Atlantis Scuba, em Cala d'Hort. Diga pro Alberto que fui eu que te mandei. Ele não vai cobrar nada de você. Vá ver o prado de ervas marinhas. É o organismo vivo mais antigo da Terra.*
>
> *E, por favor, quando estiver lá, mantenha a mente aberta. Qualquer mudança que acontecer será para melhor. Confie em mim.*

E, depois de repetir isso pela décima vez, fechei os olhos e vi na minha mente uma lagosta correndo pela areia.

Melancia ao sol

Na manhã seguinte, eu estava em Santa Gertrudis, sentada na parte externa do café vegano, ainda pensando na visão da lagosta e no que aquilo podia significar.

Alberto tinha me dito para ficar em casa, mas eu senti *necessidade* de sair. Se o perigo que eu corria vinha de mim mesma, então não faria diferença onde eu estivesse. Porque eu estaria sempre acompanhada do meu eu perigoso.

Além do mais, eu ainda não sabia se podia confiar em nada do que ele tinha dito. O que eu sabia era que sentia um desejo profundo e urgente de explorar e de entender direito o que havia acontecido comigo e o que havia acontecido com Christina. Eu pressentia, lá no fundo, que as respostas estavam lá fora. E também, e isso não é pouca coisa: eu queria sair. Isso era incomum. Desde a morte de Karl, eu tinha zero vontade de sair ou fazer o que quer que fosse. E de repente eu estava explodindo com uma curiosidade tão forte que podia senti-la como um motor baixinho, lá dentro, vibrando nas profundezas.

Sentada ali, ao sol, eu sabia que tinha feito a escolha certa. Minha salada de frutas chegou, e olhei para o prato da maneira como se admira uma pintura de Matisse. Fiquei hipnotizada pelas formas e pelas cores. Gomos irresistíveis de laranja. O verde intenso do kiwi. As bolinhas de mirtilo, espalhadas como planetas num sistema solar orbitando um maracujá. Cubos de mamão. O triângulo vermelho-rosado de uma fatia de melancia, pontilhado com sementes pretas, parecia particularmente exótico. A sensação de comer melancia ao sol era tão maravilhosa que me perguntei por que não tinha feito aquilo mais vezes na vida. E por que isso não era a aspiração de todo mundo. Por que todos os empresários bem-sucedidos do planeta continuavam trabalhando, indo para o escritório, olhando para a tela do computador, quando podiam simplesmente abandonar aquela vida e comer melancia ao sol para sempre.

Mas pensamentos foram surgindo na minha cabeça. E não eram meus. A saudade que o garçom sentia dos amigos em Múrcia. Os pensamentos de outro cliente também. Um morador da região, lendo no jornal sobre os recordes de temperaturas sendo batidos no mundo inteiro. Eu senti a preocupação dele, não só com o clima, mas com a saúde frágil da mãe. Senti essa preocupação como se fosse minha. Ela me atravessou como uma nuvem. Assim como a felicidade provisória de três meninos que vinham andando pela rua, tendo acabado de saltar no ponto de ônibus, a caminho de uma escola internacional lá perto.

Era tudo muito estranho. Alberto estava certo. Ele tinha dito: "Vai ser uma mudança muito significativa." E de fato estava sendo. Meu coração disparava. O corpo tremia. Era ao mesmo tempo emocionante e aterrorizante, e me perguntei se aquilo ia me matar.

É difícil descrever em palavras, porque as palavras em geral são feitas para os cinco sentidos, e não para o sexto, ou o sétimo, ou o trigésimo oitavo, ou sei lá que sentido era aquele. Acho que era como uma *familiaridade* profunda, mas inexplicável. Como se eu conhecesse o mundo inteiro e seu conteúdo tão bem como conhecia um parente próximo. Como se eu conhecesse bem todos e tudo e só tivesse que olhar para uma pessoa para saber tudo dela. Era a interconexão de tudo sendo descortinada. Está tudo aí, se você souber olhar.

Um dos fatos mais interessantes e emocionantes do mundo, algo que sempre amei, é o que diz que somos todos feitos de poeira estelar. O universo inteiro está dentro de nós. Todos os elementos que nos compõem foram feitos em uma estrela. Nitrogênio, cálcio, hidrogênio, oxigênio, fósforo e todas as outras coisas. Somos feitos do espaço profundo e do tempo profundo e fomos forjados em supernovas. Um elemento, como você certamente sabe, é a matéria que não pode ser decomposta numa substância mais simples. Eles são os números primos do cosmos.

Nós somos feitos de elementos.

Temos o indivisível e o eterno dentro de nós.

Temos o universo em nosso sangue e em nossos ossos.

E depois de ter entrado em contato com La Presencia, foi como se eu estivesse acordando de um sono induzido, saindo de um casulo e voando para um novo tipo de consciência, na qual eu não era apenas formada de tudo, mas também podia ver e entender tudo. E parecia totalmente absurdo e perfeitamente lógico ao mesmo tempo. Era, imagino, um pouco menos absurdo que nascer. Surgir do nada é provavelmente um milagre maior, mas, quando todos recebem o mesmo milagre, você acaba por diminuir o valor dele. É uma simples questão de oferta e demanda.

Comi o último mirtilo. Deixei o dinheiro na mesa. E então fui até o carro, sabendo que, se eu desbravasse a ilha por inteiro, poderia entender por que tinha sido levada até ela. Porque, sem dúvida, havia uma razão. Disso eu sabia. E, ao entrar no carro, me veio aquela lagosta de novo na mente, e eu a expulsei do pensamento ao girar a chave.

Eu era a vida

Eu estava num planeta novo.

Tecnicamente, era o mesmo planeta, claro. A mesma ilha espanhola aqui na Terra. Mas, ao mesmo tempo, tudo era novo.

Tudo parecia infundido de um deslumbramento ou de uma intensidade súbitos. Aquela sensação que eu já havia experimentado muito ocasionalmente no passado — ao ver uma raposa ou um murmúrio de estorninhos —, eu estava tendo com *tudo*. Não só o suco de laranja e a melancia (embora as frutas parecessem particularmente sublimes de um jeito que eu nunca havia notado). Mas também todas as categorias da natureza, até mesmo a natureza humana.

E com uma intensidade muito maior do que eu já tinha vivido. Por fora, nada mudou. O mundo continuava o mesmo do ano passado e do ano retrasado. E a ilha era a mesma em que eu estivera no dia anterior.

A verdade é que você não precisa de uma espaçonave para visitar um mundo novo. Tudo que você precisa fazer é mudar de perspectiva.

E a minha perspectiva havia sido totalmente alterada.

Tudo pulsava de beleza.

O céu azul intenso. O cheiro dos pinheiros. O canto das cigarras. O calor distorcendo a imagem no ponto em que o asfalto encontrava o céu. Era tudo muito real e muito mágico ao mesmo tempo.

Liguei o rádio. Estava tocando música eletrônica de novo — uma música animada que, do nada, eu sabia ser de um DJ brasileiro chamado Alok, uma pessoa de quem eu obviamente nunca tinha ouvido falar —, mas a rádio ficava saindo do ar, então mudei para uma estação local de música pop. Estava tocando uma música que eu nunca tinha ouvido, mas que, de alguma forma, sabia tudo a respeito. Que o título era “Despechá”.

Que era da cantora espanhola Rosalia e que fora lançada em 2022. Supus que esse conhecimento fosse simplesmente a capacidade de preencher as lacunas. Da mesma maneira que você não precisa de todas as peças de um quebra-cabeça para descobrir qual é a imagem. Mas de repente era como se eu conseguisse conhecer o todo a partir de uma única peça. Eu só precisava ter ouvido alguma música pop para saber tudo sobre *todas* as músicas pop. Eu entendi a letra daquela canção espanhola. Captei a determinação da cantora em espantar com a dança a dor do seu coração partido e senti o quanto ela estava se divertindo. Eu gostava do jeito que ela fazia do limão uma limonada. E entrei no embalo. Devo até ter sacudido os ombros um pouco, embora fosse um estilo de música que eu nunca tinha escutado. E, depois dessa, tocaram uma música do rapper 21 Savage, e eu adorei. Aumentei o volume e balancei a cabeça no ritmo da batida, como se eu fosse alguém com outra idade, outra vida, outro tipo de pensamento.

Há padrões em tudo. Algo que você testemunhou no passado — uma conversa num avião, por exemplo — chega a você no presente ligeiramente distorcido. Uma cantora na camiseta de uma mulher se torna uma melodia conhecida. Em seguida, tocou uma música mais antiga da Taylor Swift chamada "Mirrorball", e eu era todas as pessoas que haviam curtido aquela música de todos os ângulos. Aquilo me fez perceber que eu também era um globo espelhado, como o título da música, só que ao contrário. Os espelhos estavam voltados para dentro. Em vez de o mundo me ver de cada ângulo refletido, o mundo em si era o globo espelhado e eu era o núcleo, e o mundo refletia em mim, de todos os lados, todo ele, simultaneamente, o que parece assustador, mas que, naquele momento, era muito empolgante. A música chegou ao fim, vieram alguns anúncios, que — como as notícias de jornal — de repente me deixaram meio enjoada, então mudei para uma estação de rock clássico que estava tocando "You Shook Me All Night Long", do AC/DC. Já tinha ouvido essa antes, por causa do Karl, e tinha pedido a ele que baixasse o volume, porque me deu dor de cabeça. Mas, naquele momento, eu aumentei o som. O máximo possível. E cantei junto, com a janela aberta, e achei absurdo e triste que eu nunca tivesse cantado no carro antes. Existe um poder tão simples nisso, e desejei que Karl estivesse lá para trocar uma ideia comigo. Aquilo era a vida. AC/DC era a vida. Eu era a vida.

Com o olhar certo e o ouvido certo, tudo pode ser lindo, Maurice. Todos os gêneros musicais. Toda tristeza e toda alegria. Toda inspiração e toda expiração. Todos os solos de guitarra. Todas as vozes. Todas as plantas à beira do asfalto.

Pensei numa frase de Mary Shelley. De *Frankenstein*. Meu segundo livro preferido, depois de *O conde de Monte Cristo*. A frase era a seguinte: "Há algo operando em minha alma que não entendo."

Quando cheguei à praça da igreja caiada de branco, baixei o volume e vi um casal sorridente de hippies velhos, ricos e de pele curtida, envoltos em tecidos de batique coloridos da cintura para baixo, relaxando em cadeiras de vime na varanda de um café e tomando smoothies azuis. Ao passar de carro, senti o contentamento descontraído deles como se fosse meu; ele chegou à minha mente como uma expiração. Havia um velho parado à porta de casa, olhando para o mundo com um olhar enrugado e perplexo. Eu o vi brincando naquela mesma rua quando criança, provavelmente nos anos 1950, empurrando pela calçada uma moto de brinquedo em miniatura com garupa na lateral, sob o olhar atento de um representante sisudo da Guardia Civil, vestido como um soldado. Não havia um café vegano por perto.

Quando saí de Santa Gertrudis, mudei de estação. Radio Clásica. Estava tocando o primeiro movimento do Concerto para Violoncelo em Mi Menor, de Elgar. Eu também já tinha ouvido aquela. Em casa, eu ouvia música clássica com frequência, mas de repente eu a sentia com todo o meu ser. O som dos instrumentos de cordas era como a maré subindo, e eu flutuava, alto, sem chão, sem amarras, nada embaixo de mim, carregada por uma corrente emocional sem nada a que me agarrar a não ser a consciência de estar viva.

Cheguei a uma pequena garagem onde dois trabalhadores tentavam enfiar um colchão na traseira de uma pequena van que não tinha sido feita para aquilo. Os dois riam, e eu senti a felicidade dos rapazes repercutir em mim enquanto passava por eles.

Gato

Havia um gato selvagem na rua, pavoneando-se devagar, com a mente surpreendentemente calma e alheia ao conceito de ruas. Era uma criatura linda, majestosa, magnífica, e parei para deixá-lo passar.

Caminhão

Então meu estado de espírito mudou.

Eu não soube explicar como aconteceu, mas, sentada ali, segurando o volante enquanto esperava o gato passar, tive outras lembranças que não eram minhas. Toda uma enxurrada de lembranças ao mesmo tempo.

Os poderes — "talentos", ou seja lá o que eram — estavam ficando mais fortes. Vertiginosamente mais fortes. Eu conseguia sentir a Christina. Não no carro, mas numa praia, provando de sua fúria enquanto discutia com o marido, e de sua culpa quando a filha, que estava construindo um castelo de areia, começou a chorar e a bater no castelo até destruí-lo.

Então, de uma ocasião mais recente, vi Christina com uma mulher de óculos e cabelos castanhos desgrenhados. Elas estavam no carro que eu estava. Falavam dos planos para a construção de um hotel em Es Vedrà.

— Quem está por trás disso? — perguntou a mulher.

Christina não sabia.

— Não consigo ver. Não está à vista.

— Mas você consegue ver tudo.

— Isso eu não consigo.

Essa interação, de alguma forma, me levou a outra coisa. Vi Christina falando com um homem. Mas não dava para ver o rosto dele. Do mesmo jeito que não consegui ver o rosto do homem que subornou o policial da Guardia Civil. Mas era a mesma pessoa. Disso eu tinha certeza.

Fiquei tão perdida naquela memória que demorei um instante para perceber que havia um caminhão atrás de mim, buzinando feito um ganso irritado.

Segui em frente. Tentei tirar Christina da cabeça e me concentrar na direção, mas era difícil. E não era só Christina. Havia informação por todo lado. Eu não estava só passando por carros, estava passando por pensamentos e sentimentos. Amor, ódio e indiferença. Eu estava submersa no mar da vida. Passei por policiais da Guardia Civil revistando um carro em busca de drogas, e o motorista, ansioso, torcendo para que não verificassem atrás das saídas de ar. Passei por um cachorro e pude sentir a sua solidão. Passei por uma árvore e, de alguma forma, soube que tinha 86.427 folhas, assim como soube que havia 123.210 fios de cabelo na minha cabeça, a maioria brancos.

Mas, aos poucos, o terror que eu vinha sentindo diminuiu.

Então ultrapassei um Jeep com a capota aberta e reconheci a pessoa ao volante. Não sei se esse conhecimento veio dos meus novos talentos ou simplesmente porque a identifiquei dos outdoors. Mas era ela, com toda a certeza. Lieke. A filha da Christina. Ela estava entrando numa grande loja de jardinagem — Eiviss Garden —, então dei meia-volta e parei no estacionamento também, antes de ter tempo de pensar no que estava fazendo.

Lieke

Eu a encontrei olhando para uma grande variedade de vasos de suculentas.

— Oi — falei. — Desculpa incomodar. Mas você é a Lieke, não é?

Ela era alta, mais alta que a mãe, e estava de óculos escuros e com um colete comprido, o cabelo descolorido despontando sob uma boina que não condizia com o clima. Um piercing no nariz, notei então. E uma tatuagem no pescoço que dizia "Silence", o que parecia uma palavra curiosa para uma DJ ter gravada na pele. Lieke tinha os olhos da mãe, porém mais frios. Parecia durona, forte. Mas também senti que isso era apenas uma fachada. Lieke era tão frágil quanto qualquer pessoa. Sua mente, no entanto, dizia a verdade e emitia notas melancólicas de rebeldia e tristeza.

Ela assentiu. Sem dizer uma palavra.

Estava habituada a ser reconhecida, embora eu não me enquadrasse no padrão de fã dela.

— Meu nome é Grace. Grace Winters. Eu conheci sua mãe, por um curto período, muitos anos atrás.

A tristeza de repente tinha farpas. Era evidente que ela não queria falar comigo. Desejei não a ter abordado. Mas era tarde demais. Então disse o que tinha a dizer, o mais rápido que pude.

— Sua mãe me deixou a casa dela, e eu me sinto constrangida com isso. Sabe... Não parece certo. Considerando que tinha família. Que tenha deixado a casa para mim. Então o que estou querendo dizer é que, se você vier a precisar da casa, ou quiser ficar lá, ela está disponível. Ou se você quiser conversar sobre isso…

— A gente não se dava bem — ela me interrompeu, tocando uma folha grossa, robusta e perfeita de uma planta jade. — E agora eu tenho a minha casa. Na montanha. Tá tudo bem. Não precisa se sentir culpada.

O sotaque dela era estranho. Na interseção de um diagrama de Venn entre o americano, o inglês, o holandês, o espanhol e lugar nenhum.

Eu vi a casa dela na montanha. Quando Lieke falou nela, consegui acessar os seus pensamentos sobre o lugar. Eu a vi nadando na piscina, o namorado observando-a de uma rede.

Eu deveria ter encerrado a conversa ali. Sem dúvida, é o que minha antiga eu teria feito. Mas esta nova eu de repente se importava demais com tudo. E, com esse novo espírito investigativo, perguntei:

— Por que vocês não se davam bem?

Era uma pergunta pessoal e indelicada, mas eu tinha que saber, e havia muitos pensamentos confusos a acessar. Às vezes, para chegar a um lugar, você tem que pegar o caminho mais direto e reto.

— Ela era uma pessoa difícil de conviver.

— Porque tinha crenças fortes?

— Não eram só crenças. Não era só o haxixe marroquino que ela fumava. Aquela merda toda era muito intensa. Ela ficou possuída.

— Possuída?

Lieke deu um suspiro. Foi como uma respiração entrecortada. Uma pausa. E então saiu tudo, num dilúvio.

— Ela teve uma experiência. No mar. E, depois disso, ficou obcecada. Não funcionava mais como um ser humano normal. Eu não conseguia falar com a minha mãe sem ela me contar alguma coisa sobre o meu futuro. E ela sempre acertava, o que só piorava as coisas. Quer dizer, que merda, como é que você consegue viver a sua vida sabendo tudo que vai acontecer? Mas eu não queria saber. Eu falei pra ela parar. Falei pra ela viver igual a um ser humano normal.

— Não é fácil achar seres humanos normais — comentei. — Mas sinto muito. Deve ter sido difícil.

— Nossa relação sempre foi difícil. Ela foi uma mãe de merda. Eu paguei dez mil euros de psicólogo pra chegar a essa conclusão. Mas com isso eu era capaz de lidar. O que eu não aturava era ela tentando me dizer o que fazer o tempo todo, porque ela sabia o futuro, sabe?

— Era como se a sua mãe fosse Deus. E ninguém quer ter Deus como mãe, né?

— Quando sua mãe é Deus, então só te resta ser o anjo caído. Ficou impossível. Não era só ela me dizendo que não gostava da minha música, ou do que eu fazia da vida, ou do meu namorado, era ela tirando da vida o que a faz ser a vida. A *imprevisibilidade*, sabe? E quando ela me disse que ia dar a casa pra você, eu falei que tudo bem. Falei que não queria aquela casinha de merda, e ela não gostou nada daquilo. Ela me disse que estava ajudando a organizar uma manifestação contra algum empreendimento em Es Vedrà e ficou chateada comigo, por eu não dar a mínima… — Lieke manteve a voz firme, mas o pesar cresceu dentro dela. — Terminou mal…

Seus pensamentos possuíam um calor vermelho, apesar da expressão impassível. Num momento leviano, cogitei se ela teve vontade de agredir a própria mãe. Entrei em sua mente e tudo que vi foi Christina dando um tapa na filha no fim da discussão. Era uma coisa difícil de imaginar. Christina. A pacífica e musical Christina.

— Isso é difícil. Foi a última vez que vocês se falaram?

— Não.

— Você acha que ela foi assassinada?

— Ela previu que ia ser. Mas falou que tinha um plano. Ela sempre tinha a merda de um plano. Foi a última coisa que ela falou. Que ia desaparecer para um mundo melhor, e não estava nem aí pra quem ia ficar para trás. Ela nunca se preocupou comigo. Então, a recíproca foi verdadeira.

— Ela estava falando do céu? Quer dizer, esse mundo melhor.

Lieke negou com a cabeça.

— Não. Ela quis dizer outro planeta. Ela achava que podia acessar outro planeta. — Lieke arregalou os olhos, e senti o pensamento por trás do gesto. Era um simples: *Eu sei que isso tudo é loucura.*

Ela virou o rosto. Botou uma planta no carrinho. Queria que eu fosse embora.

— Sinto muito por te incomodar.

Ela então amoleceu um pouco. Foi como um raio de sol entre as folhas.

— Tudo bem.

E eu possuía um conhecimento sólido em minha mente, firme como um seixo, e que eu sabia ser verdade. Eu precisava compartilhar aquilo com ela.

— Sua mãe te amava.

— É. Eu sei. E ela também te amava.

Eu ri do absurdo daquilo.

— Ela nem me conhecia direito.

— Ela falava muito de você. Quando eu era pequena. Dizia que você salvou a vida dela.

Fiz que não com a cabeça.

— Eu só fiz companhia pra ela.

Lieke abriu um sorriso de uma complexidade infinita.

— Às vezes, só isso já basta.

— Certo. É. Até mais.

Quando eu me afastava, ela voltou a falar.

— Ela não te deu a casa à toa. Ela estava te recrutando. Foi uma armadilha. Você é a substituta dela. Só não vai ficar igual a ela, tá?

— Vou fazer o possível.

— E eu não sei se você curte DJs de techno, mas, se gostar, posso te colocar na lista de convidados da Amnesia, amanhã. — Gostei do jeito como ela falou comigo como se minha idade e aparência não fizessem diferença. Lieke era muito especial. Um ser humano desprovido de preconceitos. — Vai ter também Carl Cox, Amelie Lens, Adam Beyer, Paco Osuna... São todos ótimos DJs. Vai ser a noite mais importante do verão. Vou deixar espaço para dois convidados seus. Grace Winters mais duas pessoas.

Pensei no ato de dançar. Não foi um pensamento totalmente desagradável. Eu não fazia nem ideia de que roupa as pessoas usavam para ir à Amnesia. Será que a minha calça da Marks & Spencer e a blusa bordada cairiam bem?

E, por algum motivo incomensurável, eu, a sua professora de matemática aposentada, respondi:

— Ah. Obrigada. Seria maravilhoso.

Maior que o pensamento

Dirigi até Cala d'Hort. Parei no estacionamento poeirento e passei pela placa de um restaurante que dizia: "FAVOR NÃO DEIXAR OBJETOS DE VALOR NO CARRO, RISCO DE FURTO."

Cheguei à Atlantis Scuba e procurei Alberto, mas ele não estava. Só encontrei o bode malhado de preto e branco, de chifres largos, Nostradamus.

Ele estava na frente da cabana da Atlantis Scuba, comendo uma tigela cheia de aveia no chão de terra ocre. Alberto tinha razão quando disse que Nostradamus era uma alma misantropa. Sua misantropia chegava até mim com o seu cheiro almiscarado.

Foi assustador perceber que eu podia entendê-lo. É difícil traduzir os pensamentos de um bode em qualquer tipo de linguagem humana. Mas devo dizer que, em parte, o quê de misantropia não é só rabugice, mas uma espécie de rabugice bem-humorada. Bodes e cabras estão sempre olhando para as coisas de um certo ângulo. Como se não se encaixassem e estivessem só seguindo em frente. Percebi que Alberto também lhe dera o nome de Nostradamus por ironia. Bodes não ligam para o futuro. O futuro e o passado são irrelevantes para eles. Estão sempre num estado enfadado de presente. Deixei-o com sua aveia, caminhei até a praia e me sentei completamente vestida na areia, perto de um dos restaurantes.

Para onde quer que eu olhasse, via as pessoas e sentia os seus pensamentos e as suas emoções. Eu queria que Karl estivesse ali para poder contar a ele sobre aquilo. É uma das grandes vantagens de se ter uma companhia. Elas são um amortecedor para a loucura da experiência. E nenhuma experiência era mais louca do que a que eu vivia naquele momento.

Um menino brincando na areia se perguntava quem venceria numa luta: quinhentos gatos pequenos ou um único tigre. Sua mãe fantasiava com um jovem que caminhava pela areia, enquanto o marido tentava se concentrar no livro de suspense que lia. Um agente desonesto da CIA estava envolvido num plano para matar o presidente.

Olhei para a rocha de Es Vedrà e para a sua irmã, a ilhota menor e mais plana chamada Es Vedranell. A maior pairava alta sobre a menor como uma mãe protetora.

Olhei para a água ao redor das duas.

Para minha mente que agora parecia saber quase tudo, o mar era a única coisa que ainda não se conseguia compreender imediatamente. Ele continuava preservando o seu mistério, e olhar para ele me fazia relaxar. Era a única coisa que parecia maior que os meus pensamentos.

Vida impossível

Sentada na areia, eu me permiti uma risada baixinha sobre o quão absurdamente improvável a minha vida tinha se tornado. Ou talvez ela sempre tenha sido improvável. Talvez essa seja a coisa verdadeiramente absurda, a maneira como nem titubeamos diante da absoluta improbabilidade das nossas vidas aqui nesta grande rocha girando pelo espaço. A maneira como existimos do nada, a maneira como todo o universo existe do nada, e aqui estamos, o *algo* impossível cuja existência saiu do vazio. Vida impossível. Um acaso a ser estimado.

O incidente da cabra

Eu estava sentada bem perto de um dos restaurantes e logo me distraí com as várias conversas dos clientes, um riacho balbuciante de línguas diferentes se misturando. Ouvi duas vozes mais velhas que na mesma hora reconheci do avião. Era o casal idoso que estava lendo o guia de caminhadas em Ibiza. Eles comiam uma caldeirada, sentados perto de um tanque de lagostas, planejando a caminhada que fariam à tarde até um assentamento romano perto dali.

A mulher lia um pouco do guia. Embora não tenham dito seus nomes, eu sabia. Chamavam-se Olive e Michael, e eram de uma cidadezinha na região das Cotswolds. Tinham passado a maior parte da vida juntos, e Olive tentava não pensar no resultado da biópsia de Michael, que estaria esperando por eles quando voltassem para a Inglaterra. Michael também tentava não pensar no assunto, mas tinha um mau pressentimento, e tentava manter a calma, o que o deixava exausto. Vi o amor dos dois, e ele tinha uma tonalidade queimada de laranja, um sol poente, ardente e ainda mais bonito ao mergulhar no horizonte. *Talvez eu esteja imaginando isso*, pensei. É. Talvez tivesse imaginado tudo. Mas, se estava imaginando, então por que também estava *prevendo*? Como tinha feito com os carros. Cada frase que seria dita. O momento em que o garçom se aproximaria. Visualizando o garçom antes de me virar para vê-lo. Se era imaginação, o mundo inteiro também era.

Era de fato assustador ter esse novo sentido. Tentei me concentrar no mar de novo, mas ouvi um tiro. Muito fraco e distante, e ninguém mais pareceu notar. Senti o estômago embrulhar. Vi um barco depois dos pedalinhos. Aos meus olhos, era só uma mancha branca a distância, passando de Es Vedrà. Mas o vi com mais clareza. Eu o vi tão nitidamente como se estivesse flutuando bem do lado dele. Tinha uma cabine pequena e as palavras *Eighth Wonder* escritas na lateral. Lembrei do outdoor perto de casa. Com o anúncio do resort The Eighth Wonder, em Cala Llonga, que ficava a quilômetros dali.

Havia um homem no convés. A olho nu era quase impossível vê-lo. Era como distinguir um fio específico de cabelo na cabeça de uma pessoa que está a uma boa distância.

Mas eu conseguia ver o homem sem vê-lo. Do mesmo jeito como vemos as memórias sem realmente vê-las. Essa memória estava acontecendo no presente, e não era minha. Ele estreitava os olhos por causa do sol forte, enquanto olhava pela mira de um rifle para uma cabra em terra firme, em meio ao calcário íngreme daquela rocha misteriosa, Es Vedrà. A cabra tinha uma coloração diferente da de Nostradamus. Marrom e branca, em vez de preta e branca, e os chifres eram menores. Pela lente telescópica, o homem podia ver que a cabra os encarava diretamente. A criatura tinha acabado de testemunhar uma outra cabra morrendo e entendeu o que estava acontecendo.

O homem se chamava Nicolau. E estava atormentado. Pensava no que a namorada diria. Não que a namorada fosse saber. Afinal, ele estava sob a mais estrita ordem de não falar nada para ninguém.

Nicolau tinha lido em algum lugar na internet que as cabras eram animais muito inteligentes e capazes de reconhecer rostos e expressões humanas. Ele tinha esperança de estar longe o suficiente para que seu rosto não fosse visto. Não queria fazer aquilo, mas o empregador pagava bem, e a ação tinha sido aprovada pelo governo local. Eles deveriam eliminar todos os animais da ilha. O porquê não ficou claro, pois o chefe não explicara. Mas sem dúvida era para o empreendimento — embora ele não imaginasse como seria possível construir um hotel numa rocha tão desafiadora. E assim, ao sentir a mão do colega Hugo em seu ombro, ele soube o que estava prestes a fazer.

E eu também, paradoxalmente sozinha naquela praia lotada, soube o que ele estava prestes a fazer. E, por algum motivo, não podia deixá-lo prosseguir. Porque, além de saber o que o homem estava sentindo, eu também compreendia o sentimento da cabra. Senti a sua dor pela morte da companheira. Era como uma escuridão latejante. Fechei os olhos, como se estivesse desejando que algo acontecesse.

E então me vi dentro da mente de Nicolau. E não estava só vendo lá dentro, mas tentando influenciá-lo.

Ele prendeu a respiração e levou o dedo ao gatilho. Tentou puxar, mas não conseguiu. Ele se perguntou se a arma estava com algum problema. Verificou se a trava de segurança estava acionada, mas não. Tentou de novo e então percebeu que a culpa não era da arma.

Hugo estava rindo dele. Quis saber qual era o problema.

Hugo balançou a cabeça negativamente e pegou a arma, e então ficou mais difícil. Eu não conseguia entrar na cabeça dele. Era uma porta fechada.

Não faça isso, eu disse a ele. A voz da sua consciência. *Não puxe o gatilho. Deixe a cabra viver.*

Ele piscou uma, duas vezes, então me expulsou da sua cabeça, confuso sobre o porquê de estar de repente tendo esses problemas. A questão foi que eu me distraí por um instante. O garoto perto de mim começou a chorar porque a irmã tinha chutado o seu castelo de areia.

E naquele momento o tiro soou. Mesmo que eu tivesse a melhor visão do mundo, jamais teria *visto* aquilo, pois eles estavam do outro lado de Es Vedrà. E, no entanto, eu vi, mais nitidamente em minha cabeça do que via a praia e o castelo de areia derrubado. A cabra caiu do penhasco, rápida e pesada, batendo na rocha duas vezes antes de afundar na água.

Senti o estômago embrulhar de novo.

E Hugo ficou fitando a água mais um pouco, perdido em seu remorso.

As lagostas

Fiquei sentada lá, chateada comigo mesma. Eu tinha tentado evitar que uma criatura morresse e falhado. E, ao fitar o castelo de areia derrubado, as vozes do restaurante começaram a fluir ao meu redor. Ouvi vozes espanholas, catalãs, inglesas e holandesas, e também senti os pensamentos e as lembranças em torno delas, ou contidos nelas, como se cada palavra fosse um papel embrulhando um pensamento que eu pudesse desembrulhar imediatamente. Mas uma voz, uma mente, se sobressaía. Era uma voz indelicada, irritadiça, britânica. Os pensamentos eram hostis também; eu os senti pairando até mim feito fumaça.

— Com licença — chamou a voz, um homem a duas mesas do casal das Cotswolds. — A gente achou isto na nossa *paella*.

O garçom olhou para ele, confuso. O outro sustentou o olhar.

— É um fio de cabelo — explicou o homem, cujo nome pressenti ser Brian, segurando o fio como se fosse um artefato histórico que tinha acabado de extrair da cripta funerária de Cleópatra. — E, olha, não é do nosso cabelo.

Brian não iria recuar, assim como não recuara ao insistir que a seguradora em que trabalhava em Londres precisava passar por uma reestruturação que envolveria demissões.

— Ah, senhor, sinto muito. Vou comunicar à cozinha.

O garçom com quem ele estava falando se chamava Vicente. Carregava uma espécie de tristeza. Uma saudade que o acompanhava antes mesmo de se mudar do Equador para a Espanha. Uma incapacidade de se enraizar. Fechei os olhos e vi uma lembrança recente, do dia anterior, em sua cozinha em Cala Bassa, no oeste da ilha, com um barulho distante de construção entrando pela janela, enquanto ele lia a carta do proprietário informando que ia vender o pequeno prédio de apartamentos para uma agência de viagens e que ele precisaria encontrar outro lugar para morar. Eu soube de tudo isso antes mesmo de me virar para ver a sua silhueta magra curvando-se numa espécie de reverência, como um cortesão diante de um rei tirânico.

— Não vamos comer isso. E não vamos pagar por isso.

— Claro. Eu sinto muito.

— Infelizmente, isso não vai ser suficiente.

Vicente pareceu confuso por um segundo. O que deixou Brian enfurecido. Ele trincou os dentes — estava com raiva, mas era um tipo estranho de raiva, como uma nuvem roxa em minha mente, uma nuvem de arrogância, superioridade e desejo de ferir.

— Você está me ouvindo?

A esposa pousou a mão no braço de Brian, enquanto ele agitava o garfo no ar. Tentei acessar a mente dela, mas foi como tentar enxergar uma pessoa mergulhada em uma sombra profunda.

— Sim, claro. Vou relatar isso para a cozinha e...

— E o quê?

Senti a raiva dentro de mim. Ela rodopiou na minha cabeça, e normalmente uma emoção desse tipo não tem para onde ir. Ela fica circulando, agitando folhas mortas. Só que eu já não estava mais normal, claro. Minha mente agora equivalia a um corpo e, assim como os corpos podem se deslocar no espaço físico, ela de repente parecia capaz de vagar ativamente por outros lugares e ignorar barreiras, assim como o vento ignora um sinal de trânsito. Em outras palavras, as informações que eu recebia não estavam apenas sendo recebidas. Elas podiam ser manipuladas. Eu podia resistir a elas. Como se a energia de um desejo de repente viesse acompanhada de um poder.

E, enquanto Brian falava, apontando o garfo para o pobre garçom — sobre falar com o gerente, sobre os protocolos de saúde e higiene, sobre se recusar a pagar a conta, sobre deixar uma avaliação de uma estrela no

TripAdvisor, sobre como Vicente deveria ter vergonha de trabalhar num lugar daqueles —, senti um desejo surgir.

O desejo foi este: *Cala a boca, Brian.*

Foi um desejo muito consistente. *Cala a boca cala a boca cala a boca cala a boca cala a boca, Brian, cala essa boca.*

— Quer dizer — insistia Brian, enquanto eu só via roxo na minha mente —, isso simplesmente não está certo. Não está. Esperar que as pessoas paguem dezessete euros por…

E pronto. O roxo virou um azul cristalino. Brian se calou. Não consigo expressar o quanto aquilo foi surpreendente. Meus pensamentos tinham se materializado. O interior moldando o exterior com tanta facilidade.

Brian estava com a boca fechada. Ele tentava falar, mas não conseguia. Então começou a emitir um zumbido estranho, como se estivesse sofrendo de um caso particularmente grave de prisão de ventre.

— Brian? — perguntou a esposa. — Brian, tá tudo bem? Brian?

Charlotte. O nome dela era Charlotte. O nome me veio num momento fugaz, em meio a toda aquela comoção causada por mim.

Mas Brian não estava bem, porque agora o garfo que ele segurava tinha vida própria. Brian parecia tentar dominá-lo da mesma forma que se esforçava para falar. Como se o garfo fosse uma coisa viva. Como se de alguma forma estivesse contra ele.

Naquela época, eu não sabia nada de telecinesia. Não sabia que o ferro é um material particularmente receptivo a forças telecinéticas, e que, como o aço inoxidável é uma liga feita principalmente de ferro, é fácil manipular um simples talher como um garfo. Foi uma surpresa. O garfo que ele havia agitado na direção do garçom de repente estava sendo cravado, pela mão dele mesmo, na própria coxa. *Ai, não. Pobre Brian.*

E todos no restaurante pararam de beber o vinho e de molhar o pão no aioli e ficaram olhando a cena.

Charlotte demonstrava um estranho misto de perplexidade, preocupação e raiva.

— Brian, que diabos você está fazendo?

E foi aí que eu liberei o garfo. E Brian o soltou, por fim abrindo a boca para uivar, enquanto olhava o talher fincado na perna.

— Aaaaaahhhhhhh — berrou ele.

E, enquanto ele gritava de dor, senti um grito interior ao ver Brian ainda criança. Ele havia caído num leito de urtigas. Não. Não, ele foi empurrado. E eu via as outras crianças rindo dele enquanto ele tentava se levantar, elas o provocavam, e, quando vi isso, o garfo foi ejetado da perna dele, caindo no chão, e a esposa de Brian e o garçom tentaram acalmá-lo. Eu me senti culpada. Mas minha atenção acabou se voltando para outra coisa. Um sentimento de medo absoluto, claustrofobia e angústia. E percebi que não vinha de mim. Nem do Brian, nem do garçom.

Vinha do tanque de lagostas.

O terror tomou conta de mim, e o meu coração disparou e a minha respiração de repente ficou entrecortada. Uma vez ouvi uma coisa no rádio sobre como os crustáceos, inclusive as lagostas, sentem dor e procuram espaços seguros quando estão estressados.

A única vez que meu corpo foi acometido por tamanha intensidade como reação ao que se passava na minha mente foi quando me ajoelhei no asfalto da Wragby Road, chorando aos gritos e orando para que Daniel ainda estivesse vivo.

Eu me levantei e me afastei pela areia em direção ao carro, mas a sensação das criaturas no tanque estava ficando pesada demais. O que uma lagosta sente num tanque é pânico fundido com uma trágica sensação de extermínio. Elas têm uma enzima que protege o seu DNA. Chama-se telomerase. Não sei por que eu sabia daquilo, mas sabia. O mais importante, porém, é que eu sentia a tragédia delas. Lagostas são criaturas que não envelhecem. Elas poderiam ser imortais se as deixássemos em paz. Elas não enfraquecem naturalmente. Aquelas lagostas tiveram o seu infinito roubado, e ninguém quer ver o seu infinito roubado. Elas queriam ser livres. E eu queria que elas fossem livres. Senti o seu anseio e a sua impotência. Senti aquilo me sobrecarregando e me virei, voltando para o restaurante. Parei entre a varanda que continha as mesas do restaurante e a praia, olhando para as criaturas no tanque, numa espécie de transe. Devia estar parecendo uma louca.

O sentimento foi crescendo e crescendo, aumentando cada vez mais. O vidro então rachou e estourou. Uma torrente de água, com cacos de vidro e uma dezena de decápodes de casca dura subitamente animados desceu jorrando pelo chão de ladrilhos.

Os clientes, que já tinham ficado um pouco agitados com Brian e o garfo, passaram a um estado de choque palpável. Eles se levantaram, alguns chegaram a subir nas cadeiras para se proteger das lagostas.

Os crustáceos começaram a fugir em direção à praia, em meio ao caos, com suas patas compridas. Suas garras de repente se libertaram dos elásticos que as prendiam, e as antenas se contorciam, descontroladas. Eles tinham o caminho livre, passando pelos garçons, ocupados em acalmar Brian e as várias crianças que choravam, enquanto também tentavam secar e limpar o chão numa tentativa de dar alguma ordem ao pitoresco restaurante à beira-mar. Vi uma das lagostas exatamente como a tinha visto em minha mente, correndo pela areia.

O que foi que eu fiz?, pensei, despertando do transe.

— Passou do ponto — veio uma voz atrás de mim. Ao me virar, vi Alberto ao meu lado, de pé na calçada. A bermuda jeans desfiada e um sorriso malicioso. — Agora — disse ele, fitando a lagosta que se arrastava pela areia —, por favor, vem comigo. Sem fazer perguntas, desta vez.

Eu estava prestes a fazer uma, mas ele já se afastava de mim.

O aroma de Alberto Ribas

— Isso é absurdo! — exclamei. Estávamos no Fiat. Eu tentava acompanhar os gestos caóticos que Alberto chamava de indicações de direção. E, no entanto, eu parecia entender tudo e era capaz de absorver toda a paisagem com um único olhar. Para todos os cantos que olhava, a natureza cantava com beleza, e eu estava totalmente apavorada. — Isso é absurdo.

— Só que — devolveu Alberto, acariciando o peito peludo por baixo da camisa aberta — não tem nada de absurdo.

— Eu não quero isso — continuei. — Eu não quero esse poder. Por que estou me sentindo assim? Há dois dias, eu estava morta por dentro. Vazia. Eu não conseguia sentir nada. E agora é o contrário. Eu sinto *tudo.* E não dormi nada ontem à noite.

— É, esse é um efeito colateral comum. Há quinze anos que eu não durmo mais de uma hora por noite. Às vezes, não durmo nada. Christina costumava dormir dez minutos por noite. É como se tivéssemos virado golfinhos.

— Golfinhos?

— Sim. Golfinhos. Eu estudava os golfinhos. Uma coisa que acontece com eles é que dividem o cérebro em dois. Então uma parte do cérebro dorme enquanto a outra continua acordada. Sono de ondas lentas uni-hemisférico. Na verdade, a maioria dos mamíferos marinhos faz isso. E os seres humanos estão entre os mamíferos que mais dormem. Os elefantes e as girafas não dormem quase nada. Mas você não precisa se preocupar. Em termos práticos, a sua vida acordada só aumentou mais ou menos um terço. O que é uma coisa boa, não?

— Você não acha que devia ter me contado isso tudo? Sabe como é, antes?

— Eu fui muito claro. Eu avisei. Eu me lembro muito bem.

E eu também lembrava. Claro que lembrava. Eu lembrava de tudo. A voz dele ecoou na minha mente.

Se você quer continuar sendo um ser humano normal, melhor ir embora agora. Porque essa não vai ser uma experiência normal.

Fiz uma cara feia.

— Foi um comentário bem vago. Soou mais como um marketing genérico. Você devia ter sido específico.

— Ah, e você teria acreditado?

Fitei a bainha desfiada da sua bermuda jeans. Imaginei que ela nunca tinha visto uma máquina de lavar roupa. Dava para sentir o cheiro dele. Alberto Ribas vinha com um aroma. Um buquê não tão delicado de almíscar, salmoura, mau hálito, suor de gente e de cabra e um toque de filtro solar (um complemento bem incongruente, dado que a sua estética ficava em algum lugar entre homem das cavernas não integrado à sociedade e pirata). Tentei ignorar aquele cheiro. O que é bem difícil quando os seus sentidos são literalmente de outro mundo, e você está confinado a um Fiat Panda com um ar-condicionado fraco.

— Eu não sei no que eu teria acreditado — devolvi. Mas sabia que ele tinha razão. Sabia que não teria acreditado em nada daquilo.

— Olha, tem um motivo, tá legal? Sempre tem um motivo. La Presencia só vem pra você por um motivo. Quando eu me deparei com ela pela primeira vez, eu era um velho bêbado. Tive tudo que é tipo de problema depois que minha mulher, Julia, morreu, e La Presencia me ajudou. Me deu o que eu precisava pra ficar sóbrio. É por isso que eu sempre carrego isto comigo. — Ele tirou do bolso da bermuda jeans a garrafinha de rum com água do mar. Água do mar que não era só água do mar. Dava para ver o brilho suave. — É La Presencia. Era por isso que a Christina tinha o vidro de azeitona. Ela queria que La Presencia estivesse sempre por perto. Eu quero que ela esteja sempre por perto. Estar perto de La Presencia. Perto desses fótons misteriosos. Ela percebe quando eu estou fraco. Brilha e me dá força. Sabe, nada disso é por acaso. O fato de você ter vindo pra cá, de ter vindo me procurar, de ter entrado na água. La Presencia queria você. A Christina queria você. As mudanças vão te ajudar. Os talentos. Eles estão ficando mais fortes, não estão? Eles ficam mais fortes por uns dias. Daqui a pouco você vai conseguir controlar. Eu disse que você ia desenvolver isso. Lembra? No hospital. Agora, nem todo mundo que é tocado por La Presencia recebe os mesmos poderes da mesma maneira, então eu preciso saber... O que aconteceu até agora? Que talentos extrassensoriais? Telepatia? Telecinesia? Clarividência? Precognição?

Aquelas palavras eram absurdas. A verdade ainda mais. Pensei na lagosta. Da qual eu tive uma visão.

— Sim, sim, sim, e... acho que sim.

— Aliás, nenhuma dessas habilidades é exclusiva — continuou Alberto. — Todo mundo na Terra tem esses poderes. Sabe, quando alguém encontra outra pessoa na rua e diz: "Eu estava pensando em você agora mesmo." *La precognición*... precognição. Isso acontece. O tempo todo. Ou quando sentimos que alguém está nos olhando de uma janela antes de ver a pessoa. Telepatia. Acontece o tempo todo. Toda vez que temos um *déjà-vu*. Toda vez que pensamos numa palavra e alguém diz a palavra no rádio. Essas coisas são muito mais que simples coincidência. Você conhece Jung?

— O psiquiatra? Conheço.

— Bom, ele falava de "*la coincidencia significativa*". O mundo psiquiátrico não estava pronto para dar ouvidos a isso, mas existia, e ele observou nos pacientes repetidas vezes. *La actividad paranormal es normal.* Nós acrescentamos o "para" porque ficamos com vergonha do que não entendemos sobre nós mesmos. Então, o que acontece com La Presencia é que todas essas habilidades que temos são desbloqueadas e expandidas. Isso faz com que nos tornemos nós mesmos.

— Humm — murmurei, na dúvida. — E a telecinesia? Você está me dizendo que a maioria das pessoas consegue mover coisas com a mente?

— Não. *Es verdad*. Você tem razão. A telecinesia é uma que não é tão comum. Mas, mesmo assim, acontece, às vezes, quando o desejo é forte o suficiente e a coisa é pequena. Um pai querendo que a vela de aniversário do filho fraco se apague pode aumentar a força do sopro se mentalizar forte o bastante... A telecinesia... tá aqui. — Ele bateu na lateral do crânio. — Em todos nós. E em você, ganhou vida agora. A mente humana é um oceano obscuro. Uma Fossa das Marianas. La Presencia traz luz para ela.

Partículas de luz

Absurdo, pensei. Embora o pensamento não tenha ficado restrito a mim, claro.

— É, eu concordo — disse Alberto. — De verdade. *É* absurdo. Como tantas coisas pareceram absurdas no passado. Como a Terra girando ao redor do Sol. Como animais sendo dotados de inteligência. Mas tudo isso tem uma ciência por trás.

Alberto começou a entrar em alguns detalhes científicos sérios.

Ele descreveu um estudo de 2011, da Universidade de Cornell, que demonstrava que a precognição e a telepatia são mensuráveis em ambiente de laboratório. Falou sobre como os seres humanos são basicamente criaturas telepáticas e que os nossos pensamentos silenciosos não estão mais contidos em nossa mente do que a luz numa lâmpada. Falou sobre como o *establishment* científico ainda vive na era de Aristóteles, e como questionar ideias antigas de causa e efeito ainda é tido como blasfêmia, sobretudo em relação ao tempo. Falou de física quântica e emaranhamento quântico. Sobre retrocausalidade — a forma como o futuro interage com o passado tanto quanto o passado impacta o futuro. Falou de fótons — partículas de luz — que ficaram famosos por transgredirem as regras previamente concebidas de espaço e tempo. Sobre como o tempo não existe para a luz. E que temos essas partículas no nosso corpo. Que nosso corpo cria luz interior. Biofótons. E que os fótons bioluminescentes de La Presencia interagem com os fótons bioluminescentes dentro de nós, porque a luz atravessa e entra em tudo. E, por meio do desencadeamento de uma reação hormonal incrivelmente complexa e de uma espécie de transferência de informação biológica, esses fótons novos desencadeiam o nosso potencial.

E isso se manifesta de diferentes maneiras, dependendo da pessoa, mas tende a fazer com que coisas ocultas sejam vistas. Mentes, futuros, prazeres e sensações antes ocultos ou bloqueados.

— E quando isso acontece, *amiga mía*, um admirável mundo novo a aguarda.

O tom presunçoso estava me irritando. Ou talvez fosse o calor e o ar abafado dentro do carro e o fato de eu não estar gostando de ter a minha visão da realidade posta à prova. Mas não. Acho que era ele.

— Sabe de onde vem a frase "admirável mundo novo"? — perguntei.

— Sei. Claro. É do Aldous Huxley. O deus dos hippies.

Fiz que não com a cabeça.

— Foi William Shakespeare. Em *A tempestade*. Uma peça sobre um louco manipulador, numa ilha mágica, que gostava muito do som da própria voz e causou um monte de confusão porque se sentiu injustiçado.

— *Muy bien* — devolveu ele, arrancando um pelo branco do peito. — *Muy bien*. Sou eu. Louco... manipulador... Já ouvi coisa pior. — Ele indicou mais uma saída. — Vira ali — disse. — *A la derecha*. Para Es Cubells.

— Para onde estamos indo? — perguntei.

— Para a igreja — respondeu ele, sorrindo. — Então é melhor você ter sido uma boa menina.

Só tive vontade de dar um tapa na cara de alguém duas vezes na vida. Nas duas, foi em Alberto Ribas.

Já que eu não podia descontar em Alberto, talvez pudesse encontrar nele um ponto fraco. Continuei tentando acessar a sua mente, mas não consegui muita coisa. Na verdade, ele permanecia quase tão insondável quanto quando o vira pela primeira vez. Eu ainda não conseguia decifrar a sua idade, os seus amores, os seus medos, as suas memórias. A única diferença — e o que me fazia confiar um pouco nele — era que dava para detectar uma leve tristeza que ele não deixava transparecer. Não uma tristeza proveniente de culpa, e sim algo mais existencial. Uma espécie de sentimento contínuo de luto transbordava dele, aparecendo na minha mente em tons sóbrios de cinza e verde, como repolho cozido, contrastando com o sorriso permanente no rosto queimado de sol e curtido, com aquela barba de Zeus.

Então, na ausência de uma sondagem psíquica, eu tinha de fazer perguntas. A mais óbvia era:

— *Por que* estamos indo à igreja?

A estrada era sinuosa, estreita e deserta. Passamos por um bar de tapas solitário, sem ninguém na varanda.

— Para fazer uma pesquisa muito importante. Você vai permitir que a gente aprofunde a nossa compreensão.

— Do quê?

— De La Presencia.

— Eu não quero entender La Presencia. Não quero cravar garfos nas pessoas. — Pensei nas criaturas vaporosas e semissólidas, que pareciam aquarelas. — Não quero ser parte salaciana. Não quero ser a Defensora das Lagostas. Quero entender o que aconteceu com a minha amiga.

— É a mesma coisa. Entender La Presencia é entender o que aconteceu com a sua amiga.

— Então isso a matou? Aquela coisa no mar a matou? E você me mandou lá embaixo para que me matasse também?

Alberto suspirou feito uma porta rangendo.

— Eu não queria te matar, Grace. Você pode ser uma pessoa bem irritante às vezes, mas eu não queria te matar. La Presencia não estava lá pra te fazer mal. La Presencia quer ajudar e La Presencia quer ser ajudada. Ela te recrutou, como a Christina sabia que ia acontecer.

— Quantas outras pessoas já entraram em contato com ela?

— Eu pesquisei muito… pro meu livro… *La vida imposible*… Perguntei a um monte de gente… Li um monte de relatos… Acredita-se que tenham sido pouquíssimas pessoas. Além de mim, de você e da Christina, dá para contar nos dedos de uma das mãos os outros, que se saiba. Teve um pescador chamado Joan Bonanova, na década de 1930. E, como você vai ver, teve um encontro no século XIX. E, mais recentemente, houve um incidente há quarenta anos, mas foi diferente.

— Diferente como?

— Pra começar, foi de dia. A única vez que La Presencia se fez visível em plena luz do dia. E não foi com um adulto. Foi com um garoto. Um menino inglês. Ele estava de férias aqui. E quase se afogou. Nadou pra muito longe da praia, e ninguém conseguiu alcançá-lo. O pai viu, mas já era tarde demais. Ele afundou. Ficou sete minutos debaixo da água. Ele chegou a morrer, na verdade...

Pensei em Daniel. Pensei nele deitado no asfalto, imóvel. Na bicicleta vermelha e no sangue.

— Então, o que aconteceu?

— Luz — respondeu Alberto. — Foi o que as testemunhas viram. Inclusive o pai do menino. Eles viram um círculo luminoso azul dentro da água. E, depois dos sete minutos, o garoto veio à tona. Estava vivo.

— E o que aconteceu com o menino?

Alberto deu de ombros.

— Voltou pra Inglaterra. E quaisquer que tenham sido os talentos que recebeu, manteve para si... Mas foi uma situação totalmente diferente. Você foi escolhida, Grace. Você não estava em perigo.

Eu suspirei.

— Não entendo por que precisamos ir à igreja.

— Tem um manuscrito lá. Um manuscrito muito importante. Foi escrito por Francisco Palau. Um homem muito importante. Ele era padre e... — ele fez um gesto de quem está segurando um capuz ao dizer a palavra — ... monge... veio pra ilha, e costumava passar um tempo numa gruta, em Es Vedrà...

Diminuí a velocidade à medida que a estrada foi ficando mais irregular. Os pneus trituravam as pedras e a terra vermelha. Lembrei de Rosella, da mercearia, me contando do eremita religioso. *Há muitos anos, um eremita morava lá. Numa caverna. Um homem religioso. Um padre. Ele escreveu sobre as luzes que viu na água. Luzes que iluminaram o mar inteiro.*

Alberto sorriu. Ele sabia que eu tinha feito a conexão. O buraco entre os dentes parecia a entrada de uma caverna misteriosa. E então reduzimos a velocidade até parar e ele indicou uma linda igreja branca e cúbica à nossa frente.

— *Mira*, Grace. Chegamos. Não é linda?

Igreja

Era verdade.

A igreja de Es Cubells era de uma beleza geométrica ímpar. Com elegantes contrafortes nas faces laterais do corpo cúbico, era pintada de branco a ponto de ofuscar a visão. Um design bem simples, empoleirada acima do mar A igreja transmitia uma calma transcendental, e eu seria capaz de ficar olhando para ela sob o sol da tarde durante horas.

Saltei do carro, e Alberto seguiu até um arbusto.

— Eu preciso muito, como vocês dizem no seu país… drenar a sucuri.

Eu me virei para o outro lado.

— Ninguém fala isso. Literalmente ninguém.

— Tirar a água do joelho, sabe? — continuou ele, impassível.

Era o homem mais próximo de um animal que eu já tinha visto. Assim que terminou de urinar, se juntou a mim no caminho de terra.

Antes de chegarmos à porta da igreja, notei um lagarto aos meus pés. Estava totalmente imóvel, do jeito que só os lagartos conseguem ficar, e senti o seu estado de espírito paradoxal. Assim como determinadas línguas têm palavras que outras não têm, algumas espécies têm emoções que os seres humanos nunca sentiram. Um lagarto, por exemplo, parece viver num simultâneo estado de alerta constante e relaxamento profundo, totalmente em sintonia com o seu entorno, apavorado com tudo e ao mesmo tempo silenciosamente apaixonado por tudo.

Você está perto, me disse o lagarto misteriosamente. *Você está quase lá.*

— Tá vendo? — comentou Alberto. — Agora você lê os pensamentos dos animais. Isso é um dom, concorda?

— E, no entanto, Alberto Ribas, ainda não sei o que você pensa. Não é interessante isso? Você tem mais a esconder do que um réptil?

— Cara, você fala como se fosse um insulto ser comparado a um réptil. Os répteis são as mais fiéis, mais nobres e mais puras de todas as criaturas. Eles têm uma sabedoria antiga. Sabem como existir. Quando te falam uma coisa, estão dizendo muitas, muitas, muitas coisas. Os pensamentos dos répteis são mais precisos do que um haicai. Eles…

Ele ficou ali um tempo considerável, de pé naquele chão quente de terra, naquele calor escaldante e sem sombra, me dando uma aula sobre lagartos. O sotaque se alternando do espanhol para o inglês americano, passando por uma espécie de inglês britânico e algo exclusivo dele. E percepção extrassensorial nenhuma seria capaz de me ajudar a manter o foco no que ele estava dizendo. Então fitei a distância. Para além da falésia e dos arbustos de zimbro, para o mar e os seus mistérios. Por fim, as palavras cessaram, e ele recomeçou a andar.

Eu sabia que a porta estava trancada antes mesmo de tocá-la. Então falei para ele.

— Está trancada.

Alberto provavelmente também sabia. Ele franziu a testa para a porta. Na verdade, foi mais uma careta. Percebi, achando graça, que ele tentava — com muito, muito esforço — abrir a porta com a mente.

— Olha — gaguejou ele —, antigamente eu abria portas com muita facilidade. Mas o meu talento vem diminuindo. — Ele parecia constrangido. Como se quisesse me dizer alguma coisa. — La Presencia nos torna mais poderosos até certo ponto. Ela não nos torna imortais. — Uma leve rachadura em suas muralhas de defesa. Quase consegui penetrar a sua psique, mas ainda não foi possível. Ele suspirou. Saiu do transe. — Mas, acredite, esta é a parte mais importante da investigação que tem de ser feita, e você é a única pessoa capaz disso, então precisamos abrir a porta.

— Então eu estou aqui pra fazer a sua investigação?

— É — respondeu ele. Depois, repensou. Franziu a testa. Chateado consigo mesmo. E fez uma careta, contorcendo o rosto, mais do que só por causa da luz do sol. — *Não.* A investigação é importante, lógico. Porque La Presencia é importante. Mas não adianta eu falar o que eu sei, porque nem eu sei o que sei.

— Mas você me disse que a esta altura eu já saberia. Eu saberia tudo que aconteceu com a Christina. Foi por esse motivo que te encontrei na praia, à meia-noite.

Ele fez um beicinho.

— Ah. Sério? Achei que tinha sido por causa do meu charme irresistível.

— Curiosamente, não.

— Ah. — Ele pareceu tão decepcionado que quase senti pena dele. Quase.

— Eu fui mergulhar porque queria respostas. Você me prometeu respostas. E tudo que tenho é "ela desapareceu no mar"...

— Achei que ela ia te contar — disse ele. — La Presencia.

Alberto olhou para o relógio.

— Temos que agir rápido. Precisamos sair antes que abram a igreja. — Ele espantou um mosquito insistente. — Escuta aqui, é verdade, eu tô usando você, Grace. Eu tô usando você. Eu admito. Você tem um talento imenso e pode ajudar. A Christina não conseguia acessar a mente dos mortos, de Francisco Palau, mas talvez você consiga...

— Foi por isso que ela morreu? Porque não servia mais pra você? Ela não conseguia te ajudar com a sua investigação?

Ele pareceu enfurecido. Exibiu a mesma carranca que o nosso velho spitz-alemão, Bernard, exibia toda vez que colocávamos a coleira nele de novo.

— Você é muito burra — resmungou ele.

— É — retruquei. — Eu estou bem ciente disso. Sou a mulher mais burra do mundo. Se não fosse, nunca teria ido atrás de você em busca de respostas.

Fiquei tão irritada que saí andando. Você já fez isso? Ficou com tanta raiva que teve que desatar a andar? E aí, depois de começar, você tem que continuar, demonstrando convicção, muito embora o que você gostaria de verdade é de ter ficado parado e respirado fundo? Porque não havia para onde ir, tirando a beira de um penhasco ou um carro abafado do qual foi um alívio poder sair?

— Você é uma mulher da matemática. Você quer respostas, não quer?

— Quero. Eu quero respostas de verdade.

Há pedras que se abrem mais facilmente do que Alberto era capaz de se abrir. Mas senti que ele estava quase lá. Então me mantive de costas para ele, olhando para o mar e para os arbustos.

— Christina desapareceu no mar, numa noite sem lua. Você sabe quem mais desapareceu assim? Francisco Palau... E tem trezentas páginas preenchidas com a letra dele nesta igreja. E, sim, eu quero saber mais sobre La Presencia. Claro que quero. Mas investigar La Presencia é exatamente a mesma coisa que investigar o que aconteceu com a Christina. Agora, por favor. Se você é capaz de libertar lagostas, consegue abrir fechaduras. Vamos entrar.

A crença em mais

Dentro da igreja, estava frio. O chão era coberto de ladrilhos reluzentes. Quadrados inclinados em ângulos de 45 graus, como diamantes. Bancos limpos, bem espaçados entre si ao longo da nave e separados por um corredor largo no centro. Havia ali uma tranquilidade que me fez desejar ter ido mais vezes à igreja nos últimos anos.

Acho que eu estava me fazendo de difícil. Com Deus, digo. Eu queria que Ele fosse até mim. Que provasse que Ele estava lá. Mas agora sei que não funciona assim. Nós construímos nossa fé, assim como construímos nossas histórias. Acreditamos no que queremos acreditar, mas há esforço envolvido.

— Eu vinha aqui quando era pequeno — comentou Alberto. — A minha mãe era muito religiosa. Fui à missa em todas as igrejas desta ilha. Mas a que a gente mais ia era a igreja de Santa Agnès de Corona. No nosso vilarejo. A gente morava do outro lado da rua. Eu tinha um sapo de estimação. Um sapo-verde-das-baleares, que eu chamava de El Capitán. Eu costumava levá-lo comigo. No bolso.

— Coitado do sapo — comentei.

— *Sí. Es verdad.* Eu passei a conversar com sapos depois disso, e eles não têm paciência para sermões. Nem para bolsos.

— Você é religioso? — perguntei.

— Acho que sim. Mas acredito que, se existe um deus, você não o acessa por meio de uma igreja. Você o acessa através do mar ou da floresta. Eu aprendi mais com o sapo.

Fiz um muxoxo de desaprovação, em nome da minha criação católica.

— Eu gosto de igrejas — falei. — São calmas, silenciosas e sérias. Você podia aprender alguma coisa com elas.

Afora um grande quadro elaborado de Cristo acima do altar, a igreja era simples, minúscula, então não demoramos muito para localizar o manuscrito. Estava num armário de vidro ao lado da pia de água benta, perto da entrada. Era a única coisa dentro do armário. Não preciso nem dizer que o armário estava trancado, mas, assim como a porta, eu o abri com uma facilidade alarmante. Senti o trinco na minha mente, e só tive de, com confiança, imaginá-lo se mexendo para que ele de fato se mexesse. E então abri o armário e peguei o manuscrito amarelado, encadernado com fitas passadas por buracos de agulha ao longo da lateral das páginas. O manuscrito que Francisco Palau tinha escrito, de acordo com a data no topo da primeira página, em outubro de 1855.

— Ponha os dedos sobre as palavras — ordenou Alberto. — Leia, mas ponha os dedos nas palavras também. É assim que se faz... O nome disso é psicometria. A capacidade de entender a mente de alguém só de tocar em algo que a pessoa também tocou. É um tipo muito profundo e intenso de telepatia capaz de cruzar até a fronteira entre os vivos e os mortos. Não se trata só de ler a mente da pessoa... são muitos os sentidos envolvidos... você quase *vira* a pessoa. Naquele dado lugar e momento. Na prática, é uma viagem no tempo...

— Dá pra ficar em silêncio, por favor? — pedi.

— Olha pras palavras — sussurrou Alberto.

— Ssssshh.

Enfim, eu olhei para as palavras. O relato do velho padre sobre a viagem dele para Ibiza, escrito em catalão antigo. O seu exílio na ilha.

Era uma caligrafia elegante, as letras ligeiramente inclinadas para trás, varridas pelo vento, lutando contra a velocidade da pena. Como se ele soubesse que estava com os dias contados.

— Não — disse Alberto. — Essa parte não. Pula pro fim. Vai pra última viagem pra Es Vedrà.

Passei a ponta dos dedos pelas palavras, esperando a psicometria começar ou — mais cientificamente — as minhas habilidades induzidas pela biofotônica serem ativadas.

Ao fechar os olhos pude ouvir, bem baixinho, o barulho do mar. Era difícil saber se era o mar de fato, aquele logo ali, quebrando na praia ao pé da falésia. Ou se era uma memória do mar. Afinal, o mar sempre tem som de mar.

— Você tá ouvindo o mar? — perguntei a Alberto.

— Não — respondeu ele. — Não estou ouvindo nada. O mar de verdade tá calmo demais pra ser ouvido. Então você está ouvindo outra coisa. Você está ouvindo num lugar *que não é aqui*. Eu estou bem do seu lado, mas você vai me deixar por um tempo. Vai encontrar outra pessoa em outro tempo. Só por alguns instantes. *¡Buen viaje!*

Suas palavras se dissiparam no ar.

O mar ficou agitado. Eu o ouvia batendo nas pedras, e me senti deixando de lado as amarras do tempo e da identidade e me deslocando para dentro da fluidez da vida pura e abrangente. Tive um momento de breve alívio, do tipo que se sente ao tirar um capacete apertado, e então eu estava num outro lugar e era outra pessoa completamente diferente.

Mansões

Então, Maurice, de todas as coisas que aconteceram comigo até hoje, acho que essa foi a mais estranha. E, por isso, acho que é também a mais difícil de relatar para você. Acho que, como todos os talentos que eu tinha, aquilo foi uma extrapolação extrema de algo que eu já havia experimentado na minha vida normal. Por exemplo, sempre que leio uma autobiografia — seja da Maya Angelou, da Anne Frank, do Richard Feynman ou de *quem quer que seja* —, sinto uma espécie de empatia na qual uma pequena parte de mim se torna por um curto período de tempo a pessoa sobre a qual estou lendo.

Acho que talvez esse seja um dos propósitos de qualquer leitura. Ela ajuda você a viver vidas além da sua. Transforma o nosso casebre mental de um cômodo só em mansão.

Resumindo, toda leitura é telepatia, e toda leitura é uma viagem no tempo. Ela nos conecta a todas as pessoas, a todos os lugares, a todos os momentos e a todos os sonhos imaginados.

Agora imagine um botão, como um de volume, só que de empatia. E se a experiência de ler um livro normal faz essa empatia subir do nível um para o dois ou o três, então a minha experiência de olhar e tocar o manuscrito de Francisco Palau foi como girar o botão para o nível dez. Foi uma imersão total e irrestrita.

Eu não estava só experienciando as palavras escritas. Estava experienciando a vida ao redor delas. As palavras eram apenas sementes que germinaram uma súbita experiência sensorial completa. A igreja em que eu me encontrava desapareceu totalmente. Eu estava de volta — se é que "de volta" é a forma certa de descrever — a 1855. Sentia o vento quente no rosto. Ouvia o mar.

A terceira pessoa

Eu não existia mais.

Eu era ele.

Ele.

Eu era a terceira pessoa.

A lua cadente

Eu era Francisco Palau. É lógico que, tecnicamente, *eu* ainda era Grace Winters, e *eu* estava numa igreja, mas, naquele transe psicométrico, eu sentia tudo que ele havia sentido. Eu não tinha o poder de interferir, não podia mudar a experiência passada que observava, mas ao mesmo tempo me sentia mais do que uma simples testemunha. Eu me sentia como se estivesse dentro da mente e do tempo dele, sentada num barco a remo entre Cala d'Hort e Es Vedrà. Mas dava para ver que não era a Cala d'Hort do século XXI. Não havia prédios no litoral. Nem cabanas ao longo da praia. Nenhum restaurante. Nenhum outro barco. Nem a Atlantis Scuba. Só praia, rochas e natureza.

O barqueiro à sua frente era um ateu sisudo e cheirando a álcool chamado Miquel. Ele tinha se recusado a remar tão tarde, mas Francisco lhe oferecera três *reales* por seus esforços.

— Eu não sou como o senhor, padre — disse Miquel, em catalão. — Eu sou um pecador. Deus não me oferece a mesma proteção. Eu não seria capaz de passar uma única noite naquela rocha e ver o dia raiar.

— Como assim?

— Há coisas ao redor de Ibiza e de Es Vedrà que não são da natureza. Não vêm de Deus.

— Não existe nada que não venha de Deus.

— Se essas coisas vêm de Deus, então devemos ter medo d'Ele.

— Devemos, sim. Mas o medo é só mais um caminho para Ele. Mais um caminho para o Seu amor. Está lá no Livro de Mateus. "Portanto, não tenham medo deles. Não há nada escondido que não venha a ser revelado, nem oculto que não venha a se tornar conhecido. (...) Não tenham medo dos que matam o corpo, mas não podem matar a alma. Antes, tenham medo daquele que pode destruir tanto a alma como o corpo no inferno."

Miquel assimilou aquilo, profundamente, enquanto mergulhava os remos na água escura e levemente ondulante.

— Agora eu tenho outro medo além do primeiro, padre.

E Francisco riu, contido, e não disse mais nada. Miquel tinha razão. Ele não era como Francisco. Estava perdido, pensou o padre, como tantos outros. Escravo dos medos e de todos os outros instintos, um conjunto profano de superstições variadas ainda o contagiava, desde os dias dos fenícios, somado às crendices folclóricas.

Ele considerou que, de todas as pessoas supersticiosas da ilha, os barqueiros eram os mais obstinados. Talvez fosse aquele estranho licor de ervas que todos bebiam, que Miquel trazia num barril, aos seus pés. Talvez aquela fusão de álcool, erva-doce, zimbro e seja lá o que mais eles colocavam naquilo lhes desse visões alucinatórias e imaginações febris.

Era como se o povo das Ilhas Baleares (ele também já tinha estado em Maiorca, para trabalhar com os monges de lá) habitasse um mundo inverso, onde, quanto mais fantástica uma história, mais provável de ser considerada crível. Mas os nativos de Ibiza eram bastante propensos a tais delírios, tinham muitos festivais nos quais várias superstições eram fervorosamente celebradas e honradas e organizavam um tipo de dança em torno de poços artesianos, em que homens de boinas vermelhas saltavam no ar ao redor de mulheres cheias de joias, sob uma cacofonia de tambores, flautas e castanholas. Ele sentia um desgosto profundo por essas coisas ímpias, então tentava disfarçar ao máximo quando estava na presença dos habitantes locais.

Mas então: *algo.*

O barqueiro viu algo na água. E Francisco também viu. Uma luz brilhante. Algum tipo de reflexo.

— Achei que esta noite não ia ter lua — comentou o padre, parecendo um pouco nervoso.

Ele olhou para cima e o viu no céu. Um objeto leve vindo na direção deles. No início, era só um feixe de luz, mas, à medida que se aproximava da Terra, expandiu-se até se tornar uma esfera brilhante.

— Acho que ela está caindo — disse Miquel, atônito. — A Lua. Acho que a Lua está caindo do céu.

— Aquilo não é a Lua. É azul demais para ser a Lua. É outra coisa. Está mudando de forma.

A luz foi se aproximando cada vez mais. Um branco azulado luminescente, uma esfera que se estreitava numa haste de luz fina e inacreditavelmente longa atingiu a água quase sem impacto. E, de repente, sumiu. Dentro da água. Mas, um instante depois, a luz ressurgiu, debaixo da água. Uma nuvem de luz, que se transformou em esfera, e em nuvem novamente.

Miquel bebeu do seu barril e então ofereceu a bebida ao padre, que a sorveu sem hesitar.

1855

— Eu senti você sentindo. — Era a voz do Alberto me tirando do transe. De repente eu estava de volta à igreja.

— Aquela foi a chegada dela! — exclamou ele, bem mais alto do que se deve falar numa igreja. — Foi La Presencia chegando aqui. Ele viu. Viu no céu. Ele não escreveu que a viu chegando... Ele só falou das luzes na água... E não da *chegada* delas. — Alberto estava bastante animado. — Mas ele estava lá quando ela pousou. Ele estava lá. Ela chegou aqui em 1855. Esse é um *detalhe incrível.* É um verdadeiro avanço. Eu achei que ela havia chegado antes. Achei que devia estar aqui desde o tempo dos fenícios. Mas não, 1855. Mil. Oitocentos. E cinquenta. E cinco... Tem noção do que isso significa?

— Significa que eu sou sua auxiliar de investigação frustrada?

— *No. No. No.* Significa que ela veio por um motivo. Como imaginávamos. Veio num momento em que o nosso planeta estava totalmente *loco*, cara. Guerras, impérios, ferrovias e o verdadeiro início desta destruição do meio ambiente. — Quando ele ficava animado, o sotaque espanhol ficava mais evidente. Era quase charmoso. — A década de 1850 foi quando o número de espécies extintas aumentou... — Ele fez um gesto de um foguete sendo disparado. E imitou o som. — Quatro vezes mais espécies extintas do que na década anterior. Foi o começo do fim. O ar das cidades estava carregado de fumaça. Todo mundo tossindo. Você sabe. Seres humanos no meio dessa crise. Foi quando todos os grandes autores escreveram suas grandes obras, porque estava tudo indo pro buraco. Dickens e Flaubert e, logo depois, o nosso próprio Sr. Galdós. Era o início do movimento de conservação. E aí chega La Presencia. Uma força de cura... Por quê? Não seria possível imaginar que ela tenha vindo para nos ajudar? Que ela tenha sido enviada pelos salacianos, porque eles viram vidas em perigo e queriam preservá-las? Vai, continua… pula pras outras viagens dele a Es Vedrà…

Então voltei a pousar os dedos sobre o texto e mais uma vez retornei ao passado. Francisco Palau estava visitando Es Vedrà de novo, subindo em direção à sua caverna enquanto o dia começava a se esvair.

Salvação

Francisco já devia estar subindo aquela trilha íngreme havia mais de uma hora, mas sabia que não estava longe da caverna. Então parou ali por um tempo, admirou a vista, pegou o cantil e bebeu um pouco de água.

O céu estava repleto de cores.

Finas faixas paralelas de nuvens cor-de-rosa, roxas, laranja e amarelas, como os cumes e sulcos de algum campo celestial. Ele segurou as contas do rosário e fez uma oração silenciosa de gratidão. Havia percorrido toda a Espanha, muito além da sua Catalunha natal. Vivia mudando de lugar, por causa da guerra, da fome ou da perseguição. Já tinha visto muitos céus na vida e enviado muitas de suas orações a eles. Mas nada se comparava àquilo.

Quando criança, na fazenda, anos antes de ser banido do continente, ele fitava o pôr do sol junto da igrejinha da praça de Aitona, maravilhado, sentindo-se próximo de Deus Pai, o Salvador. Mas ali o céu era diferente. A beleza era avassaladora. A proximidade com Deus carregava uma intimidade que ele sentia dentro do peito. Catedral nenhuma jamais havia despertado nele tal sentimento. Aquilo o ajudava a respirar, lhe dava força e tornava a viagem possível. E ajudaria a mantê-lo firme nos três dias de meditação, reflexão e escrita na caverna. Era quase o suficiente para fazê-lo esquecer todo o terror que havia testemunhado.

Fitando a distância, para além da rocha mais baixa de Es Vedranell, na direção da enseada da qual acabara de vir, avistou um corvo-marinho voando baixo. Ele amava corvos-marinhos e desejou poder vê-lo melhor. Era uma maravilha de pássaro: preto, exuberante, majestoso e reluzente. Também distinguiu na luz já quase extinta a mancha marrom do barco a remo de Miquel, ancorado em segurança na praia, junto das rochas, em Cala d'Hort.

Foi então que o padre notou algo se movendo aos seus pés.

Um lagarto.

Não havia nada de incomum naquilo. Era o típico lagarto verde com pintas pretas que costumava ver em Ibiza. O bicho parou por um instante, antes de seguir em direção a um dos raros arbustos resistentes que se agarravam à rocha.

Mas então apareceu outro. Igualzinho. E outro, e mais outro. Francisco tentou contá-los, mas perdeu a conta quando chegou ao oitavo. Todos seguindo na mesma direção. Descendo. Afastando-se do destino do padre.

Da última vez que esteve lá, avistou duas cabras. Talvez elas os tivessem assustado. Mas ele não via as cabras naquele momento.

Por um segundo, sentiu uma pontada irracional de medo.

Era duplamente irracional, pois uma das coisas boas de Ibiza, e presumivelmente desta ilhota adjacente também, era que não havia animais perigosos ou letais. Nenhuma planta venenosa. Nem cobras nativas. Deus fizera da ilha um santuário de paz. Um lugar protegido.

O sacerdote expulsou a preocupação da mente, deixou pender o cantil junto ao corpo mais uma vez e continuou a jornada em direção à caverna. Seguiu procurando mais sinais de lagartos, mas não havia nenhum. Viu, no entanto, um falcão sobrevoando em círculos, à luz moribunda.

Quando estava quase na caverna, a meio caminho entre o mar e o topo da ilhota, o céu já havia mergulhado na escuridão, uma noite completamente sem lua; a trilha era estreita, e o desfiladeiro à sua direita, um penhasco vertical.

Ele parou diante da entrada e fitou o mundo lá fora de novo. Dali, Es Vedrà parecia quieta em todos os sentidos. O barulho do mar estava distante demais para ser ouvido. Não havia nada. Só a paz de Deus.

Foi então que ele viu algo, bem lá embaixo.

Era uma luz novamente. Igual à que ele vira cair na água. Aquela luz parecia emanar das profundezas do mar, mais perto de Es Vedrà do que da praia de Cala d'Hort.

Uma espécie de fosforescência transparente e brilhosa. Nessa noite tinha o tom azul ultramarino quase igual ao manto da Virgem Maria, só que reluzia, se deslocava, pulsava, como uma água-viva gigante e que muda de forma, de uma beleza inacreditável.

O padre ficou impressionado, hipnotizado. O pôr do sol fora uma coisa, mas isso era outra completamente diferente. Lembrou-se de João 1:5 e sussurrou o versículo, quase sem pensar.

— A luz brilha nas trevas, e as trevas não a derrotaram.

E se deu conta de que os lagartos estavam indo em direção a ela.

Francisco sentiu uma estranha, mas feliz, desintegração, como se já não fosse Francisco Palau, não mais o padre e ex-frade e eremita ocasional, não mais o fundador da Escola da Virtude, em Barcelona, não mais uma pessoa, ou um exilado, ou um ser no tempo, ou uma identidade com memórias dos companheiros frades queimados até à morte num mosteiro pelas mãos do Exército espanhol. Ele estava, naquele instante de êxtase, fora de si. Não havia linha divisória entre o homem e o universo, entre a carne e o infinito.

Ele era o passado, o presente e o futuro.

Era, simplesmente, a própria vida.

Mas então algo aconteceu. Ele perdeu o equilíbrio na trilha estreita. E caiu, rolando brutalmente pelo calcário, e a dor e a violência foram tão intensas que ele perdeu a consciência antes de bater na água, e o mar ficou banhado em luz, de Ibiza a Es Vedrà. E, quando recobrou a consciência, ele estava naquele oceano em meio à luz, atordoado e sem fôlego, mas vivo. Por mais estranho que fosse, já não sentia dor. À sua frente estava a esfera-nuvem, e ele nadou direto para ela, imaginando que se tratava de Deus ou da salvação. Quando ele a alcançou, a esfera manteve a sua forma e se expandiu, e nela surgiu um buraco, que ele atravessou até se ver de repente num lugar inteiramente novo. Francisco estava numa praia de areia alaranjada e cheia de árvores com folhas brancas, diante de um mar diferente, cuja luminescência nunca se desvanecia; e ele inspirou aquele ar doce, viu criaturas, de carne e de vapor, como nunca tinha visto antes, entre elas uma que foi até ele e lhe comunicou uma mensagem:

Você está seguro aqui. Você estará protegido para sempre.

E ele soube, com cada átomo e fibra do seu ser, que aquelas palavras eram verdadeiras. E chorou de gratidão e afeto, e caminhou em direção àquelas criaturas — anjos, tinha certeza —, pronto para a salvação.

A vista do chão da igreja

Acordei no chão da igreja. Eu me sentia fraca. Levemente febril, com dor de cabeça. Ergui o olhar e vi Alberto, o rosto contorcido por uma emoção intensa, chorando.

— Está tudo bem — falei. — Eu estou bem. Acho que só bati a cabeça.

— Ah, não se preocupe. Não estou chorando por sua causa.

— Lógico que não. Obrigada. Então por que está chorando?

E às lágrimas se juntou um sorriso tão aberto quanto a camisa dele.

— Porque a Christina tinha razão. Não é só uma presença. É um portal.

— Um portal?

Ele assentiu com a cabeça como um galo ansioso.

— É. Um portal para o lugar de onde La Presencia veio. Para Salácia E você sabe o que isso significa, né?

— Pra falar a verdade, não.

— Significa que ela conseguiu!

— Conseguiu?

E então Alberto riu e chorou um pouco mais, bem ali com o altar e um Jesus pintado descendo da cruz.

— Ela não morreu! — Aquela exclamação ecoou pela igreja como um sino reverberando. — Ela conseguiu ir para onde queria! Ela foi pra Salácia!

Uma equação sem solução

Eu não tenho dúvidas de que você está tão confuso com tudo isso quanto eu fiquei. Não se preocupe, a confusão tem a sua utilidade.

Na verdade, hoje percebo que a disposição para ficar confuso é um pré-requisito para uma boa vida. Querer que as coisas sejam simples pode se tornar uma espécie de prisão, de verdade, porque você acaba ficando preso dentro de como você quer que as coisas sejam, em vez de ficar aberto para como elas *poderiam ser.* Você acaba fechado. Acaba fechando portas para muitas possibilidades. A matemática me seduziu pelas suas certezas, porque eu queria portas fechadas e simplicidade, mas a vida não é assim. E, na verdade, nem a matemática. Nunca daria para decompor o arco-íris, porque a matemática, a ciência e a verdade essencial não são privadas de magia e mistério. Elas *são* magia e mistério. Então não pense que eu estava em alguma jornada que me afastava da matemática em direção ao misticismo. Porque essa não era a jornada em que eu me encontrava. Eu não estava abandonando a verdade matemática, eu a estava descobrindo em um nível mais profundo.

Como você bem sabe, na matemática convencional há uma tendência a simplificar. Desenvolvemos algoritmos, padrões e fórmulas baseados no fato de que todo o resto permanece fixo; uma matemática mais intrincada entende que, num universo em constante mutação, muito pouco é fixo ou simples.

Talvez você conheça a "ciência da complexidade". Aquele híbrido de ciência e matemática que tenta resolver coisas complicadas. Não é engenharia aeroespacial. Engenharia aeroespacial é uma coisa bem simples, e é por isso que a matemática convencional é suficiente para a maioria dos problemas de engenharia. Não, a ciência da complexidade envolve entender

— por exemplo — a matemática da natureza, a complexidade dos organismos à medida que eles crescem, envolve prever o curso das mudanças climáticas, a forma como os átomos interagem. E há um conceito dentro da ciência da complexidade que se chama literalmente "universalidade", e ele nos diz que mesmo dentro da complexidade da vida há semelhanças e padrões universais através de diferentes sistemas. E assim a magia real é uma magia matemática. É a que não coloca simplicidade e complexidade uma contra a outra, mas que encontra a ordem mais verdadeira dentro da complexidade. Dentro do caos. O belo, vertiginoso e entrópico caos que chamamos de vida.

Querer olhar para a vida como se ela fosse uma prova de conhecimento, e querer organização, ordem, limpeza e controle, é a base para o desespero mental. Porque é uma ilusão. Nós estamos neste mundo. Nós *somos* a prova. Somos um agente em movimento num mundo não fixo, num cosmos em constante expansão.

Na minha opinião, se você quer verdade, se quer levar uma vida plena e consciente, é preciso ir em direção às possibilidades, ao mistério e ao movimento, ir em direção à viagem ou à mudança, porque, quando você encontra a universalidade dentro disso, você se encontra. O seu eu em constante movimento. Você chega no ato de partir. De se manter aberto, sempre, à possibilidade de que as coisas simples que dizemos a nós mesmos possam estar todas erradas.

Por isso, vou lhe dar aqui algumas respostas que são de outro tipo. Respostas que também são perguntas. Vou contar tudo que aprendi depois que me ergui daquele piso frio da igreja. E, mais uma vez: você não precisa acreditar em nada disso, se preferir não acreditar. Estar aberto às possibilidades é estar aberto à dor, ao fracasso, à decepção, portanto ficamos tentados a nos fechar feito um tatu-bola. O que é perfeitamente compreensível. Às vezes é mais fácil enfiar metaforicamente a cara no traseiro do que encarar o universo. Ser humano é ter medo do nosso ridículo inato, então fazemos qualquer coisa para reduzir esse ridículo. Vestimos nosso corpo, procriamos a portas fechadas, escondemos todas as funções corporais, não choramos nos correios nem cantamos na rua e tentamos manter nossas ideias alinhadas ao que dizem que devemos pensar.

Mas a vida é caótica, confusa e cheia de realidades constrangedoras e vergonhosas.

Nós criamos nossas crenças neste mundo, claro, e, às vezes, mudá-las é uma coisa assustadora. Se você realmente quer fazer descobertas maravilhosas, como qualquer bom tatu sabe, um dia vai ter que tirar a cara do traseiro e encarar a luz e a confusão desse dia. Encarar a glória oculta, a matemática mais profunda, a realidade maior. A vida.

Buraco de minhoca

Estávamos de volta ao carro. Com as janelas abertas. Mas ainda parados.

— A teoria — explicava Alberto lentamente, como se eu tivesse 7 anos de idade — é que La Presencia é uma presença bem real, cheia de fótons poderosos, mas também é um buraco de minhoca. Um buraco de minhoca é uma conexão entre dois pontos no tecido espaço-tempo. Durante a minha pesquisa, conversei com parentes de Joan Bonanova. O pescador que foi salvo por La Presencia. Ele disse para a filha que estava indo embora, para outro mundo, e que não poderia voltar. Ele viu o próprio futuro em Salácia. E desapareceu uma noite, quando estava velho e doente. Desceu em direção a La Presencia e nunca mais voltou. Então, até onde a gente sabe, é possível atravessar La Presencia, mas não voltar. E se a Christina foi para Salácia, foi com uma passagem só de ida.

Era muita coisa para assimilar, confesso. Eu estava mais atordoada do que quando me deparei com cálculo avançado pela primeira vez. Mas o principal era o seguinte: Christina provavelmente — ou pelo menos *muito provavelmente* — ainda estava viva em outro planeta.

E eu não tinha ideia se deveria confiar em Alberto Ribas, claro. Mas precisava dele. Era a única pessoa no mundo que sabia o que eu tinha me tornado.

— Quero te mostrar uma coisa — disse ele.

Pegou o celular no bolso da bermuda jeans e abriu um vídeo. Vi uma mulher num barco. Demorei um pouco para perceber que era o barco do Alberto. E que a mulher que eu estava vendo — uma mulher de cabelos grisalhos, graciosa, fascinante — era Christina em pessoa.

O que Christina disse no barco enquanto o vento soprava de leve os seus cabelos

Oi, Grace. Há quanto tempo. Aqui é a sua velha amiga, Christina. Acho que devo estar um pouco diferente de como você se lembra de mim. Fiz até uma tatuagem. Olha! É o sol. O que poderia ser melhor do que o sol?

Quando você vir isto, daqui a um mês — no dia 26 de junho, no carro, com o Alberto —, eu já não estarei mais aqui. Não. Não estou dizendo que estarei morta. Embora eu possa ver a minha morte, espero conseguir evitá-la. Tem alguém tentando me matar, mas não sei quem é. Sei que isso parece muito dramático, mas minha vida tem sido assim. Espero estar em Salácia. Posso prever muito do futuro, mas não consigo enxergar isso com certeza. Então preciso ter fé. Como você, tive um pequeno vislumbre quando ela me estendeu a mão, no nosso primeiro encontro. A praia, as árvores, o ar fresco. Aparentemente, é um paraíso abundante. É possível viver muito tempo lá, com saúde e paz. Talvez para sempre. Os salacianos se preocupam com a gente. Por isso mandaram La Presencia para cá. Às vezes eu coloco o vidro de azeitona ao lado da minha cama. Bem perto da cabeça. Quando se faz isso, La Presencia diz coisas nos seus sonhos. Coisas que você precisa ouvir. Os sonhos são os mais vívidos que você já teve. Repletos de uma verdade que cura.

A teoria é que, se você mergulhar e nadar diretamente para La Presencia, em linha reta feito uma flecha, em vez de esperar que ela venha até você, então está basicamente dizendo que quer fugir. E eu não *quero* fugir. Eu *preciso*. Porque senão vou ser morta.

Como eu disse, não sei quem é o meu assassino. Assim como você, não consigo ler a mente de todos. Algumas pessoas são mais difíceis de acessar. E sei o que você está pensando. Que pode ser o Alberto. Que ele talvez pudesse querer me matar. Afinal, você tem dificuldade para entrar na mente dele. Mas não. Digo isso como alguém que o conheceu antes de ele recolher a ponte levadiça. Não é o Alberto. Ele é muitas, muitas, muitas coisas — e pelo menos metade delas irritantes —, mas não é um assassino.

Eu sei que deixei uma carta, mas não pude contar tudo nela porque isso significaria te colocar em perigo. Precisamos ser discretos. Na verdade, tenho a impressão de que, se não tivesse me exposto tanto, se nunca tivesse montado uma barraca no mercado, talvez não tivesse me tornado um alvo. Então vou dizer aqui o que não pude escrever na carta.

Você é uma pessoa especial. Eu sempre soube que você era especial. Soube disso quando estava no meu momento mais solitário e você me acolheu. No entanto, eu não sabia exatamente o *quanto* você era especial. Quando La Presencia veio a mim pela primeira vez no mar, ela me deu certos talentos, mas deu mais a você. Eu conheci muitas pessoas na vida, tanto na Inglaterra quanto na Espanha, mas você é a única a quem La Presencia daria tanto. Vai por mim, eu sei do que estou falando. Era você que ela queria. Era você que ela estava chamando, através de mim. O único bloqueio que você vai enfrentar é si mesma. Permita que La Presencia te cure.

O verdadeiro talento que ela te deu foi a valorização da vida. É difícil explicar o que isso realmente significa. Mas existe uma palavra em espanhol, "*duende*". Uma das acepções da palavra vem do poeta espanhol García Lorca. Ela descreve aquele sentimento de quando alguém se conecta de verdade com a essência sublime da vida, a sua tragédia e a sua beleza, seja na arte, no flamenco ou na natureza. Sabe, como quando você vê numa galeria de arte uma pintura que faz você se sentir aterrorizada ou extasiada, mas agora não é só a arte ou um pôr do sol que te faz se sentir assim. É tudo, qualquer coisa. Pode ser uma brisa fresca, o simples cheiro de pinheiro nesta ilha repleta deles.

Eu sei que você estava se sentindo vazia. Mas vai se sentir plena. Talvez pela primeira vez desde que era criança. Agora você vai começar a viver. Vai saborear cada experiência por inteiro. Aqui, você vai estar presente. Esta presença é melhor do que qualquer droga na Terra, e, acredite, eu experimentei algumas na vida. É o mais vivo que se pode estar.

Ao compreender o momento presente assim de forma tão profunda, você também vai entender o futuro, do mesmo jeito que um tubarão é capaz de prever um furacão ao sentir as mudanças na pressão da água.

Isso pode não parecer uma dádiva agora, mas você recebeu um dom, eu garanto. Os talentos são um dom. Alberto tem, mas os dele estão diminuindo. Eu tinha, porém não estou mais aqui. La Presencia já tocou outras pessoas. Mas, com você, a mudança vai ser uma das mais intensas.

Eu sei que você é uma pessoa cética por natureza, e por isso tive de deixar uma trilha de migalhas de pão para você chegar aonde está. Foi por isso que te deixei a casa. E a carta. E também falei de você para Rosella, a moça da mercearia de Santa Gertrudis. E falei para você conversar com a Sabine, no mercado hippie, que simplesmente detesta o pobre do Alberto, porque eu sabia que ela ia te deixar com a pulga atrás da orelha. E, lógico, tem isto aqui, que estou segurando. O presente que você me deu. O colar com a medalhinha de São Cristóvão.

Ele foi a chave, Grace. Foi assim que eu soube. *Psicometria*. Foi o que me deu o conhecimento sobre você. Ao segurá-lo. Lembrando de você. E então entendendo o quanto você poderia ser forte. Que você conseguiria ter talentos mais poderosos do que *qualquer um*. Que você poderia salvar a ilha, os animais, o mar e até as pessoas da destruição. Que você seria uma dádiva para a natureza.

Neste momento, vou soltar o colar no oceano. E, daqui a alguns minutos, durante o mergulho, a filha do Alberto, Marta, vai tirar uma foto e colocar a imagem no site da Atlantis Scuba. Quando viu a foto do seu colar, você achou que a chance de isso acontecer era uma em um milhão, mas não foi o caso. Porque nós queríamos que você visse. E previmos que você ia entrar no site, depois de falar com Rosella, quando as suas suspeitas começassem a tomar corpo. E isso teria bastado para você procurar o Alberto. E o resto... bom, o resto você já sabe.

Enfim, agora você é uma protetora. Porque é impossível sentir a vida com tanta intensidade e não querer protegê-la. Você vai descobrir que vai precisar da ajuda das pessoas e dos animais.

Eu também fui uma protetora. Tentei proteger os animais. O meio ambiente. Tentei proteger as pessoas do futuro, na minha barraca no mercado hippie. Disfarcei de misticismo essa ciência, e as autoridades me deixaram em paz. Mas está na cara que pisei no calo de alguém em algum momento. Acho que ajudei as pessoas, ou tentei. Minha filha talvez discorde. Mas acho que você vai poder ajudar ainda mais.

Sem dúvida, uma dádiva muitas vezes também é uma maldição. E você deve estar ciente de que esses talentos vêm com perigos, como eu agora sei muito bem. Mas eu tinha que te escolher, Grace. Eu tinha que escolher alguém para continuar o meu trabalho. Você não precisa contar para as pessoas o futuro delas. Mas você vai se pegar protegendo a vida, protegendo a natureza, protegendo esta bela ilha.

Na década de 1930, havia um pescador chamado Joan Bonanova, que foi salvo por La Presencia. Alberto já te falou dele. Ele tinha uma alma tão pura, livre de culpa e pecado, que os talentos que desenvolveu eram poderosos. Uma noite, em meio à invasão dos fascistas de Franco, ele enviou um sinal, pedindo a ajuda de todos os animais da ilha, e logo houve relatos de cabras e outras criaturas atacando soldados nacionalistas. Eu acredito de verdade que você pode ser como Joan Bonanova, se quiser de verdade. Você vai ser capaz de ter talentos além de qualquer coisa que alguém já tenha visto em décadas.

E eu quero muito que você encontre o meu assassino em potencial. Não por mim. Vou estar em segurança, tenho certeza. Mas por outras pessoas. Ele ainda está solto por aí. E quero que você o detenha, porque outras pessoas estão em perigo. Acima de tudo, eu trouxe você aqui não para salvar a vida de outros, mas a sua. Eu quero que você viva, Grace. Quero que você se desprenda do passado e *viva*. Você precisa fazer isso. Pelo bem de tudo. Está me ouvindo?

Adeus, minha amiga.

— Meu Deus — falei, assim que o vídeo terminou. Não gostei daquilo. Eu me senti sendo vítima de outro golpe. Como se alguém tivesse colocado na minha mão um relógio que eu não queria, e agora esperasse que eu pagasse por ele.

Percebi que estava tendo um ataque de pânico e, como muitas vezes na vida, tentei fazer contas e encontrar padrões sem parar, numa de me acalmar.

O vídeo tinha 3 minutos e 22 segundos de duração: *22 dividido por 3 é 7,33. A raiz quadrada de 3 é 1,73...*

Alberto guardou o celular. O calor no carro não estava ajudando em nada. Olhei para o mar. De todas as coisas estranhas que eu tinha acabado de ouvir, de toda aquela loucura absoluta, o que ficou ressoando em meus ouvidos foi a expressão "minha amiga". Se eu era tão amiga assim, por que ela nunca tinha entrado em contato comigo em mais de quatro décadas? Quando o Daniel morreu, quando perdi o Karl, quando precisei de uma amiga, onde ela estava? Fiquei pensando em Lieke, na loja de jardinagem.

Ela não te deu a casa à toa. Ela estava te recrutando. Foi uma armadilha. Você é a substituta dela.

— Ah! — exclamei. — Isso é demais. Eu não escolhi isso. Por que eu preciso desse dom?

— Tudo o que eu sei é que é raro ser escolhido. E é uma sorte que você tenha sido... Christina sabia que tinha de ser você. Ela tinha visto o futuro.

E foi isso. Foi aí que aconteceu. Foi aí que a balança virou. O momento em que eu me esqueci completamente do sabor aprimorado do suco de laranja ou das novas maravilhas ao meu redor. Foi quando percebi que o ato de Christina não era só uma generosidade altruísta.

— É uma seita — falei. — É uma seita sinistra.

— Olha, eu não necessariamente aprovava os métodos da Christina...

— Eram os seus métodos também. Você podia ter me explicado tudo.

— Teria sido a coisa mais fácil do mundo mandar você de volta pra casa. Eu te avisei. Mas você quis saber a verdade. Eu disse que isso ia mudar você. A verdade é que não foi a Christina que te escolheu, nem eu, foi La Presencia. Christina só previu o que ia acontecer. Dos milhares de pessoas que a Christina conheceu na vida, La Presencia quis você. Os meus poderes são fracos perto dos seus. Eram fracos comparados aos da Christina. Já foram fortes, mas estão desaparecendo. Recuando feito a maré baixa. Mas você é especial. Pensa no que você acabou de fazer, lá na igreja...

— Eu não sou especial — retruquei. Essas foram as quatro palavras mais fáceis que eu já disse na vida. A verbalização de um sentimento que eu tinha fazia 72 anos. Uma profunda consciência da minha própria mediocridade. — Por que eu seria especial? Sou uma velha inglesa rabugenta. Uma professora aposentada de matemática que veio do meio do nada. Sou um nada, é isso que eu sou. Um grande nada. Não, nem isso. Eu não sou um zero, sou um número negativo. Sou uma mediocridade que nunca teve impacto nenhum no mundo. Exceto talvez para piorar as coisas. O meu filhinho querido, Daniel, morreu porque eu o deixei sair de bicicleta numa chuva torrencial enquanto eu lia uma merda de um catálogo de produtos, porque aparentemente achei aquilo mais interessante do que ir à cidade com ele. Ele morreu sob as rodas de um caminhão dos correios. Eu sou a pessoa que nunca teve sucesso. A que deixa as pessoas na mão no último obstáculo. A que deixa coisas ruins acontecerem. A que se contenta com menos, porque é isso que ela merece. Que nunca conseguiu o emprego que queria na universidade. Que virou uma professora meia-boca, que provavelmente fazia os alunos se interessarem ainda menos pela matéria. Que traiu o marido. Eu tenho sido uma inútil a vida toda. Não posso fazer isso. É um erro. Eu não estou livre da culpa e do pecado como o maldito Joan Bonanova. Sou uma pessoa má. Nunca vou ser boa nisso. Nunca vou ser capaz de mandar um sinal mágico para todos os animais. E acho que nem quero. — Meu coração batia acelerado. — Eu. Não. Sou. Especial.

— Muito pelo contrário — devolveu Alberto, presunçoso como sempre. — A Christina tentou pensar em todo mundo que conhecia. E todo mundo que *nunca* havia conhecido. E ela conhecia *muita* gente. Ela podia prever todos os cenários, todas as possibilidades. Tinha outras pessoas para quem La Presencia teria vindo, mas ninguém teria tido o mesmo resultado. Foi por isso que você ficou inconsciente na água. E o fato de você ter sido capaz de voltar pra 1855 e de conseguir quebrar tanques de lagosta e enfiar garfos nas pernas das pessoas com a mente só confirma essa certeza. Tudo isso é incomum… é *muy, muy raro…*

— Eu não devia ter enfiado um garfo na perna daquele homem — repliquei com remorso. — Ele não era de todo mau.

— Não. Talvez não fosse. Mas e se existisse alguém realmente *de todo mau*? E se ele fosse um assassino? E se tivesse planejado matar a sua amiga? E se você pudesse evitar que ele matasse…

— Eu mal conhecia a Christina — eu o interrompi. — Ela não era minha amiga!

E Alberto assentiu. Ele parecia ter levado um tapa na cara.

— Pode ser. Mas era *minha* amiga. Era uma pessoa boa. Complicada? Sim. Não era uma boa mãe? Talvez. Mas uma pessoa boa. Especial.

Por um segundo, achei que ele fosse chorar, e, para minha vergonha, isso pareceu me deixar mais, e não menos, irritada.

— Eu não sou especial — repeti, feito uma doida. — Eu sou egoísta. Eu falhei na única coisa que uma mãe deveria ser capaz de fazer. Eu sou Grace, a Inútil. Eu não salvo ninguém. Deixo as pessoas morrerem. Como deixei o meu querido Daniel morrer. Eu nunca pratiquei um ato de coragem na vida. Exceto me mudar para Ibiza. O que agora percebo que foi o maior de todos os meus erros.

— Você era professora. O que é melhor do que ser professora? — Alberto não desistia. Continuava falando com aquela cara que me fazia querer lhe dar um tapa. — La Presencia viu alguma coisa em você. Não quem você foi, mas quem você pode ser. La Presencia não está preocupada com a superfície. Mas com as profundezas.

— Eu tenho mais de 70 anos. Sou velha demais para frases sentimentais de ímã de geladeira como essas e *mais ainda* para quem eu *poderia* ser.

Alberto fez um muxoxo, me contestando.

— Eu tenho 79. E não tenho geladeira. E *adoro* frases sentimentais. Sou um homem sentimental. E marquei a minha primeira aula de samba pra terça que vem. Depois eu vou à Cova Santa, pra dançar numa gruta e beber limonada. Isto é Ibiza. Aqui a idade não importa.

— Isso pode ser Ibiza. Mas não sou eu. Eu não pertenço a este lugar.

— Às vezes eu acho que as pessoas que não gostam de sentimentalismo, na verdade, não gostam de sentir nada. Preferem olhar para o mundo inteiro com desprezo.

— Eu não estou nem aí pro que você pensa. Eu estava muito bem não sentindo nada. Eu não *quero* sentir nada. E você não tinha o direito de me forçar a isso.

Foi tudo uma armadilha. A casa. A foto do colar. Cada palavra saída da boca do Alberto.

Além do mais, eu não teria sido capaz de salvar ninguém. Eu só ia piorar as coisas. É assim que eu era.

— Já chega — falei, ligando o carro. — Vou pra casa. Posso ajudar as pessoas com os meus talentos em casa. Vou direto para o aeroporto…

— Pela minha pesquisa, quanto mais longe de La Presencia você estiver, menos poder…

— Eu não ligo.

— Será que não é melhor esperar até amanhã, até você ter tido tempo de assimilar tudo isso?

Eu não queria um amanhã daquilo. Queria ir embora. Preferia nunca ter provado o novo deleite infinito do suco de laranja a ter tudo *aquilo*.

Eu não queria dançar numa caverna. Queria ficar sentada no meu sofá, olhando anestesiada para um programa de auditório. E me permitir sentir um deleite infinito acabaria por me levar a sentir uma dor infinita. E eu já havia sentido aquilo e não queria de novo. De repente, ansiei por um vazio familiar em que nada acontecia. Eu estava com saudade da anedonia.

— Não. Eu vou pra *casa*. Pra *casa*. *Casa*.

Essa palavra me tranquilizava. Parecia sólida. Como uma rocha no oceano.

— Mas a ilha precisa de você. As pessoas e os animais daqui também. Você vai poder fazer o bem. Não só pras... lagostas... mas no geral. E ainda tem um assassino em potencial por aí. Seja ele humano ou sei lá o quê. E você pode detê-lo. E não vai conseguir fazer isso de casa. Quanto mais longe de La Presencia você estiver, menos talentos vai ter.

Eu o ignorei. Tentei bloquear aquelas palavras da mesma forma que bloqueava o zumbido no ouvido. Dirigi com um único sentimento no coração.

Não vejo a hora de sair desta ilha.

Égua

Era um trajeto de vinte minutos até o aeroporto, mas eu tentava chegar em dez. Alberto ia comigo. A única razão pela qual ele me acompanhava era porque eu não podia deixá-lo no meio do nada, em Es Cubells. Bom, isso e ele quis ir comigo. Além do mais, alguém tinha de ficar com o carro da Christina.

No meio do caminho passamos por um homem ofegante na estrada, numa bicicleta elétrica, sorrindo ao sol. Era uma bicicleta vermelha. Repassei os primeiros números da sequência de Fibonacci.

0, 1, 1, 2, 3, 5, 8, 13, 21, 34…

Percebi que assim tinha sido o meu tempo na ilha. Um acréscimo contínuo em relação ao que havia se passado antes, incidente somado a incidente, tudo seguindo a uma velocidade de foguete em direção à loucura.

Passamos por um outdoor gigante com o rosto de Lieke. Era como olhar para uma ilusão. Eu me lembrei da sua dor, da sua fragilidade interior e da fúria exterior, e ali estava ela dominando o horizonte como algo mais forte do que sentimentos.

Olhei para o seu rosto e vi os olhos da mãe.

Continuei em frente. Ignorei Alberto. Avancei sob aquele céu azul sem nuvens, apertando o volante com tanta força que acessei outra lembrança da Christina.

Ela estava na frente de um hotel. Havia um grupo de manifestantes num canteiro de obras. Vi um cartaz na minha mente. *The Eighth Wonder, Cala Llonga, em breve.* Christina estava com uma mulher de cabelo castanho despenteado e óculos. Eu conhecia aquela mulher. Ela havia aparecido numa visão. A mulher sentada neste mesmo carro, com Christina. Então percebi que já a tinha visto antes. No aeroporto. Foi a primeira pessoa que vi na ilha. A mulher com a camiseta do Einstein que sorrira para mim. Mas, assim que a reconheci, a visão mudou.

O dia virou noite, e o ar se transformou num dilúvio.

Ela estava no mar.

Christina, digo.

Estava descendo mais e mais, nadando em meio a águas escuras, em direção à esfera brilhante que não virou nuvem, que naquele momento manteve a forma e até se expandiu, um buraco surgindo no meio dela. Uma abertura cada vez maior. Atravessando a esfera. Que virou um túnel, ainda mais brilhante que a esfera, um brilho prateado e impossível. E ela nadou por ele, atravessou o portal, pensando na filha e torcendo para que ela estivesse segura.

E, quando saí desse pequeno transe, Alberto estava com a mão no meu braço. Ele gritava o meu nome tão alto quanto o meu pai costumava fazer. À nossa frente havia uma pessoa cavalgando uma égua alazã imensa. Quase acertei as duas, mas desviei a tempo. A égua empinou, mas a moça permaneceu na sela, apertando os pés com força nos estribos. Senti o pânico do animal reverberar em mim feito um tambor.

— Tá tudo bem — disse Alberto, a voz recuando feito uma onda enquanto eu me concentrava na estrada. — Tá tudo bem, tá tudo bem, tá tudo bem…

Aeroporto

— O próximo voo para qualquer lugar da Inglaterra... — falei para a mulher de sorriso contido no guichê da companhia aérea. O seu crachá me dizia que ela se chamava Gabriela, mas não que estava se sentindo meio inchada, com cólica e desejando que tivesse mais pastilhas de hortelã. Ou que o expediente dela já tivesse começado há seis horas e meia. Eu realmente não queria saber mais do que o nome dela.

— Tem um voo para o aeroporto de Gatwick hoje à noite. Sai às 19h50. Posso verificar se tem lugar.

— Ótimo. Esse tá bom.

Eu não tinha nenhum plano concreto. Ia voltar para a minha casa. Ia vender de lá a da Christina. Doar o dinheiro para caridade. E pronto. A carta dos advogados não estabelecia essa condição. Os "talentos" na verdade não eram talentos. Iam só causar mais problemas. Enquanto Gabriela se ocupava no computador, pensei naquela pobre égua e na moça que quase atropelei. Pensei no garfo fincado numa perna. Christina tinha cometido um erro. Eu não ia ajudar em nada ali, eu ia causar danos. Como sempre fiz.

Olhei ao redor, me perguntando se Alberto já teria ido embora. Ele disse que ia me esperar no estacionamento por um tempo, "por via das dúvidas". Senti uma pontada de tristeza. Uma dorzinha. Alguma parte estranha de mim ainda queria estar sentada ao lado dele. *Para com isso, Grace. Você está fazendo a coisa certa.*

Havia uma mãe com uma criança exausta nos braços e uma pequena mala de mão. A mãe beijou a testa da criança. Vi um amor colorido como anil. Desviei o olhar depressa, pois não queria saber muito sobre elas e muito menos queria sentir o que estavam sentindo. Eu não queria sentir nada. Amaldiçoei Christina e aquela *plenitude* que ela me dera. Aquele *duende*. Eu não queria sentir conexão com nada.

Havia mentes por toda parte, os pensamentos espalhados pelo ar feito pólen. Havia uma jovem sozinha, ansiosa para encontrar a família. Eu queria muito estar voltando para Karl. Queria que ele me recebesse com um abraço em Gatwick. E me dissesse que estava com saudade e que ia ficar tudo bem.

Bati os olhos numa imagem digital que reconheci, pois era quase idêntica ao outdoor perto da casa. O hotel, com uma foto de um quarto de luxo e tudo.

Recém-inaugurado. Mais um The Eighth Wonder Spa Resort Hotel, em Cala Llonga, Ibiza. Visualize seus sonhos e transforme-os em realidade.

Isso desencadeou um pensamento. Uma lembrança de coisas que me foram ditas. O taxista. Sabine. As peças começaram a se encaixar. Pensei em Christina e Marta, lado a lado. Pensei na manifestação. O anúncio parecia quase um aviso.

Outras pessoas estão em perigo...

Vi um homem olhando para o anúncio. Senti o orgulho dele. Estava de pé, ao lado de uma mala, com um terno de linho. Tinha o cabelo penteado para trás com gel. Era bem jovem. Menos de 40. Bem, todo mundo era muito jovem. (Quando você chega aos 70, você vê o mundo inteiro como uma enorme creche e todo mundo parece uma criancinha abandonada.) Não foram as roupas, nem o cabelo, nem o rosto, nem a juventude que me interessaram. Nem mesmo a mente cansada e agitada, cheia de pensamentos irregulares e distrações. Foi uma das revistas que ele estava segurando. A revista *DJ*. Na capa, havia uma foto de Lieke. "A nova rainha de Ibiza assume o trono."

— Vou só verificar a disponibilidade de assentos agora — anunciou Gabriela, com uma eficiência simpática.

E, ao olhar para o seu rosto concentrado, os olhos apertados para a tela do computador, eu a vi abraçando os filhos no seu apartamento, em

Santa Eulalia. Ela não parecia muito mais velha do que naquele momento, tirando um ou outro fio de cabelo branco. Estava tentando tranquilizar as crianças de que ia ficar tudo bem.

— Pare — falei para mim.

— Tá tudo bem? — perguntou Gabriela, o rosto e a mente preocupados.

— Tá. Desculpa. Tá tudo bem. É que eu tenho medo de avião.

— Ah — respondeu Gabriela —, sinto muito. Mas na verdade essa é a forma de transporte mais segura. Bom, ainda existem alguns assentos livres no voo para Gatwick. Prefere janela ou corredor?

Eu não estava prestando atenção.

— Você não pode se casar com ele.

— Como?

— Daqui a dois meses você vai deixar seus filhos com seu pai e vai para Londres, onde vai se apaixonar por um homem... um banqueiro de 42 anos que está prestes a se aposentar... e ele virá com você pra Ibiza, e você vai acabar se casando com ele. Mas você não pode se casar com esse homem. Por favor. Confie em mim. Você vai achar que ele é bom pra você, mas ele não vai ser...

Ela me encarou com um sorriso confuso.

— Como sabe que eu vou pra Londres?

— Por favor. Só confia em mim.

E então eu a vi num futuro diferente, feliz, na pista de kart com os filhos, e entendi por que Christina quis ajudar as pessoas do jeito que fez. Quando você possui a capacidade de ajudar as pessoas, talvez tenha também a obrigação de fazer exatamente isso. Só porque eu não havia pedido algo não significava que eu podia virar as costas para aquilo.

Naquele momento, avistei uma mulher que reconheci vagamente andando em direção ao desembarque. Uma mulher alta, com um rosto sério e descabelada, como um dente-de-leão parcialmente soprado. Era a médica. A que havia deixado o Alberto agitado de repente, querendo ir embora do hospital. Ela tomava um café e estava ali para buscar a mãe, que chegava de Bilbao. E então eu vi. Uma imagem dela com Alberto. Numa saleta do hospital, no setor de oncologia, um mês antes. Dizendo para ele "*El cáncer es agresivo*" e repassando as opções de tratamento, e Alberto apenas a encarando, atônito. Então a médica desapareceu de vista.

— Olá, *señora*? — chamou Gabriela, ciente de que eu estava numa espécie de transe. — ¿*Señora*? Ainda quer esse voo?

Sorri para Gabriela. Então peguei a alça da minha mala.

— Eu... eu tenho que ir...

Não adiantava. Eu sabia que ia ficar.

Proteção

Fiquei pensando no que Christina tinha dito. *É impossível sentir a vida com tanta intensidade e não querer protegê-la...* Não havia como negar a mudança dentro de mim. Ao ver coisas antes ocultas — pensamentos, futuros —, eu já não podia me enganar com a triste, embora confortável, ilusão de que o mundo havia acabado para mim. Que eu podia me esconder e desaparecer e que isso não ia fazer diferença.

Não é possível ficar parado num universo em movimento. A mudança tinha acontecido. A cortina do luto e da autopiedade havia sido levantada. Eu não podia me proteger não fazendo nada. Proteção é algo que só podemos dar, e não algo que podemos sempre receber. E eu ia fazer o possível para ajudar o que precisava ser ajudado.

A porta fechada

Entrei no carro, estacionado a uma curta distância do terminal.

Alberto estava com o rádio ligado. E balançava a cabeça com a batida envolvente de um rap em espanhol.

— Reggaeton — explicou ele, como se eu tivesse voltado para uma aula de gêneros musicais. — Existe desde sempre, mas tá fazendo um sucesso danado agora... Tem uma energia sensual, não tem?

— Desde que você guarde essa energia sensual pra você — repliquei, de um jeito meio atravessado.

Alberto olhou para o relógio e deu de ombros.

— O que foi? — perguntei.

— Só achei interessante — comentou ele, sobre a minha decisão de sair do aeroporto. — Achei que você ia desistir uns vinte minutos atrás.

— Eu ia embora de verdade, sabia?

— Então por que voltou?

Naquela hora, no entanto, ele teve um vislumbre do motivo. Nos meus pensamentos. Então dei uma ajudinha a ele.

— Eu vi uma pessoa lá dentro que reconheci do hospital. Uma médica. Oncologista.

Alberto pareceu ter levado um soco. Ficou sem fôlego. Ele desligou o rádio. Continuamos no mesmo lugar, embora houvesse carros circulando, procurando uma vaga.

— Sinto muito — falei. — Não quis me intrometer.

Ele mordeu o lábio. Agitado. Perturbado.

— É só que parece que eu tenho os poderes extrassensoriais mais fortes do mundo — continuei —, e mesmo assim não consigo acessar uma única coisa sobre você. Você é como uma porta fechada. Não consigo ver nada. Consigo ler os pensamentos de uma lagosta, de um lagarto ou de um cavalo mais do que os seus. Por que você não me deixa entrar? Eu quero ajudar. Se você está com algum problema, eu quero estar presente. Como... como... como *amiga*. E eu sei que existe mais perigo. Outras pessoas precisam ser protegidas. Então resolvi ficar. Mas não posso ajudar se não souber em quem confiar. E eu preciso confiar em você.

Ele ficou ali sentado por um instante. Parecia estar ponderando alguma coisa. Um carro buzinou para nós. Alberto botou a cara para fora da janela e xingou o motorista.

— Certo — disse ele, se acalmando. — Antes de irmos ver a Marta, preciso contar uma coisa. No caminho, tem um café pequeno à beira da estrada. Um lugar tranquilo... Eles servem o suco de laranja mais delicioso do mundo. Fresquinho.

Suco não bebido

Sentamos na área interna de um café simples de beira de estrada, ao lado de uma máquina de pinball quebrada.

A parede estava coberta de cartazes anunciando festas do século passado, o texto um híbrido de espanhol e inglês.

Ku presents Fantasy. Domingo, 17 de julio de 1980.

Flower Power at Pacha. Fiesta de cierre, 1988.

Moondance at Space. Every Wednesday/Todos los Miércoles, 1992.

Pensei em todas as festas bárbaras que aconteceram enquanto eu e Karl estávamos criando Daniel, no nosso pequeno e fechado mundo familiar. Quando você tem filho, o mundo sai de cena por um tempo. Você se torna o seu próprio planeta satélite e esquece que existem outras coisas, a menos que faça um esforço para procurar. Esquece que outras vidas, tão importantes quanto a sua, estão acontecendo por todos os lados. Algumas delas com muito glamour, numa boate, em Ibiza.

Alberto também estava olhando os cartazes.

— Bons tempos — comentou enquanto esperávamos o suco de laranja. — Tinha a Pacha, lógico. Basicamente uma discoteca numa fazenda. Até hoje ainda é uma *casa payesa*. Sempre foi o lugar do *jet set*, desde o começo, quando não passava de uma fazenda com uma discoteca, nos anos 1970. Depois teve a Ku. Que era puro excesso. Freddie Mercury e Montserrat Caballé filmaram o vídeo de "Barcelona" lá, porque o lugar estava num patamar operístico. Era o point do momento. Era polissexual, glamouroso, eclético. David Bowie, Grace Jones, Mick Jagger… tava todo mundo lá. Um farol para as almas livres, todos os loucos criativos que existiam. Uma discoteca de vanguarda gigante na montanha, no meio da ilha. Você sabia que esses lugares costumavam ser ao ar livre? A Ku era uma espécie de Studio 54 ao ar livre. A Amnesia era um pouco mais raiz, um pouco mais… descontraída. Onde se dançava sob o céu estrelado a noite inteira. Hippies, estrelas de cinema, gurus indianos, artistas, vagabundos, músicos, escritores, gente elegante, maltrapilhos, os primeiros *ravers*, gays, héteros e tudo mais, antes de tudo se tornar uma indústria… A gente ia pra lá, bebia, fumava maconha, comia cogumelo mágico e dançava ao lado das palmeiras…

— Talvez você não saiba — falei, surpresa com a minha impaciência —, e não me leve a mal, mas não estou muito interessada na história completa das boates de Ibiza.

Os sucos de laranja chegaram.

Eu sabia que estaria delicioso, então decidi não beber até Alberto chegar ao motivo de estarmos ali. Talvez fosse isso que eu vinha fazendo havia tanto tempo. Optando por não desfrutar das coisas, me negando uma vida prazerosa.

— E em baleias? — perguntou ele.

Fiquei me perguntando se em algum momento ele ia falar da visão que tive no aeroporto, dele com a médica. O que me fez ficar.

— Oi?

— Isso mesmo. Você não está interessada em festas malucas. E em baleias? Você tem algum interesse nelas?

E então falei o que todo mundo já deve ter dito para ele em algum momento de uma conversa.

— Que papo é esse, Alberto?

A baleia de 52 hertz

— Tem uma baleia no mar — ele me disse, depois de dar um gole no suco.

— Tem muitas baleias no mar.

Ele assentiu.

— Essa é diferente. Essa é muito solitária.

— Ah. Pobre baleia.

— Sabe por que ela é solitária?

Dei de ombros.

— Ela não tem conexão com a internet?

Alberto abriu o seu largo sorriso com um dente faltando.

— Mais ou menos. É o canto dela. As baleias são grandes comunicadoras. Estão sempre vocalizando para interagir com as outras, mas tem que ser na frequência certa. Só que essa baleia usa uma frequência alta na hora de emitir seus chamados. Cinquenta e dois hertz. É a baleia mais solitária do mundo porque nenhuma outra baleia entende chamados nessa frequência. É uma baleia-azul, e as baleias-azuis usam frequências muito mais baixas. As baleias-azuis são o Barry White dos mamíferos marinhos. Graves, bem graves. Então a pobre criatura de voz aguda tem que nadar pelo oceano sozinha, achando impossível fazer amigos e sem ninguém para ouvir o seu canto.

Ele sorria, mas tinha um olhar vítreo de tristeza.

— Eu era essa baleia. Eu escrevia sobre coisas incríveis, e não havia ninguém em sintonia comigo. Ninguém me entendia. Achavam que eu era uma piada. Como uma baleia de voz aguda. Até a minha filha, Marta, não me entendia por um tempo. Mas eu continuei fazendo aquilo em que acreditava. E isso foi antes mesmo de eu ter contato com La Presencia. Eu simplesmente sabia. Tinha a mente aberta…

Balancei a cabeça.

— E o que aconteceu?

— O quê?

— Pra fechar a sua mente?

Ele se ofendeu com a pergunta. Murchou na cadeira. Murmurou uma grosseria em catalão, que esqueceu que agora eu conseguia entender.

— A minha mente está aberta. Eu aceito a existência de mais espécies do que...

— Não é disso que eu estou falando. Não estou falando de espécies. Estou falando de pensamentos. Estou falando do muro que você construiu em torno de si mesmo. Por que você se fechou?

Ele sabia do que eu estava falando. Sabia que tudo o que eu recebia dele era aquela tristeza verde-acinzentada e largos sorrisos de negação.

Indiquei um jovem casal saltando de uma lambreta alugada no posto de gasolina do outro lado da rua, e depois indo até o caixa eletrônico na parede externa de uma agência do CaixaBank.

— Eu posso ler a mente deles com a maior facilidade. Eles passaram o dia em espreguiçadeiras exuberantes nas areias brancas da praia de Es Cavallet, e comeram lula grelhada e robalo salgado no restaurante El Chiringuito, onde os dois trocaram olhares disfarçadamente com desconhecidos atraentes. O relacionamento vai acabar duas semanas depois que voltarem para Berlim. E eles estão a uns bons cem metros de distância daqui. Mas você... Você está bem na minha frente, e eu continuo não sabendo nada.

Minhas palavras não passavam de mosquitos no ar. Ele estava em outro lugar.

Tinha uma música tocando baixinho no fundo.

— Você gosta dessa música? — perguntou ele, voltando a um dos seus assuntos preferidos. Música. — Escuta só. O título é "The Last Day of Summer". The Cure. Eu não era muito dos góticos. Eu era mais Rolling Stones. Mais música de protesto. Soul, Dylan, Joan Baez, Sam Cooke e Gil Scott-Heron. Imagina: eu de delineador! Mas sempre tentei manter a mente aberta para a música que veio depois. E essa é tão bonita. Julia, minha esposa, adorava The Cure. A gente foi a um show deles no Palau Sant Jordi, em Barcelona. Ela gostava muito dessa música. Que é tão subestimada. É meio triste, diferente do que eu normalmente gosto. Mas escuta só. Ouve essas guitarras, como elas criam formas, tipo de uma floresta. E aí a voz dele entra, e é tão natural quanto uma sombra. — Ele fez uma pausa. — É uma música tão sofisticada.

Naquela hora, ele me lembrou um pouco o Karl. A forma como falava de música como uma espécie de escudo, para poder falar de emoção sem falar da *sua* emoção. Eu ia trazê-lo de volta ao assunto, mas então percebi que *aquele* era o assunto. Ao sentir a música, ao sentir as suas lembranças e a melancolia, ele estava se abrindo.

E, quando ele começou a se abrir, senti que estava sofrendo.

— Eu sinto muito — falei. — É só que... sabe como é... eu achei que ia ser bom saber um pouco mais sobre você. — Eu ia perguntar diretamente se ele estava doente, mas achei que seria muito indelicado, então comentei: — Por exemplo, ia ser bom saber o que você achava da Christina.

Ele deu um suspiro. Um suspiro lento e triste.

— Ela era especial. Fazia com que eu não me sentisse como uma baleia de cinquenta e dois hertz. Estava na mesma sintonia que eu.

Levantei uma sobrancelha.

— Interessante.

— Não — disse ele. — Não era nada disso. — Então reconsiderou, olhando pensativo para o suco. — Quer dizer, tá, era um *pouco.* A gente se divertia muito. No começo teve uma conexão romântica. Christina tinha acabado de se separar, e não fazia muito tempo que a Julia tinha morrido. Ela era muito legal comigo, e a Marta gostava dela. Por algumas semanas foi algo a mais. Por que você tá me perguntando tudo isso? — Ele levantou a sobrancelha, cheio de si. — É porque eu sou mais magnético do que Es Vedrà, né?

Fitei o sorriso que adornava o rosto barbudo e queimado de sol. Havia algo nele. Algo selvagem, puro e anacrônico. Uma espécie de teimosia irritante, mas atraente, que sugeria que ele não era só a baleia solitária metafórica, mas também que *queria* ser isso.

Ele lia os meus pensamentos.

— Quando você se enquadra, fica invisível, não fica?

— Não sei. Sempre tentei me enquadrar. Não quero ir contra a corrente. Isso deixa farpas.

— Você é diferente agora, Grace. E, vai por mim, não é tão ruim se destacar. Você sempre vai saber onde está. Vai saber quem é você.

Então fixei os olhos nos dele por um momento e senti algo mudando dentro dele. Como se de repente estivesse abrindo o livro dele para eu ler. Ele segurou a minha mão, pousada sobre a mesa. Não foi estranho. Foi um gesto de pura amizade.

Decidi que era a hora.

— Naquele dia, no hospital. Você falou que o motivo pelo qual tínhamos que ir embora era porque precisávamos manter as coisas em segredo.

— Foi…

— Foi, mas você quis sair de repente. E isso não fez sentido. Quer dizer, você nunca esconde as suas crenças. Você escreveu livros sobre elas. Dos mercados hippies às mercearias, as pessoas sabem de você e das suas "teorias loucas". Então, por que a gente precisou sair do hospital?

Ele hesitou.

— Eu vi uma pessoa. Uma pessoa que eu conheço.

— A médica. A que eu vi no aeroporto?

A pausa foi longa.

— É. A Dra. Pérez. A oncologista. Eu tive que sair. Foi mal. Eu não queria que você soubesse. Nem você nem mais ninguém. Principalmente a Marta. Foi mal. Eu devia ter sido honesto, mas…

— Você vai ficar bem?

— Fiz todos os exames no pâncreas. Sangue, ultrassom, tudo… E ela acha que eu deveria fazer um tratamento, mas não percebe que eu consigo ver o resultado. Eu posso ver o meu futuro. O que quer que eu faça, só vai mudar a data em mais ou menos uma semana. Três, no máximo. Nós vemos o futuro que existe se não fizermos nada a respeito. É verdade. Mas às vezes não há nada que *possamos* fazer. No momento, estou bem, só que, mais cedo ou mais tarde...

Eu não tinha ideia do que dizer. Continuei segurando a mão dele. Apertei. O muro caiu. Eu vi tudo. Ele tinha só uns dois meses de vida. No máximo. O declínio ia ser rápido nos últimos dias. Ele não sabia se ia seguir Christina para aquele outro mundo. Senti a sua tristeza fluir para dentro de mim. Mas não era só tristeza mais. Na verdade, a tristeza foi desaparecendo. Era gratidão, alívio e uma espécie de contemplação calma.

— Eu não queria preocupar ninguém.

— Mas La Presencia — insisti. — Ela cura as coisas. Não pode te curar?

Ele fez que não.

— Ela só te toca uma vez. Já Salácia pode ser diferente. Se eu optar por tentar pegar essa passagem de ida, posso ter uma chance de ser curado. Quem sabe? Imagino que seja possível. Poderia me dar mais alguns anos. Mas ela não torna ninguém imortal aqui. Os terráqueos não são feitos para a imortalidade, Grace.

Lembrei da reação dele à descoberta de que Francisco havia chegado a Salácia. Por isso era tão importante para ele. Podia ser uma saída.

Tentei não chorar.

— O ar é doce lá — contei a ele. — O mar é maravilhoso. Você consegue imaginar as criaturas que moram lá?

Ele sorriu, e o sorriso pareceu genuíno.

— Mas, por enquanto, estou aqui. E o ar e o mar aqui também são lindos, e então eu vou ficar... E nunca me senti tão vivo.

Entrei por inteiro na cabeça dele.

Estava totalmente aberta.

Como uma campina.

Fui até ele, em sua mente, e fiquei com ele, ficamos ali, sem precisar falar nada. Estávamos simplesmente juntos.

Num estado de entendimento.

Na mesma frequência.

Foi lindo.

Tomamos juntos o suco de laranja.

Marta e a Segunda Lei da Termodinâmica

Marta morava num sítio no norte da ilha. Era um lugar pacífico, mas um pouco caótico, com figueiras no jardim e gatos entrando e saindo da casa. Se eu fosse o Alberto, definitivamente teria aceitado a oferta de ficar no quarto extra. Sem dúvida era muito melhor do que o velho futon mordido por bode no chão do centro de mergulho.

— Ela não tem habilidades extrassensoriais — Alberto tinha me dito, como quem conta um segredo. — La Presencia nunca veio para ela. Mas Marta é superinteligente. — Ela havia estudado na Universidade de Navarra, onde dava aulas remotamente, em meio período. — A melhor universidade — continuou Alberto, com um orgulho que até eu precisava admitir que era encantador, visto que ele tinha uma queixa feroz contra o meio universitário em geral. — Produz gênios, primeiros-ministros espanhóis, exploradores dos polos terrestres, diretores de cinema e os melhores cientistas. Todo mundo gosta da Marta. E ela tem uma mente investigativa. É uma astrofísica brilhante e encontra lógica onde ninguém mais é capaz. Se quisermos descobrir quem estava atrás da Christina, a gente precisa dela. Marta é melhor nisso do que eu.

— Mas ela não sabe?

— Não. Eu vou contar pra ela — afirmou Alberto. — Sobre a doença. Eu juro. Mas não hoje.

Suspirei. A decisão era dele. Saltei do carro. Ao contrário do que se poderia imaginar, o sol do início da tarde ardia ainda mais forte ali, como que irradiando das montanhas que cercavam o vale coberto de pinheiros.

— *Hola*, Grace, seja bem-vinda. É um prazer te conhecer.

Ela era bem diferente do pai — menos expansiva e gregária, mais introvertida. Não. Não exatamente introvertida. Não dá para chamar de introvertida a ambientalista mais bem-sucedida da história de Ibiza. Alguém que, eu logo descobriria, seria capaz de, diante de milhares de pessoas, discursar sobre os perigos da destruição ecológica — a sua paixão pelo meio ambiente era um desdobramento de sua curiosidade, como astrofísica, pelo universo — e fazer com que agissem para mudar isso. Mas o que eu quero dizer é que havia uma certa quietude nela. Não precisava fazer barulho desnecessário. Quando falava, e ela falava bastante, era por um motivo. Exibia o sorriso largo do pai ao erguer a cabeça do grande cartaz de papelão que estava pintando.

Eu já tinha visto Marta antes. A mulher de óculos e cabelos desfiados que vira no aeroporto, com a camiseta do Einstein. E nas visões com Christina. Ela estava com uma bermuda jeans igual à do pai e uma camiseta desbotada que dizia *Space*. Space era o nome de uma antiga boate, mas também combinava com uma astrofísica. Eu logo descobriria que Marta tinha várias camisetas legais. Ela também tinha uma companheira — uma arquiteta suíça chamada Lina —, que estava viajando. Era a mulher de quem ela estava se despedindo na primeira vez que a vi.

— Acho que já te vi — comentei —, no aeroporto...

Marta abriu um sorriso curioso.

— Sério?

Talvez ainda fosse muito cedo para comentar que também a enxergara nas visões que tive ao segurar o volante.

Um gato de três patas pareceu gostar de mim. Ele esfregou a cabeça nas minhas panturrilhas e teve pensamentos felinos afetuosos.

A mente de Marta era mais fácil de ler que a do pai. Cada sorriso era uma porta aberta. Era uma mente muito intrincada, um jardim mental que cresceu demais, iluminado por um calor dourado, mas havia um nervosismo, uma sensação de incompletude. Não. Não era bem isso. As pessoas são como músicas, sabe? Só não ouvimos as suas melodias porque pouquíssimas pessoas as tocam para o mundo. Mas as mentes tocam as próprias notas, e Marta se sentia presa num tom menor. Ela tinha uma música-tema, como todo mundo. A minha sempre foi a culpa. A dela era ser preterida, *não escolhida*. Algo reforçado pelo fato de La Presencia nunca a ter tocado, apesar de ela ter mergulhado tantas vezes naquelas águas e dedicado tanto tempo de pesquisa a ela. Mas, sempre que Marta falava, Alberto a fitava com orgulho e não via nada além de magia pura na filha.

Nós nos sentamos no pequeno jardim, à sombra de uma das figueiras. Marta providenciou uma jarra de vinho tinto. A música do rádio nos alcançava pela janela da cozinha. "Mr. Tambourine Man". Olhei para as palavras no cartaz que ela estava pintando: *Nos alzamos como el océano. Nos erguemos como o oceano.* Com o desenho caprichado de um globo terrestre.

— Bob Dylan morou uns anos em Formentera — comentou Alberto. — Ele morava no farol…

— *Papá*, acho que a Grace não quer falar do Bob Dylan. — O tom era delicado, mas firme. — E então, Grace, como você está se sentindo? Eu fiquei sabendo de tudo. Seus dias estão sendo intensos.

— Não sei — respondi, com sinceridade. — Confusa, acho. Gostei do cartaz.

— Ahhh, *muchas gracias*. Não sou muito boa artista. Vai haver uma manifestação.

— É. Ouvi dizer.

Uma sombra encobriu a sua mente.

— Christina queria ir. Vou me sentir sozinha sem ela. Mas agora ela está em Salácia. Eu acredito de verdade nisso. E você está aqui.

— É.

Tomei um gole do vinho, sentindo gosto de raios de sol e terra.

— Não está sendo fácil — falei para ela. — Toda essa coisa de "receber poderes alienígenas". Quase voltei pra casa. Pra Inglaterra.

— O que te impediu?

Antes que eu pudesse responder, o gato pulou no meu joelho.

— Esse é o Sancho — disse Marta. — Em geral, ele não gosta de gente desconhecida. Pode se sentir honrada.

Senti o amor emanando da criatura. Eu sei que existe um equívoco comum de que gatos são de alguma forma menos amorosos que cães. Isso é um absurdo. O amor que um gato pode lhe dar é repentino e caloroso. É só que o amor de um gato vem livre de quaisquer princípios morais ou éticos. É amor por amor. É um amor puramente recreativo. Amor de ocasião. Mas não deixa de ser amor.

— A manifestação é contra o hotel que estão construindo em Es Vedrà, não é?

— É.

Marta voltou a pintar o cartaz. Ela estava trabalhando num segundo globo.

— Sobre a parte dos alienígenas... Você conhece o conceito da "adaptação orientada por dissipação"? — O inglês dela era ainda melhor que o do pai.

Fiz que não com a cabeça. Poderia até estar em algum lugar em minha mente. Como todo o resto agora. Mas algumas coisas ainda exigiam esforço. E astrofísica parecia ser o porto seguro dela, como a matemática era o meu, e eu gostei de ouvi-la falar sobre aquilo.

— Basicamente, ela explica como a vida é inevitável. Sabe, tradicionalmente, as pessoas acreditavam que a vida era uma impossibilidade geral, e a Terra era a exceção à regra. Os seres humanos eram obra do acaso. A Segunda Lei da Termodinâmica diz que a desordem aumenta em qualquer sistema.

— Eu trabalhava em escola — comentei, olhando para um figo fresco pendurado na árvore. Carnudo, roxo e lindo. — Sei bem o que é isso.

Olhei para Marta. Ela sorriu e ajeitou os óculos no nariz. Havia uma manchinha de tinta verde em seu queixo.

— E a vida era vista como improvável porque exige o oposto da desordem. A vida é a ordem nascida do caos. A vida é o frio se tornando calor. Por isso, vida alienígena era considerada cientificamente improvável. Mas então veio uma nova hipótese que contradiz isso, na verdade: à medida que se aquece um grupo de átomos, esses átomos se *organizam* para receber essa energia. O que acontece é ordem, e não desordem. Isso significa que a vida é a ordem das coisas. A vida acaba acontecendo. A vida agora é vista como a coisa lógica. Antigamente, eram os idiotas que acreditavam em alienígenas, e os intelectuais, não. Agora é o contrário. Você percebe? Se esse processo ocorrer muitos milhões de vezes, a vida é inevitável. E La Presencia é basicamente um ativista intergaláctico. Está aqui para proteger as coisas. E também se organizou. Do jeito que a gente precisa fazer. É isso que vai ser a manifestação contra aquele hotel ridículo. As pessoas se organizando, feito átomos, em prol da vida.

— Feito átomos — murmurou Alberto.

A filha o encarou com um lampejo de preocupação no rosto.

— Você tá usando o protetor solar que eu te dei?

— Tô. Tô usando. Todo dia. Não sou muito de cremes, Grace. Nunca tive uma rotina de cuidados com a beleza. O mar é o meu banho. Mas a Marta se preocupa comigo. E eu uso porque gosto do cheiro de coco.

Isso a deixou feliz.

— Estamos numa galáxia com cerca de cem bilhões de estrelas, cada uma com pelo menos um planeta em sua órbita, então tem *muito* planeta por aí — disse ela. Marta estava começando a se empolgar. Dava para sentir a emoção dela. Eu me concentrei em seu rosto e vi uma de suas lembranças, ela sendo ridicularizada na escola por ler um livro sobre óvnis. — E dez bilhões dessas estrelas são como o nosso Sol, e dois bilhões têm exoplanetas em que as condições de vida são muito parecidas com as nossas. Dois *bilhões*. — Alberto olhava para a filha agora não só com orgulho, mas algo mais. A tristeza brilhava em seus olhos. — *Papá* — chamou Marta. — *¿Estás bien*?

— Sim, sim. Tudo bem. Não é nada.

A voz de Alberto falhou de emoção. Ele se levantou e colheu um figo da árvore. Aquele para o qual eu vinha olhando.

— *La vida imposible* não é tão impossível assim. Tem alienígenas por toda parte. E muitos na Terra já os viram com os próprios olhos. Mas ninguém acredita neles.

Ele me entregou o figo. Olhei para ele.

— Experimenta — disse Alberto.

E foi o que eu fiz.

Um figo

Não existe nada igual a comer um figo colhido do pé na hora, suculento e aquecido pelo sol. Você pode comer a fruta toda. Todinha. A casca, a carne roxa, as sementes. Divino. Meu conselho é: coma o figo inteiro. E pegue a fruta direto da árvore, na hora que for comer, sempre que puder.

Elvis Presley e a taça quebrada

Depois de saborear o figo, lembrei de uma coisa que tinha ouvido no rádio.

— A zona Cachinhos Dourados — comentei.

— Isso — assentiu Marta rapidamente, baixando o pincel e pegando o vinho.

Tive um mau presságio.

Não entendi direito o que estava sentindo, apenas soube que era algo ruim.

Era um estado de alerta. De que algo estava errado. Alberto arregalou os olhos. Eu não sabia direito se ele estava tendo a mesma sensação que eu ou se a estava captando de mim.

— Nem muito quente, nem muito fria... — continuou Marta, sem captar nada. — Igual à Cachinhos Dourados com o mingau. E ter dois bilhões de planetas na zona Cachinhos Dourados é *bastante* coisa. Racionalmente, seria muito mais difícil acreditar que somos o único em dois bilhões, e isso...

Foi então que algo estranho aconteceu. Com a taça na mão dela. Surgiram rachaduras, como uma teia de aranha sendo tecida. No começo, achei que Marta podia estar apertando com muita força.

— Cuidado. A taça.

Mas não era isso.

Se ela estivesse segurando com muita força, a taça teria quebrado na mesma hora. Era algo diferente. A taça rachada era uma *exibição.* Era um *teatro.* Era como se algo quisesse ser notado como antinatural, e Marta ficou tão hipnotizada e confusa com a visão que não pousou a taça, ficou só olhando para ela. E então, no instante em que voltou a si, a taça estilhaçou por completo, e o vinho tinto manchou o cartaz como se fosse sangue, sendo absorvido pelo papelão.

Ela levou um susto.

— *¡Qué mierda!*

O cartaz ficou arruinado. A Terra tinha se tornado tão vermelha quanto Marte.

— Você está bem? — Alberto e eu perguntamos juntos, em línguas diferentes.

— O que acabou de acontecer? — perguntou Marta.

Alberto olhou ao redor. Para ver se havia alguém ali, entre os arbustos e as figueiras.

Então outra coisa aconteceu.

O rádio.

O rádio parou de tocar Bob Dylan e passou a emitir só estática.

A estática então lentamente se reconfigurou em música. Outra música. "Heartbreak Hotel", do Elvis Presley. Mas já no meio. A voz que saía daqueles lábios curvos pairou no ar quente como uma ameaça sinistra.

Marta foi desligar o rádio. E voltou com um pano, uma pá e uma vassoura enquanto eu catava os cacos de vidro.

Alberto fitou fixamente o cartaz encharcado de vinho.

— Isso foi um alerta. De quem queria matar a Christina. — Ele olhou para a filha com o cenho franzido de preocupação. — E está falando pra você parar. Você não pode organizar essa manifestação, Marta.

— *Papá*, deixa de ser bobo — disse a filha. E senti que não era a primeira vez que dizia aquilo.

Outras pessoas estão em perigo...

Foi o que Christina disse.

Não tive medo. Na verdade, fiquei feliz de não ter entrado naquele avião. Senti que era necessária ali.

Acariciei Sancho enquanto um pensamento rondava a minha mente.

— Christina queria participar da manifestação, não queria?

Marta varreu os cacos.

— Queria. Ela ajudou a ter a ideia.

— E vocês já protestaram juntas, não é?

— Muitas vezes.

— E você não sabe exatamente contra quem está protestando desta vez? Não sabe quem é a empresa hoteleira?

— Não. Tem sido tudo tão secreto. Só sabemos que o plano foi aprovado pelo governo local.

— The Eighth Wonder — falei.

— O que tem eles?

— Você protestou contra um dos hotéis deles. Em Cala Llonga.

Marta olhou para mim. Alberto olhou para mim. Foi uma queda de ficha coletiva.

— Vocês sabem das cabras, não sabem? — perguntei aos dois. — As que foram alvejadas por tiros em Es Vedrà por causa do hotel?

Alberto fez que sim com a cabeça, o rosto encoberto por uma sombra.

— É. Eu senti isso no momento em que te vi. Depois das lagostas.

Isso incomodou Marta mais do que a taça.

— Por que eles não tiraram as cabras de lá simplesmente?

— Porque a pessoa que deu a ordem não estava nem aí — respondi. Era uma hipótese. Eu não sabia ao certo, no entanto, parecia cada vez mais ser esse o caso. — Na verdade, acho que eles gostaram muito da ideia.

— Aonde você quer chegar com isso? — perguntou Alberto.

— A questão é que quem atirou nas cabras estava num barco. O barco tinha um logotipo pequeno, mas eu vi, na minha cabeça.

Marta balançou a cabeça.

— O governo local é burro. Mas não é tão burro assim. Não depois de toda aquela confusão em Cala Llonga. The Eighth Wonder é a pior empresa que já se estabeleceu aqui. Eles nunca teriam dado a permissão pra…

Sua voz vacilou. Marta estava segurando a pá cheia de cacos de vidro. A sombra dos galhos da figueira decorava seu rosto.

— Christina recebeu a visita de um homem — falei. — Muita gente ia na casa dela, mas esse era dono de uma rede hoteleira, rico. Quando cheguei, o taxista me contou. Ele disse que o nome do homem começava com A. Primeiro achei que fosse A de Alberto, mas ele disse que o sujeito estava bem-vestido.

— Obrigado — resmungou Alberto, fitando a bermuda maltrapilha.

— Ele tinha acabado de sair do restaurante mais caro do mundo. Tentei acessar as memórias da Christina sobre ele, mas não consigo. Tem um bloqueio.

Os pensamentos de Marta eram um caldeirão borbulhante.

— O restaurante mais caro do mundo. Aquele lugar ao lado do Hard Rock. Onde as pessoas usam óculos de realidade virtual. É uma enganação. Pra turistas ricos e DJS da moda… pra gente com mais dinheiro do que cérebro.

Pensei em Karl. Como ele teria reprovado a ideia. Lembrei de como ele torceu o nariz para uma rede de pizzarias depois que eles colocaram uns buracos no meio de algumas pizzas e disseram que era a opção light. ("Eles acham que as pessoas são burras?") Reclamar de restaurantes era um de seus passatempos. Uma rabugice recreativa.

— Submarine — disse Alberto. — É o nome do restaurante.

— Não — corrigiu Marta. — Não tem restaurante nenhum em Ibiza chamado Submarine. O nome é Sublimotion.

— Pois devia ser Submarine. Que tipo de nome é Sublimotion?

O cérebro inteiro de Marta revirou os olhos.

— *Papá, por favor.* Foco.

Alberto suspirou.

— Olha, a gente precisa tomar cuidado pra não tirar conclusões precipitadas. Muita gente se interessava pela Christina, porque ela previa o futuro. Ela mudava a vida das pessoas quase todo dia. Na barraca em Las Dalias. Ou às vezes em casa. Eu sempre achei que era uma má ideia, mas era uma forma que ela tinha de ajudar as pessoas...

Fiz que não com a cabeça.

— Quem queria matar a pobre Christina sabia muito bem o que ia acontecer no futuro. Era por isso que a queria morta. Ela ia impedir que eles fizessem o que queriam fazer. E o que ela estava tentando impedir? A destruição da natureza de Ibiza.

— É — concordou Marta. — E o pior incorporador imobiliário é esse The Eighth Wonder. Que é do Art Butler.

— Art começa com A — murmurou Alberto.

Marta assentiu.

— Retiros ecológicos com meditação, crioterapia, biohacking e vitamina de carvão ativado pra quem pode pagar. São esses hotéis ecológicos hipócritas, com restaurante de comida sustentável e que, de alguma forma, sempre estão em locais que antes eram reservas naturais. Eles pregam sustentabilidade e depois, de forma ilegal, despejam esgoto bruto no mar Mediterrâneo.

Marta estava ajoelhada, mas com as costas eretas, falando muito sério. Totalmente concentrada. Ela prendeu uma mecha de cabelo atrás da orelha.

— Ele tem dois nos Estados Unidos. No ano passado, abriu um em Bali... Mas Ibiza foi onde tudo começou. Agora tem sete aqui. Ibiza sempre foi o ponto de testes dele. Este lugar é uma fonte de inspiração. Se funciona aqui, é clonado por aí, mas sem a alma. Sempre foi assim. Boates, spa na praia, agroturismo, retiros de bem-estar, seja o que for... você pega o paraíso, bota numa embalagem e enriquece algumas pessoas.

Alberto assentiu, perguntando-se por que não havia pensado naquilo antes. Tentando entender que força o tinha impedido de enxergar o óbvio — que a pessoa contra a qual Christina protestava era a pessoa que a estava colocando em perigo. E ele não tinha estabelecido uma conexão, imaginou, porque Art Butler não o deixara.

— O inglês ricaço — murmurou para si mesmo. Então outra coisa lhe ocorreu. — A gente precisa parar com isso... a gente precisa parar...

Marta não lhe deu ouvidos.

— Aqui em Ibiza ele já despejou esgoto no mar, contribuiu para a extinção de plantas e pássaros, prejudicou o ecossistema, sacaneou os trabalhadores. Ele não se importa com a natureza, só finge se importar.

— Mas isso significa que ele planejava matar Christina? É uma conclusão precipitada.

— Ele tem muita influência — comentou Marta, em um tom sombrio. — E muito dinheiro. Ele já superou obstáculos que ninguém conseguiria superar. As áreas protegidas de repente deixam de ser tão protegidas, e ele sempre promete preservar espécies e hábitats, mas, assim que o planejamento é aprovado, tudo é destruído. Até onde sabemos, ele é humano, mas, se fosse humano mesmo, Christina teria conseguido ver que era ele quem queria matá-la, e ela não viu. Disse que a pessoa tinha um bloqueio. Que não tinha cara.

Lembrei da minha visão de uma pessoa sem rosto junto ao policial da Guardia Civil com o dinheiro na mão. Senti o estado de espírito de Marta se tornar ainda mais sombrio.

— Teve um político aqui — comentou ela —, Ricardo Martínez, que morreu misteriosamente depois de vetar um resort do Eighth Wonder ao lado da planície aluvial de Ses Feixes.

— Isso é terrível — respondi. — Mas correlação não implica…

Aquela foi a última vez durante a conversa que usei lógica baseada na nossa realidade. Porque aquele foi o exato momento em que a realidade tal qual eu conhecia se desintegrou por completo, e qualquer lógica dali em diante teria que abranger o sobrenatural. Porque, naquele instante, o celular de Marta tocou em seu bolso.

Era uma mensagem. E dizia simplesmente: *Se quiser viver, pare.*

Houve um silêncio sinistro. Um segundo em que todos prenderam a respiração. O ar à nossa volta pareceu se adensar. A mão de Marta tremia.

— Puta merda! — exclamou ela.

— É ele — disse Alberto, em pânico, virando a cabeça, como se Art Butler estivesse escondido atrás de uma figueira.

— Como?

— Não sei. Mas tem alguma coisa estranha com esse cara. Algo *diferente.*

— Ele está se referindo à manifestação. Ele quer que eu cancele o protesto.

— Então você tem que cancelar o protesto — sugeriu Alberto, ainda em pânico, a voz não mais do que um sopro. — É o que eu estou tentando dizer. A gente tem que parar. Ele deve conseguir fazer o que quiser de qualquer lugar da ilha. Acho que seria sensato cancelar a manifestação.

Eu tive de concordar.

— Cancele a manifestação. Isso, Marta, eu acho que o seu pai tem razão nisso.

— *Papá*, você sabe que isso não é possível.

— O "isso não é possível" é sempre possível. Que número mandou a mensagem? — perguntou Alberto, indo até a filha e esticando o pescoço para olhar. — Que estranho. Dois, sete, um, oito, dois, oito, um…

— Espera! — Eu o impedi de terminar. — Isso não é um número normal. Eu conheço esse número. Dois vírgula sete, um, oito, dois, oito, um, oito, dois etc., daí em diante, para sempre.

— Eu também — disse Marta. Ela era física. Possuía conhecimentos matemáticos.

Fiz que sim com a cabeça.

— O número de Euler. O número *e*. A base dos logaritmos naturais. O número preferido de todo empresário. Ele é usado para calcular como eles podem aumentar exponencialmente a própria riqueza por meio de juros compostos. Se você quiser um número matemático que ajude a explicar por que os ricos ficam mais ricos, então é esse. É outro sinal. Ele sabe que vamos entender que isso não é um telefone de verdade… Ele está avisando que é pra tomarmos muito cuidado.

Marta olhou para o cartaz molhado que Alberto estava pegando do chão.

— Crescimento exponencial. Isso é tudo que interessa a ele. Só pode ser ele.

Tudo girava dentro da minha cabeça.

— Quem autorizou? Eu me refiro ao empreendimento em Es Vedrà.

— Ah, hum, foi a Sofía Torres. É a política mais poderosa da ilha...

Alberto estava tentando sacudir o vinho do cartaz destruído.

— Todo mundo a conhece. Toda noite, ela janta no mesmo restaurante de frutos do mar.

— Qual restaurante?

— El Pescador. No centro histórico.

Como professora de matemática, eu sabia que, quando você quer resolver um problema, precisa fazê-lo na ordem correta. E, se existe uma variável desconhecida e um valor estabelecido, você tem que começar com o valor estabelecido. E não com a variável desconhecida porque, bom, porque ela é *desconhecida*. E o elemento conhecido era Sofía Torres, então fazia sentido começar por ela.

— A gente tem que ir lá — falei em tom de urgência, me sentindo aventureira e ridícula. A Dom Quixote com roupas da Marks & Spencer atacava outra vez. — A gente tem que ir lá hoje.

Pesca mental

Fomos no meu carro até a cidade de Ibiza. Ao longe, dava para ver a muralha do centro histórico de Dalt Vila, no topo de uma montanha. Casas empoleiradas atrás de muros e bastiões perfeitamente angulares, sob um céu que aos poucos se transformava em noite.

Alberto e Marta foram discutindo o tempo todo em espanhol, e eu conseguia entender todas as palavras que diziam e também as que não diziam mas queriam dizer. De repente eu era fluente em espanhol, como se tivesse nascido em Ibiza.

Alberto balançava a cabeça repetidas vezes.

— A manifestação de amanhã não pode acontecer.

— Vai acontecer. Já tá marcada.

— Liga pros seus amigos — disse ele, a voz tensa de preocupação. — Por favor, Marta, liga pro Adriá e pros outros e diz que isso não pode acontecer. Posta na internet. Fala pra ninguém ir. O que quer que esse Art Butler seja, não somos páreo pra ele.

— Porque é assim que você lida com assassinos e terroristas ecológicos, né? Você cede às demandas deles? Não, *papá*, eu vou seguir adiante com isso.

— Eu sou seu pai. E é meu trabalho te proteger.

— E eu sou um ser humano, e é meu trabalho proteger o planeta.

— Você é impossível.

— Não. Você é impossível.

Deu para você ter uma ideia. Era uma briga de família. Os dois com a cabeça cheia de amor e preocupação um pelo outro. Essa era uma vantagem da telepatia, percebi. Transformava o não dito em dito. Colocava o invisível à vista. Mostrava que o amor e a bondade às vezes podiam estar embrulhados em raiva e desprezo. Marta realmente não estava com medo.

— Vamos aproveitar a noite — disse ela, em tom de desafio. — Está tão agradável. Anda, Grace, vamos viver uma aventura. Vamos salvar o mundo.

— Uma aventura? — falei, e nada mais. Quase como se estivesse me convidando.

Enfim, Maurice, paramos o carro num estacionamento na orla da cidade nova. Estacionei de ré, como Karl sempre me recomendou, e imaginei a satisfação dele.

O plano era ir para El Pescador, mas paramos longe de propósito. Queríamos fazer uma longa caminhada. Queríamos passar por bastante gente.

— Por que a gente parou aqui? — perguntou Marta, franzindo a testa.

— Precisamos fazer uma pesca mental — respondeu Alberto. — Quer dizer, a Grace precisa. Eu vou fazer o que puder. E a cidade de Ibiza é o lugar perfeito pra isso. Alguém aqui, além de Sofía Torres, deve saber alguma coisa dos planos de Art Butler ou de onde podemos encontrá-lo.

A noite estava animada, o que era ótimo para os nossos propósitos.

Ao passarmos pelas pessoas, fui capturando os pensamentos delas como se fossem borboletas. E, como borboletas, alguns eram mais bonitos que outros.

— Fique atenta a qualquer coisa suspeita — acrescentou Alberto. — A informação de que a gente precisa pode vir de qualquer mente...

À medida que fomos nos aproximando do centro, o número de pessoas foi aumentando.

Uma mulher olhava para um vestido amarelo numa vitrine, imaginando como ficaria nele e se poderia aumentar um pouquinho mais o limite do cartão de crédito.

Uma criança cansada se perguntava por que os pais não a deixavam ter um coelho.

Um homem estava preocupado que a sua barriga tinha uma aparência muito flácida.

—

Um outro homem ansiava pela noite no cassino, querendo ganhar de volta o dinheiro do mesmo sujeito para quem tinha perdido na noite anterior.

Uma mulher pensava no orgasmo que tivera com um amante mais atencioso do que aquele cuja mão segurava naquele momento.

Um turista nauseado se arrependia de ter pedido mexilhão.

Um homem que estava desesperado, apesar do sorriso.

Uma adolescente olhava para o celular, desejando ser como a pessoa que dançava no vídeo.

Um jovem casal desejava ao mesmo tempo que o Airbnb deles ficasse mais perto do centro.

Um barman limpava uma mesa externa, sonhando com um amor antigo que tinha voltado para a Argentina e se casado com um advogado. Marta o conhecia e disse oi.

— *¡Hasta mañana!* — disse ele, acrescentando que estava ansioso para a manifestação.

— Isso. Até amanhã.

Um cachorro tentava dizer ao dono que estava com sede.

Uma barata se esgueirando entre as pedras de calçada ao lado de um bar estava pronta e animada para uma noite em busca de comida, a mente repleta de níveis quase humanos de medo, luxúria e fome.

Uma pessoa extremamente ansiosa morria de medo da morte, mas tinha a vida tão fácil de acessar que eu soube que ainda viveria por pelo menos cinquenta e três anos. E teria uma morte indolor, durante o sono, num hotel de luxo, em Kyoto.

Três rapazes queriam ficar chapados, um deles desejando secretamente poder dizer ao amigo que estava apaixonado por ele.

Uma mulher com uma sacola cheia de maçãs e pão se perguntava se teria dinheiro suficiente para pagar o aluguel.

Passei por uma pessoa que se sentia culpada por estar de férias enquanto a mãe estava doente no hospital. Eu conhecia essa culpa. A culpa de se *divertir*.

Passei por outra da minha idade. Uma espanhola em depressão profunda. Que não queria ser nada.

Pensei nos dias após o enterro de Karl, quando tudo o que eu queria era não existir. Fiquei fascinada com o zero, como conceito e como número. Os egípcios antigos tinham um hieróglifo para o zero. Era o mesmo símbolo que o da beleza. Isso se encaixou perfeitamente no meu estado de espírito na época. A beleza era o nada. Assim que havia algo, havia problema. E dor.

Eu devia ao mundo me sentir péssima; essa era a minha lógica. E, se não devia isso ao mundo, no mínimo devia ao meu marido e ao meu filho mortos.

Eu havia me convencido de que simplesmente não tinha *nascido* para ser feliz. Era um alívio tão grande não sentir mais aquilo. Mas, mesmo ali, mesmo andando pela cidade de Ibiza, uma leve culpa permanecia. Como uma mancha num cartaz que luz do sol nenhuma seria capaz de eliminar.

Ressacas e corações partidos

Continuamos andando. Eu sabia tudo o que podia ser discernido de tudo o que já foi descoberto, da mesma forma que, munido de intelecto, um grão de areia poderia falar de todo o universo.

Percorremos o caminho mais longo possível até o centro histórico, passando pela fachada amarelo-clara do Gran Hotel Montesol, que eu não só *soube*, mas senti ser o hotel mais antigo da ilha ao dobrar a esquina abaulada do prédio art déco de vários andares, onde uma gente sofisticada e estrangeira se reunia à noite, sob os toldos, e ficava vendo o povo passar. Sem ler a mente deles, como eu.

Eu me sentia como se estivesse atravessando uma nuvem elétrica de prazeres e vivências, na qual as memórias literalmente vazavam dos edifícios e dos corpos. Fizemos um desvio pela orla, passando pela loja da Pacha, os restaurantes enchendo lentamente e as pessoas passeando com sorvetes enormes e cachorros pequenos. Passamos por ressacas e corações partidos, tédio e agitação. Passamos por amor e perda, arrependimento e vergonha, esperança e desespero, estresse e indigestão, piedade e pornografia, aspiração e aceitação. Passamos por pensamentos sobre dinheiro, música, luto, babás de pets, dores de dente, incontinência urinária, dor nas costas, zumbido no ouvido e uma pessoa contraindo os músculos da barriga. Passamos pelo simples prazer de comer pão de centeio com aioli e *vino de la tierra*. Passamos por uma sueca que se perguntava se os seres humanos iriam sobreviver à revolução da Inteligência Artificial. Passamos por trechos de músicas, propagandas, vídeos viralizados e conversas indesejadas que ficaram presas na cabeça das pessoas feito chiclete na sola do sapato. Passamos por turistas pensando nos livros que estavam lendo durante as férias e em horários de voos. Passamos por um homem, a quem uma vez disseram que ele parecia o Keanu Reeves, avaliando as últimas selfies no celular em busca de uma na qual realmente parecesse com o ator. Passamos por uma bailarina de Paris que estava preocupada demais com o jeito certo de piscar. Passamos por um morador local, ao lado de um poste, jogando xadrez on-line, capturando uma dama. Passamos por um homem se imaginando como um DJ na Ushuaïa, tocando para uma multidão em êxtase que dançava ao redor da piscina do hotel. Passamos por um DJ de verdade, que naquela noite tocaria na boate Hï e — 24 horas depois — num lugar de luxo chamado Club Chinois, ostentando joias reluzentes, mas com a mente anuviada por causa do jet lag de quem acabou de chegar de Singapura, num voo com escala. Sentia saudade da filha de 20 anos, que havia ficado em casa, em Chicago, e se perguntava quando poderia ligar para ela, sentado, sozinho, num banco e comendo um hambúrguer vegetariano sem graça do Burger King, ouvindo a bela voz de uma artista de rua cantar uma música que eu soube ser de uma cantora chamada Olivia Rodrigo.

Passamos por pensamentos em todas as línguas e por emoções de todas as cores.

Eu sei o quanto isso tudo parece bizarro. Mas, na verdade, para mim, estava começando a parecer absolutamente normal. Ou, se não normal, pelo menos natural. Fazia apenas dois dias, mas já parecia uma eternidade.

A diferença entre um dom e uma maldição às vezes é só questão de perspectiva.

Não existem ilhas

Eu tinha sido uma ilha. E, no entanto, graças a Christina e La Presencia, eu me dei conta de que não existem ilhas. Quando se vai fundo o suficiente, está tudo conectado. Ibiza e Lincoln estão unidos à mesma terra. As nossas mentes se entrelaçam como um milhão de correntes no mar. Nós nos fundimos, convergimos. Todo mundo flui para todos os outros sem perceber. Até baratas entram nessa. Não somos apenas uma pessoa, não somos apenas um gênero, não somos apenas uma idade, não somos apenas uma nacionalidade, não somos apenas uma espécie. Os muros entre nós são imaginários. Os pensamentos que temos são gloriosamente únicos, mas também estão gloriosamente no mesmo espectro contínuo. Amor, medo, luto, culpa, perdão. Esses são os padrões no repertório. São as versões cover que podemos tocar. Achamos que somos solitários porque muitas vezes não enxergamos as conexões. Mas estar vivo é ser uma vida. Ser a vida. Nós somos *a vida*. A mesma vida em constante evolução. Precisamos uns dos outros. Estamos aqui uns para os outros. O propósito da vida é a vida. Toda a vida. Precisamos cuidar de nós. E, quando parece que estamos muito sozinhos, de verdade, esse é o momento em que mais precisamos fazer algo para lembrar como nos conectamos.

É por isso que aceitamos um convite para ir para Ibiza ou mandamos um e-mail para a velha e solitária professora de matemática ou compartilhamos a verdade absurda de nós mesmos. Não podemos ficar sentados para sempre em nossas conchas solitárias, sem fazer nenhum ruído.

Para nadar no oceano, às vezes temos de agitar a água.

El Pescador

Passamos por mais restaurantes, mais turistas e mais pessoas caminhando com cachorros até que chegamos ao beco mais estreito de todos. Aquele com o pequeno, porém sofisticado, restaurante de frutos do mar.

El Pescador.

Havia uma fileira de mesinhas brancas de madeira do lado de fora, na calçada irregular, e Sofía Torres e o marido — que descobri que se chamava Jorge — estavam sentados à que ficava mais perto do início da ladeira.

Marta estava ao celular, de óculos escuros e de costas para Sofía a fim de não ser reconhecida. Conversava com uma amiga e fazia planos para a manifestação. Olhei para ela e tentei acessar o seu futuro, mas não consegui, o que não fazia sentido no caso de uma mente que eu conseguia penetrar. Era muito estranho que eu não pudesse ver *nada* do futuro dela. Significava que o destino de Marta ainda estava em aberto? Múltiplos futuros com as mesmas possibilidades? Isso podia ser bom e ruim, imaginei.

— E agora? — perguntou Alberto. Eu gostava do fato de estar no comando de repente.

Vi um bar mais adiante na rua, com uma mesa vazia e três cadeiras.

— Ali — falei. — Vamos sentar ali e ficar observando. Vou dar uma vasculhada. Fazer um *rummage.*

— *Rummage*! — exclamou Alberto. — Cara, que palavra boa e peculiar.

Pensei um pouco e percebi que ele tinha razão. *Rummage* era mesmo uma palavra especial.

— É quase tão boa quanto *fungus* — acrescentou Alberto. — Ou *queue.* Que palavra boa para dizer "fila". Eu adoro *queue.* Quem ia ser tão doido a ponto de colocar essas vogais todas juntas, na mesma palavra de cinco letras? Só os ingleses…

— E só os espanhóis para virar os pontos de exclamação de cabeça para baixo — rebati.

— E os de interrogação — acrescentou Alberto, concordando. — O que eu posso fazer? A Espanha toda gosta de festa. Até os sinais de pontuação. E temos *la madrugada*… outra palavra que vocês não têm… O período entre a meia-noite e o amanhecer. Um período mágico e muito importante. Mas vocês, ingleses, precisam de muitas palavras para descrever isso… Na verdade, é…

Enquanto Alberto continuava a falar, começou a acontecer. Eu lançava olhares discretos na direção de Sofía Torres, tentando ter uma boa visão dela. Igual a quando você é criança, apalpando um presente embrulhado, percebendo aos poucos do que se trata, antes de abrir. Cada palavra que ela falava, cada garfada de comida que levava à boca, cada gole de vinho, cada gesto: tudo aquilo era o rastro de fumaça que me levava ao fogo lá dentro. A maioria de nós revela todos os nossos aspectos a cada instante, mas pouquíssimas pessoas são capazes de interpretar esses indícios. Eles existem apenas como conjuntos de fonemas nunca compreendidos, o que pode explicar em parte a solidão que paira em torno de tantos de nós humanos, a solidão de palavras estrangeiras em busca de significado.

Enfim: ficamos sentados naquela viela estreita por uma hora, bebendo cerveja, espetando azeitonas e observando a política conversar com o marido.

Por sorte, ela estava bem ali, diante de mim. Embora virada na nossa direção, não me via, porque eu estava encoberta pelas sombras, e ela perdida em pensamentos preocupados.

Marta já tinha me dito que Sofía era a política de maior destaque da ilha, que no início tinha servido como ponte entre a esquerda e a direita, mas que recentemente havia abandonado toda a pretensão de ambientalismo. Só de olhar para ela, no entanto, eu soube mais do que haviam me contado. Era tão fácil ler a mente dela quanto ver seu terno de linho branco, o cabelo com um penteado armado e o sorriso esculpido em pedra. Mesmo longe demais para ver direito, eu sabia que ela não estava concentrada na salada de romã nem no robalo em seu prato.

Apesar do sorriso, estava bastante preocupada.

Preocupação é uma coisa incrivelmente comum. Ainda mais comum do que imaginamos. Essa foi uma das primeiras coisas que a telepatia me ensinou. Juntamente com a solidão, a preocupação é o ar poluído em que a maioria das mentes vive, a coisa que nos priva do momento presente, nos aprisiona no passado e no futuro ao mesmo tempo. Mas a preocupação dela tinha uma profundidade e uma urgência que quase queimavam. Seu foco era sobretudo no que ia acontecer no dia seguinte. Na manifestação. Por um instante, Sofía chegou até a pensar em Marta Ribas, alguém de quem tinha ouvido falar bastante. Ela sabia que Marta era uma das principais organizadoras do protesto de Cala Llonga e de um outro que acontecera antes, o de Talamanca. Astrofísica e natural de Ibiza, Marta era uma pessoa séria, que falava bem e tinha bons princípios. O pesadelo de qualquer político. Mas isso estava fadado a se tornar algo muito maior. Se ao menos ela pudesse conversar com Marta...

Abri um sorrisinho.

— Ela queria poder falar com você — sussurrei para Marta, que tinha acabado de encerrar a ligação.

— Ela sabe que eu estou aqui?

— Não. Mas queria conversar. Ela te mandou um e-mail, mas você não respondeu.

Marta começou a se levantar, mas mudou de ideia.

— Se eu aparecer lá agora, ela não vai pensar em mais nada.

— Pois é — concordei. — Vai fazer marola. E isso é ruim pra pesca.

— A gente precisa ser inteligente — completou Alberto. — Vamos deixar a Grace continuar. Ela vai poder contar tudo pra gente. Se você for até lá, vai se colocar numa situação de perigo ainda maior. Nada que você possa dizer vai fazer Sofía parar... Só vai atrair mais atenção pra você... A manifestação é a sua maneira de falar com ela.

Então ficamos ali. Marta permaneceu de cabeça baixa, postando na internet sobre o protesto, e eu comendo azeitonas e lendo a mente da Sofía.

A política começou a relembrar uma reunião que teve no ano anterior com Art Butler. No dia seguinte, no Eighth Wonder de Talamanca, na mesma hora da manifestação, ele ia revelar à imprensa e ao público os planos de construção de um hotel em Es Vedrà.

Um hotel de luxo em Es Vedrà era uma piada de mau gosto, pensou Sofía. No entanto, ela havia concordado com aquilo. Na verdade, foi ela mesma quem assinou o contrato. Ela e os colegas de trabalho em Maiorca tinham obviamente sido uns idealistas ao pensar que a proteção de uma reserva natural poderia ser terceirizada para uma entidade corporativa com fins lucrativos, como a Art Butler Worldwide.

A manifestação já viralizava por todo o Instagram e o TikTok; o público das boates já estava se envolvendo. E ela lembrou dos protestos dos anos 1990, quando os moradores se reuniram. E ela tinha estado lá, lado a lado com os ambientalistas. Como havia comemorado quando a região em torno de Cala d'Hort se tornara uma reserva natural protegida, e não um campo de golfe! Olha só para ela agora. Uma hipócrita, pensariam eles.

Entre um intervalo e outro na conversa com Jorge, a sua mente voltava para uma *villa* em meio às montanhas arborizadas perto de Cala Jondal. Uma que ela não visitava havia muitos meses.

Uma *villa* estupidamente exuberante, de 20 milhões de euros.

Grande, branca e cuboide, envolta em um luxo genérico, com as paredes feitas principalmente de vidro.

No passado, tinha sido um sítio, cheio de porcos e coelhos, mas não havia mais vestígios disso. Uma piscina de borda infinita se fundia quase perfeitamente com o distante Mediterrâneo ao fundo.

— Você está vendo a *villa*? — perguntei a Alberto enquanto ele mastigava uma azeitona.

— Não. Não estou vendo nada — disse ele, sentindo-se meio diminuído. — Estou muito longe. Não consigo ler nada dela daqui. Eu podia tentar ler a mente dela por meio da sua, mas isso poderia causar alguma interferência mental.

— É a casa do Art Butler. Ela está pensando nele. É ele mesmo quem está planejando construir o hotel em Es Vedrà…

— Pronto! — exclamou Marta. — *¡Ahi lo tienes!* A gente tava certo.

Os olhos de Alberto estavam tão abertos e curiosos quanto os de uma coruja.

— E cadê ele? Ela sabe onde ele tá?

— Não sei. Deixa eu me concentrar…

Art Butler

Então lá estava eu, dentro da mente de Sofía. Dentro do canto específico que estava numa *villa* pertencente ao diretor do Eighth Wonder Resorts. Na verdade, ele tinha dado a ela a opção de fazer a reunião no iate dele, permanentemente ancorado na Marina Botafoch, a uma curta caminhada do seu lugar preferido, o cassino junto ao Ibiza Gran Hotel. Mas, de alguma forma, ela não estava preparada para aquilo. Preferiu encontrá-lo em terra firme. Na casa da qual estava se lembrando naquele momento, e que eu observava. Não era exatamente a *villa*. Era a visão da lembrança de uma *villa*. Uma visão "por tabela" da *villa*. A cada poucos segundos, um detalhe se alterava. Um vaso mudava de posição, uma cadeira desaparecia e depois reaparecia. Mas os detalhes centrais permaneciam fixos. Aquilo acontecera oito meses antes. De repente, eu me vi olhando para ele — para o Sr. Art Butler. Olhando para ele ao mesmo tempo pela minha mente *e* pela mente de Sofía.

Sofía sempre achou que ele tinha uma aparência curiosa, mesmo para os padrões excêntricos dos homens britânicos. Um sujeito baixinho. Com as bochechas flácidas como as de um bassê. Olhar atormentado. A barba por fazer e cabelos cacheados e revoltos que ele gostava de tocar. Camisa social azul, calça de sarja e chinelo. E ele tinha uma aparência meio inchada e excessivamente queimada de sol. Devia ter uns 50 anos, Sofía supunha, mas havia algo de infantil nele. Antes daquela reunião, não poderia dizer que não gostava dele. Havia algo de cativante nele. Como um garotinho perdido fingindo que não estava perdido e que estava tudo perfeitamente bem.

— Vamos ter de reprovar seu projeto — dizia ela delicadamente, como quem dava a notícia da morte de um parente. — Infelizmente, é impossível sequer considerar um empreendimento em Es Vedrà. Os protestos seriam grandes demais. Os tempos estão mudando.

Ele não falou nada por alguns segundos. Então abriu um sorrisinho.

— Ah, mas Sofía, esta é a *nova* Ibiza. É exatamente isso que você quer…

— A nova Ibiza? O que é a velha Ibiza?

Art soltou uma gargalhada vazia.

— Tudo aquilo de que você já tentou se livrar. Você sabe: as drogas, os bêbados, a música alta, o caos, os pacotes de férias baratos, as hordas de gente queimada de sol… em suma: o *lixo*.

Sofía abriu um leve sorriso também. O tipo de sorriso que disfarçava um calafrio. *Lixo*. Ele desprezava as pessoas sem nenhuma cerimônia.

— *Essa* é a velha Ibiza? Eu não sei. — Ela pensou que talvez os fenícios e os cartagineses tivessem algo a dizer sobre aquilo. Sem falar nos romanos, nos árabes e nos piratas. Ou em todas as pessoas nascidas ali. — O senhor é muito britânico. A Ibiza a que o senhor se refere nunca passou de uma mera percepção…

O celular de Art tocou. Ele atendeu.

— Raj, depois eu te ligo… É. Sim. Os brasileiros deram uma estimativa, mas ainda tá muito alto. Amanhã a gente fala disso…

Sofía não queria estar ali. Tinha uma série de questões para resolver e que estavam se acumulando — o problema das pessoas em situação de rua que tinham de morar em barracas perto da marina; a raiva em relação às pessoas que estacionavam em local proibido em Playa d'en Bossa; e o discurso que ia fazer na terça-feira seguinte, sobre a discrepância entre a verba para a saúde de Maiorca e de Ibiza, que sem dúvida ia enfurecer o presidente do governo das Ilhas Baleares. Art Butler era a última coisa de que ela precisava naquele momento, mas, ainda assim, tinha que desfazer a confusão em que se metera. Os protestos iam custar o seu cargo. Ela tinha de voltar atrás na decisão a respeito de Es Vedrà.

Art encerrou a ligação. E se voltou para Sofía. Parecia um pouco mais tenso, ela observou.

— Estamos falando de *visão* — disse ele, os braços fazendo gestos amplos e dominantes, como um maestro no final da sinfonia. — Não se trata só da percepção de como as coisas são, mas de como poderiam ser. Ibiza está se transformando. O mundo está se transformando. E são pessoas como nós que estão fazendo isso.

— Nós não somos uma Dubai — rebateu Sofía. Senti a sua frustração, o desgosto e um leve medo. — Não somos uma Las Vegas. Ibiza é um lugar natural. Não pode ser *transformada* segundo o capricho de um empreendedor. Mesmo que seja o senhor.

— Eu trouxe ideias novas. Trouxe vida para este lugar.

— Com todo o respeito, nada do que o senhor trouxe para cá foi novo. As pessoas se hospedam em hotéis aqui desde que o Montesol abriu, na década de 1930. Antes disso, as pessoas já vinham pra cá para se curar e fazer ioga... Não é possível criar um futuro ecologicamente correto construindo em áreas protegidas.

Art trincou os dentes.

— Você precisa desproteger a área, Sofía. Es Vedrà, a ilha vizinha e o mar entre ela e Cala d'Hort. Eu sei que você pode fazer isso. Vai ser bom para o povo, para a economia... E é só o começo, sabe? Isso vai ser um modelo. A história de sucesso que pode ser replicada em outros lugares.

— Do que o senhor está falando?

— Da proteção de terras preciosas.

— Proteção? — Ela riu. — O meu inglês não é tão bom quanto o seu, mas o senhor falou "proteção"?

— Es Vedrà é o símbolo de um lugar sagrado e natural. E, assim que eu for o dono do lugar, vou torná-lo ainda mais especial. E então vou poder apresentar isso em todos os lugares, a todos os governos, e vou poder dizer: "A sua terra estará segura comigo. Eu vou cuidar dela."

— Qual a razão da sua obsessão em comprar áreas naturais?

— Você, uma política, vai mesmo me doutrinar sobre como cuidar do meio ambiente? Você teve a sua chance. E o futuro vai ser de quem tem visão de verdade. Resorts em meio à natureza, com turistas ajudando a pagar para proteger essa natureza. Assim que Es Vedrà for minha, vou fazer isso em todos os lugares, em todos os continentes. Eu vou pegar o que existe de mais precioso e torná-lo acessível às pessoas ao mesmo tempo que protejo a terra. Isto é o futuro. Capitalismo e ecologia, lado a lado. Eu já tenho permissão para construir no coração da Amazônia... E sabe como eu consegui isso? Contando pra eles que isso estava acontecendo aqui na Espanha. E que você tinha concordado. Você tinha concordado, não tinha?

— Sim. É verdade. Eu tinha concordado verbalmente. Mas não tinha previsto todos os desdobramentos. Por que o senhor não pode empreender em áreas construídas, como os outros hoteleiros fazem? Por que tem que pegar algo puro e destruir?

— Destruir é uma palavra muito forte.

Sofía deu um suspiro e se inclinou para a frente, numa poltrona grande e bem acolchoada, e que se alternava entre o vime e o plástico, dependendo do momento dentro da memória.

— Sr. Butler... Tem uma espécie de flor, a *Nolletia chrysocomoides*, que foi vista pela última vez na Terra aqui em Ibiza, mas foi extinta quando o senhor abriu o seu primeiro hotel em Cala Bassa e despejou cimento sobre o campo de flores silvestres da região. E essa não é a única história desse tipo. O senhor vai para lugares delicados e os desfigura.

— O meu pai era botânico — disse ele, melancólico e tão baixo que Sofía quase não o ouviu. A tristeza encobriu as suas feições como uma sombra.

— Tudo o que o senhor faz envolve risco ambiental. Es Vedrà é um lugar muito especial. As pessoas têm um vínculo muito forte com a ilha. E o senhor não pode simplesmente botar uma barca pra carregar turistas de Cala d'Hort para Es Vedrà o dia inteiro. Pense na poluição. Aquela faixa de mar é muito especial. As ervas marinhas ali têm...

Ele revirou os olhos.

— Cem mil anos de idade. É. Eu sei. A planta mais antiga da Terra. O hábitat mais importante do Mediterrâneo. Blá-blá-blá. E vamos operar um serviço de táxi aquático em cima delas o dia inteiro, ligando Cala d'Hort a Es Vedranell, e construir uma ponte ligando a ilha menor a Es Vedrà, e os seres humanos, gente de verdade, e não os seus peixes e as suas algas tão preciosas, vão poder usufruir das ilhas.

— O senhor não está entendendo, Sr. Butler. A água lá é *muito* especial. O turismo já está prejudicando a erva marinha *Posidonia oceanica*. Mexer ainda mais nessa área seria arrumar problema.

Art pousou o seu café ao lado de uma estátua de Tanit.

— Eu conheço as histórias. Conheço mais do que a maioria. Você ficaria surpresa.

Aquele foi o momento, para Sofía, em que a conversa mudou completamente. A expressão dele passou a ter algo de feroz e dominador.

Ele a encarou como um cachorro fita um coelho.

— Olha o que eu fiz em Cala Llonga. Antes que a gente chegasse lá, aquele era um lugar velho e sem graça. E agora olha só como ficou. Ibiza é um lugar onde as pessoas vêm e gastam dinheiro. E estamos trazendo gente melhor, gastando mais dinheiro. Os protestos acabaram. Assim que a gente abriu, todo mundo esqueceu.

— O senhor não entende o povo de Ibiza. Com o que o senhor está sugerindo, os protestos não vão ter fim nunca... Esse novo turismo. Os super-ricos. Eles não estão ajudando. Temos grandes iates bloqueando o pôr do sol e, ao mesmo tempo, pessoas que não conseguem pagar o aluguel. E olha só o formato de Es Vedrà. Como o senhor vai construir um hotel lá? O senhor não precisa da gente. Tem hotéis em toda parte. Pode deixar a gente em paz.

— Dinamitando pedras. Vamos escavar uma bela prateleira plana na rocha. Já fizemos isso antes, em Maiorca.

— Mas os pássaros fazem ninho naquela encosta. Corvos-marinhos.

— Você realmente se importa mais com os corvos-marinhos do que com a economia local?

— Eu achei que *o senhor* se importava — devolveu ela, num tom um tanto irritado. — Não era essa a ideia? Ecologia e capitalismo trabalhando juntos? E o senhor vem falar da economia! Diga isso às pessoas que moram em barracas nos estacionamentos. Foi um erro permitir isso. Eu subestimei a opinião pública. O senhor vai encarar uma revolução. Christina van der Berg, por exemplo, tem muita influência.

O nome o incomodou. Foi como uma vespa voando perto do seu rosto. Mas Art fez um gesto de pouco-caso.

— As ovelhas não andam sem pastor.

— O que isso quer dizer?

— Se você tira o pastor, vai tudo por água abaixo. As próprias pessoas com o poder de parar isso vão ser paradas...

Sofía estudou a expressão fria no rosto dele.

— Tirar o pastor? Como o senhor tira o pastor?

Ela pensou no colega, Ricardo Martínez. O que morrera dois dias depois de vetar o projeto de um resort do Eighth Wonder ao lado da planície aluvial de Ses Feixes. O inquérito concluiu que a morte foi acidental. O coração dele havia falhado. Algum problema não detectado na válvula aórtica.

— Pois é — disse ele, como se estivesse lendo a sua mente. — Não vete o progresso, Sofía. Não vai ser bom nem pra você nem pra sua família.

— Nós temos leis. Temos a polícia. O senhor está na Espanha. Não pode simplesmente chegar destruindo tudo e ameaçar as pessoas.

Ele ergueu o indicador no ar, apontando para Sofía, ainda a dois metros de distância dela. E, no entanto, ela sentiu alguma coisa — teve certeza disso —, sentiu o dedo tocar o seu pescoço sem de fato tocá-lo. Uma leve pressão sobre a laringe, e ela levou a própria mão até aquela coisa invisível que a apertava. Mas não havia nada lá, e então Art parou de apontar o dedo — ainda à mesma distância —, e ela não sentiu mais nada.

Sofía tentou controlar a respiração.

— Quem é o senhor?

O sorriso dele era contido, mas continuava presente.

— O último pensamento de Ricardo Martínez.

— O senhor... — Sofía não conseguiu encontrar a palavra.

— Pense em mim como o futuro — continuou Art, com uma expressão que parecia mais triste do que intimidadora. Um olhar de dor profunda, ainda que distante. — Inevitável como o pôr do sol.

E então a memória me escapou. E a mente dela também. Tinham sumido. De repente, eu estava de volta, inteiramente dentro de mim mesma, me perguntando o que eu tinha acabado de testemunhar.

Quantidades incertas

— Ele ameaçou Sofía — falei, despertando do transe, depois de tomar um gole da cerveja para me aclimatar de volta à minha mente. Descobri que a Sofía do presente tinha ido ao banheiro, por isso a memória havia sido interrompida.

E o meu relato saiu numa enxurrada de sussurros.

— Ele matou alguém. Um político. Talvez tenha matado mais de uma pessoa. E ia matar Christina. Ele tem a Guardia Civil no bolso. E os políticos. É assim que o plano de construir em Es Vedrà está andando. E este plano é só o início de uma nova fase. Ele quer construir nas áreas mais protegidas do mundo. Então está começando com a área mais protegida daqui. Acho que ele quer macular todos os lugares de beleza natural da Terra.

— Por quê? — perguntou Alberto.

— Vai ver ele gosta do desafio doentio que há nisso — considerou Marta. — Enxerga essa coisa como um jogo. Finge que se preocupa com o meio ambiente enquanto destrói tudo.

— Às vezes as pessoas não sabem por que fazem as coisas — falei, pensando em mim e no Aidan Jenkins, naquele almoxarifado na escola. — Elas só fazem o mal porque acham que estão ali para aquilo. É um padrão dentro do qual ficam presas quando não sabem como amar direito. — Eu me forcei a deixar de lado aquela lembrança. — E ele tem poderes. É assim que mata as pessoas. Eles concordaram em dar a ele não só a rocha, mas o mar à sua volta. E tem algo nele que não é nada humano. Era por isso que a Christina não conseguia ver o seu rosto. Talvez ele tenha os mesmos talentos... Talvez tenha entrado em contato com La Presencia.

Alberto fez que não com a cabeça.

— La Presencia só ajuda quem é bom. Jamais teria ajudado alguém capaz de fazer o mal.

— Não somos todos capazes de fazer o mal? — perguntei.

Marta beliscou a própria mão, então olhou para a marca que as unhas deixaram e sorriu de satisfação. Ela tinha um quê de masoquista.

— Não — disse ela. — Não no nível dele. Mas você tem razão quanto aos políticos. Ele deve ter ameaçado outros parlamentares. Só pode ser. Eles não teriam se dobrado tão facilmente.

Comentei mais uma coisa que havia descoberto na mente de Sofía.

— Eles vão anunciar a construção do hotel amanhã.

— No mesmo dia da manifestação? — exclamou Marta, incrédula. — Ele é louco?

— Talvez — respondeu Alberto com um suspiro. — Mas você também é, se acha que a manifestação ainda pode acontecer. Nós somos os tubarões sentindo a aproximação do furacão.

O bar era um point movimentado, uma mescla amistosa de turistas e locais.

Marta assentiu.

— É. Mas, ao contrário dos tubarões, nós podemos parar esse furacão.

Duas mulheres passaram, distribuindo panfletos para o show de Lieke, na Amnesia, para as pessoas às mesas do bar. (Alberto havia me dito que, embora ainda existissem, os panfletos eram a "velha rede social de Ibiza, antes do TikTok". Antigamente, era assim que as pessoas ficavam sabendo do que rolava por lá.)

Elas viram Marta.

— *Hola*, Marta.

Marta ficou feliz ao vê-las.

— Oi, gente. Vocês estão sabendo da manifestação de amanhã? Para barrar o empreendimento em Es Vedrà? A concentração vai ser na frente do Mar y Sol.

— Ahhh, desculpa, eu ia adorar ir — disse uma delas. — Mas o meu irmão vai tocar numa festa na piscina perto de Cala Comte, e eu prometi pra ele que ia.

O sorriso de Marta ficou mais para uma careta.

— *No importa... chao...*

Assim que elas se afastaram, Alberto olhou com ternura para a filha e deu de ombros.

— Olha, não vai fazer diferença. E o risco é alto demais. Cancela a manifestação.

— *Papá*, por favor. Eu sei que você está tentando me proteger, mas Es Vedrà nas mãos de Art Butler não vai proteger ninguém. Só vai deixá-lo mais forte. Nós temos que fazer oposição agora. Fala sério... Você sempre diz que o que mais gosta nos bodes e nas cabras é que eles são teimosos e fazem o que é bom pra eles. Seja como um bode, *papá*. Você sempre foi. Não vai fraquejar agora.

Os olhos de Alberto brilharam de tristeza. Ele queria tanto contar para a filha sobre o diagnóstico. E ia contar. Estava prestes a dizer que tinha um câncer que acabaria por matá-lo. Ele ia dizer a ela que aquele era o motivo pelo qual os seus talentos haviam desaparecido.

Mas Alberto se deu conta de que precisava apoiá-la. Ele estava tentando proteger todo mundo porque não podia proteger a si mesmo. Logo a filha faria 30 anos. Ele tinha de deixá-la ser a adulta que já era. Não podia tentar protegê-la pedindo-lhe que não fosse ela mesma. Marta sabia dos riscos e mesmo assim estava disposta a protestar. Ele era o pai mais orgulhoso do mundo. Ela sempre desejou ter sido escolhida por La Presencia, mas isso não aconteceu. Aquela era a sua chance de ter o poder de mudar as coisas para melhor, e ele não ia impedir.

Foi algo extraordinário, sentir aquela mudança dentro dele. Foi como quando a brisa para, e resta somente a luz do sol, e você percebe que o dia está quente.

— *Tienes razón, mi vida*. Vamos deixar o nosso amigo Nostradamus orgulhoso. Vamos ser como os bodes e as cabras.

E Marta fitou o pai com o mais complexo dos sorrisos. Um sorriso que continha esperança, medo, rebeldia e amor.

— Obrigada, *papá*.

Confesso que, naquele momento, senti uma pontada de inveja do relacionamento dos dois. E não foi só a habitual fisgada de dor em relação ao Daniel, mas o desejo de ter uma família. De pertencer a um núcleo. De não ser a velha e solitária Grace.

Mas também fiquei profundamente admirada com a coragem de Marta quando ela aproveitou a deixa para se levantar e seguiu pela calçada de paralelepípedos até o restaurante.

— *Mierda* — praguejou Alberto e então seguiu a filha. — Ela é maluca.

— E eu o segui.

Quando alcançamos Marta, ela estava se desculpando com Jorge e Sofía por interromper o jantar deles, mas em seguida foi direto ao assunto.

— A manifestação vai acontecer amanhã — avisou, em espanhol, enquanto as pessoas nas outras mesas se calavam.

Sofía ofereceu um sorriso calmo a Marta. Percebi que o seu rosto e a sua mente eram duas entidades absolutamente diferentes. Talvez esse fosse um traço essencial de ser político. Ter um rosto que não transparecesse nada do que se passava na mente.

— Não vai fazer diferença — disse ela. — Jamais haveria gente suficiente nas ruas pra mudar isso.

— Quando as pessoas souberem que quem está por trás do projeto é o Art Butler, elas vão pra rua — rebateu Marta. — Principalmente depois do que ele fez em Cala Llonga. Es Vedrà é especial. As águas ali são especiais também. Não é só uma questão ambiental, é uma questão simbólica. É a alma da ilha. Ninguém quer que Art Butler roube essa alma. Ibiza não está à venda.

Senti o pânico de Sofía. Foi isso que os motivou a manter aquela informação em segredo. Para não dar um para-raios para a energia dos manifestantes.

— Com todo o respeito, você não sabe bem com o que está lidando. Eu aconselho fortemente que você vá a todas as redes sociais importantes e cancele a manifestação. Para o seu próprio bem. Houve um consenso entre os partidos e o projeto foi aprovado.

Alberto soltou um suspiro.

— Mas você tem influência. Nesta questão, você é a influência mais importante. Sem o seu apoio, isso não teria acontecido. A balança teria pendido para o outro lado. Você é a principal deputada do partido majoritário, Sofía, é a líder do partido, você pode deter isso.

Marta começou a balançar a perna esquerda por causa da adrenalina. De repente tinha uma plateia. E, como Alberto e eu estávamos um de cada lado dela, nós *todos* tínhamos uma plateia. O restaurante olhava para nós.

— Quantos? — perguntou Marta.

— *O quê?*

— Você disse que jamais haveria gente suficiente nas ruas pra impedir a construção do hotel em Es Vedrà. Eu queria saber quantas pessoas seriam o suficiente.

O marido de Sofía tentou intervir. Ele abriu a boca para falar, para pôr Marta no lugar dela. *Cala a boca, Jorge*, ordenei em minha mente. E ele se calou. Foi como havia acontecido com Brian. Os lábios dele ficaram unidos feito uma ostra bem fechada, e ele arregalou os olhos, tentando entender o que estava acontecendo.

Sofía quase vacilou em seu sorriso, mas conseguiu se segurar.

— Como assim?

Marta permaneceu firme.

— Você acabou de dizer que jamais haveria gente suficiente nas ruas pra impedir a construção do hotel em Es Vedrà. Então eu queria saber quantas pessoas seriam o *suficiente*.

Foi então que Alberto interrompeu por trás do ombro da filha.

— Dez mil? Foi esse o número de pessoas em 1999. Lembra disso, Sofía? Nós dois estávamos lá, não é mesmo? Você era jovem na época, não era?

Se importava com as coisas. E nós conseguimos. Naquele mês de janeiro. Impedimos que transformassem uma área virgem num campo de golfe, e, em vez disso, criaram uma reserva ambiental. Você lembra? Cala d'Hort. "Golfe! Não!" Todo mundo tinha aqueles adesivos de para-choque. Então é disso que a gente precisa? De dez mil pessoas?

Sofía deu uma risadinha. Mas por dentro ela se sentiu subitamente fragilizada. Um ovo rachando.

— Você não vai conseguir reunir dez mil pessoas numa passeata. Mas, mesmo que consiga, não, é impossível.

— E vinte mil? — perguntou Alberto, como o pior negociador do mundo.

— *Papá*. — Marta cutucou de leve a barriga do pai com o cotovelo. Eu sabia o que ela estava pensando. Era: eu nunca vou conseguir reunir vinte mil pessoas na manifestação. Naquele momento, ela estava torcendo para conseguir juntar mil pessoas, e até essa quantidade já seria muita.

A risada de Sofía foi quase genuína.

— Vinte mil? Vinte mil pessoas. Isso é bem mais que dez por cento da população. Você acha mesmo que consegue reunir vinte mil pessoas? Eu vi a movimentação nas redes sociais. Ninguém está nem aí. A gente não está em janeiro. Estamos em junho. Todo mundo está querendo curtir o verão.

Alberto passou a falar com mais firmeza. Dava para ver de onde a filha tinha herdado esse traço.

— Mas e se a gente conseguisse? Você barraria o empreendimento? Você teria de fazer isso, né? Você escuta a voz do povo, não escuta? Foi por isso que foi eleita, não foi?

— E nesse cenário hipotético você pagaria os custos legais?

Alberto assentiu.

— Quarenta mil euros. Eu sei quanto custa pra desfazer essas coisas.

— Está mais pra oitenta mil. — Sofía sorriu. Ela sabia que Marta e Alberto não teriam essa quantia dando sopa por aí. Ela notou que um cliente do restaurante filmava a conversa no iPhone. — Então, sim. Lógico.

Eu escuto as pessoas. E digo isso perante todas essas testemunhas aqui. Se vocês conseguirem cobrir os custos legais, que, caso contrário, sairiam do imposto que as pessoas pagam, e se vocês conseguirem juntar vinte mil pessoas na manifestação amanhã à tarde, então estamos combinados... Eu retiro o meu apoio ao empreendimento.

— Pois a gente consegue — devolveu Alberto. — Vamos reunir as pessoas e o dinheiro.

O sorriso de Sofía não vacilou.

— Ótimo. E eu sou uma mulher de palavra. Se vocês conseguirem, vou cumprir a minha promessa.

Enquanto nos afastávamos, Alberto deixou sua última nota de dez euros na mesa na área externa do bar, e Marta fitou o pai.

— O que você tem na cabeça?

Ele tentou fazer pouco-caso do comentário com uma risada.

— Não esquenta. A gente consegue. Tenho algumas ideias boas.

Todas as ideias boas na cabeça de Alberto naquele momento

Panfleto

Ao passarmos pela mesa do bar, eu vi o panfleto.

— A Amnesia é muito popular? — perguntei.

Marta pensou um pouco enquanto passávamos por um artista de rua cantando uma música folclórica em catalão.

— No verão, dá umas cinco mil pessoas por noite num dia de semana.

Alberto balançou a cabeça.

— Cinco mil não são vinte mil.

— Obrigada pela atualização matemática — respondi.

— Espera, ela tem razão — disse Marta, pensando em voz alta. — Numa quarta-feira, a Amnesia tem mais moradores do que turistas. Eles se importam de verdade com coisas como Es Vedrà. E conhecem muita gente. Tem uma coisa chamada rede social, *papá*.

Alberto sorriu. Ele até gostava de quando a filha zombava dele. Principalmente nesses momentos.

— Então você está dizendo que quer ir à Amnesia?

Fiz que sim com a cabeça.

— Quero. — E completei com a minha melhor imitação de Alberto para animar a filha dele. — Você está em Ibiza. Ninguém é velho demais pra nada. Tem um nonagenário que vai dançar na Pacha toda noite.

— Tá bom. Tem razão. Você não é velha demais. Eu não sou velho demais. E a Marta definitivamente não é velha demais. Vamos pra Amnesia.

Ele abriu um botão da camisa, como se estivesse se preparando para a boate. A filha franziu a testa para ele.

— Exagerei? — perguntou ele. — Melhor guardar pro meu OnlyFans?

Marta ficou duplamente confusa. Primeiro, o horror de imaginar como o pai sabia o que era OnlyFans. E, segundo, ela não tinha a menor ideia do que eu pretendia fazer.

— Mas qual é o plano? — perguntou.

— Lieke — respondi. — O plano é a Lieke.

Alberto bocejou. Eu captei. Bocejo por telepatia.

— Vai ser uma noite longa. A gente devia tirar um cochilo pré-balada. Não precisamos dormir muito por dia. Mas temos que dormir pelo menos *alguma* coisa. Ou os talentos não vão funcionar.

Marta assentiu.

— É. Um cochilo pré-balada. A gente precisa de um cochilo pré-balada.

— Um cochilo pré-balada? — perguntei.

— Um cochilo — respondeu Marta, com a inocência sorridente de uma professora de jardim de infância — antes da balada. A Lieke é a atração principal, então só vai começar a tocar lá pelas duas da manhã. Na melhor das hipóteses.

— Que tipo de noite só começa às duas da manhã? — perguntei.

— A noite de Ibiza — respondeu Alberto, rindo. — Vamos. Abrace *la madrugada*... É hora de se sentir viva, Grace.

Um propósito

Então lá estava eu. De volta ao lugar onde tudo havia começado. De volta à minha nova casinha na Carretera Santa Eulalia, com os carros passando lá fora. Eram 22h02. Nem havia muito trânsito. Mas havia algo de diferente nela, Maurice. Eu não a odiava mais. Na verdade, eu estava começando a me sentir em casa.

Não sei o que fez o lugar começar a me parecer um lar. Nada tinha mudado, tirando a flor bonita na entrada, claro. Era o mesmo corredor claustrofóbico, a sala de estar pequena, o velho sofá e a manta hippie surrada. O tapete continuava precisando de uma limpeza, o ventilador grande da sala ainda estava visivelmente cheio de poeira e, para meu constrangimento, eu ainda não tinha passado um pano nos ladrilhos do chão. O piano perto da janela ocupava metade da sala. O antigo aparelho de som e as fileiras de discos ainda davam a impressão de serem peças de museu. O ar permanecia denso, úmido e parado. Mas estava diferente. De alguma forma, era um alívio estar ali.

Um lar precisa de um propósito. E de repente havia um propósito, um motivo para a minha presença. Senti novamente o que sentira no aeroporto. Entendi por que Christina queria ajudar as pessoas. E, para usar a expressão da Christina, eu tinha virado uma *protetora*. Eu tinha que proteger as pessoas e o lugar ao meu redor. Não é esse o propósito maior? Depois de tantos anos achando que era irrelevante para o universo, eu me sentia realmente necessária.

E é bom ser necessária. Muito bom.

O sinal

Fiquei admirando a galeria na parede. Aquela cheia de fotos da minha velha amiga. O sorriso dela era fraterno. E nunca tive uma irmã, então gostei daquilo.

Fitei a foto de Lieke criança, segurando o ursinho de pelúcia.

— Você a amava — falei. Não sabia bem a quem me dirigia, se a Lieke ou a Christina. Talvez às duas.

Senti uma súbita, mas familiar, pontada de dor mental. Pensei no meu filho, nos anos 1980, brincando com os bonecos do Luke Skywalker e do Han Solo. Fazendo barulhos de sabre de luz. Era uma espécie de câibra mental, aquele tipo de lembrança. Porque nunca me vinha de forma neutra, mas sempre filtrada pelas lentes da vergonha e do desprezo por mim mesma. Então, sim, o lugar parecia diferente, e eu me sentia diferente, mas não *por inteiro*.

Mesmo a minha nova disposição positiva em relação à casa vinha com a culpa por Karl não estar ali. Esse era o meu problema. A culpa chegava junto com a felicidade, ou logo em seguida.

Olhei para a foto de Christina com Freddie Mercury, no Pikes Hotel, para tentar me animar de novo. Ela tinha feito parte do show naquela noite. Senti, bem de longe, um pouco da empolgação que Christina sentira. E a tristeza e a solidão do dia seguinte. Naquele período, ela vivia numa montanha-russa de emoções, ou em queda livre ou subindo vertiginosamente, mas então La Presencia veio e enxergou o seu potencial.

Antes de dormir, fui até os livros e peguei *La vida imposible*, de Alberto Ribas. *A vida impossível*. Um título extremamente grandioso e sentimental, como se sonhasse alto.

Fitei a ilustração da capa. Es Vedrà e o mar, vistos de Cala d'Hort, me dei conta. Os traços saindo da água obviamente representavam La Presencia.

Abri na página 153 e traduzi automaticamente o espanhol:

E mesmo quando as evidências eram irrefutáveis, como no caso do incidente em Manises, verificado por várias testemunhas oculares e em documentos da Força Aérea espanhola atualmente acessíveis ao público, as pessoas optaram por não acreditar, porque é mais fácil descartar os fatos do que arriscar uma mudança radical na visão de mundo...

Passei mais algumas páginas:

Desde a sua chegada, existem evidências das ações peculiares de La Presencia no intuito de salvar o ambiente natural de Ibiza. Por exemplo, houve relatos de um pescador que foi salvo por "uma luz no oceano" e que, consequentemente, desenvolveu habilidades paranormais. Durante um ataque aéreo das forças de Franco, em 1936, ele se sentiu protegido, pois suas habilidades ficaram mais fortes. Esse pescador se chamava Joan Bonanova. Ele declarou ter visto uma luz azul correndo por suas veias e também contou a um jornalista como se sentia conectado a todos os animais de Ibiza e como conseguiu enviar um sinal a eles. Outros corroboraram o relato, dizendo ter visto animais agindo de maneira estranha naquela noite. Na noite dos ataques aéreos, criaturas de todas as espécies agiram em bando, dirigindo-se para o interior, para longe do bombardeio que ocorreu na cidade de Ibiza e ao longo da costa. Houve até um relato — feito uma década depois — de um rebanho de cabras atacando um soldado até a sua morte nas cercanias da Església de la Mare de Déu de Jesús, embora o governo de Franco tenha descartado isso como "propaganda antinacionalista".

Fechei o livro.

Um sinal, pensei. Do tipo que Christina havia sugerido no vídeo que deixou para mim. Aquilo era interessante. Ousei me perguntar se eu teria aquele poder dentro de mim, e o que seria necessário para desencadear a ação dele. O poder de falar com animais para além de um Dr. Dolittle ou de um Tarzan. De me comunicar com milhares deles ao mesmo tempo. Unir a natureza em prol da natureza. Eu me dei conta de que era uma obra interessante. Eu estava me afeiçoando a Alberto, mas não queria ir pra cama com ele, nem em forma de livro. Então peguei *O conde de Monte Cristo*. Como disse anteriormente, eu tinha lido e amado esse livro quando era mais nova. Mas descobri que não precisava relê-lo. Eu o sabia de cor e salteado. Uma semana antes, não teria sido capaz de citar uma única frase. E ali naquele momento eu poderia gravar o audiobook dele para você. Eu seria capaz de pinçar qualquer frase com a mesma facilidade com que poderia pinçar um fio de cabelo da minha cabeça.

"Não existe felicidade nem infelicidade neste mundo, existe a comparação de uma com a outra, só isso. Apenas aquele que atravessou o extremo infortúnio está apto a sentir a extrema felicidade."

Descobri que isso é verdade, Maurice. Tudo é comparativo. Na matemática, o valor dos números advém do fato de serem maiores ou menores que seus vizinhos, enquanto na arte Leonardo da Vinci precisa do contraste da escuridão para fazer com que a luz sobre João Batista pareça divina. *Chiaroscuro*, como dizem os italianos e os especialistas. (Eu já tinha ouvido a palavra num programa sobre a Renascença a que assisti anos atrás, mas não sabia que a conhecia até La Presencia extraí-la de mim.) O contraste entre a luz e a sombra. A vida é toda *chiaroscuro*. O seu significado deriva da diferença relativa.

Enfim, coloquei Dumas de volta na estante e peguei um livro que sem dúvida nunca tinha lido. *O guia definitivo do poder psíquico: volume 8*.

Abri numa página aleatória. Ou talvez não tenha sido tão aleatória assim. Porque abri no capítulo "CULPA E INTERFERÊNCIA".

Li uma frase: "Para de fato aprimorar as suas habilidades e alcançar o próximo nível, a sua mente deve estar livre da poluição mental. E nada polui e entope a mente tanto quanto a culpa..."

E foi só isso que eu li, mas foi o suficiente. Porque me fez pensar no que Christina tinha dito sobre o vidro de azeitona. "Às vezes eu coloco o vidro de azeitona ao lado da minha cama. Bem perto da cabeça. Quando se faz isso, La Presencia diz coisas nos seus sonhos. Coisas que você precisa ouvir. Os sonhos são os mais vívidos que você já teve. Repletos de uma verdade que cura..."

Foi essa última parte. Que tocou fundo em mim. "Uma verdade que cura." Era exatamente disso que eu precisava. Para ajudar a proteger as pessoas, ajudar a proteger Es Vedrà e Ibiza dos destruidores da vida como Art Butler, eu precisaria fazer o que nunca tinha conseguido. Eu teria de encarar a minha culpa de frente.

Estava na hora de enfrentar a verdade.

Cochilo pré-balada

Peguei o vidro cheio da essência de La Presencia, abri a tampa e pousei na pequena cômoda. Mas, antes disso, derramei um pouquinho da água no vaso do lírio-da-paz murcho, depois entrei debaixo dos lençóis e, apesar de ter tanto em que pensar, peguei no sono.

Ele veio de repente, o sonho.

Eu estava no mar de novo. Estava no mar *de verdade*, na água fria, mas, dessa vez, sem a roupa de mergulho. E vi o que eu tinha visto pela primeira vez com Alberto. O braço de luz de La Presencia. Disparando entre as barracudas, alertando-as, provocando nelas pensamentos que mais pareciam um gemido coletivo de libertação, até me alcançar e me cercar com uma luminescência azul oscilante.

O braço de luz envolveu meus tornozelos e me puxou depressa pela água em direção à nuvem-esfera brilhante e pulsante, até eu entrar nela. Mas, no momento em que me vi dentro dela, eu estava em outro lugar. Um lugar que já havia visitado. A praia laranja que não era uma praia, diante de um mar brilhante que não era um mar, com aquelas árvores de folhas brancas. E dessa vez eu conseguia respirar, ou sentia que conseguia, e o ar era puro e doce.

Mas, nesse sonho, nesse sonho vívido e bastante real, senti o meu corpo enfraquecendo segundo a segundo. Eu sentia uma dormência física me invadindo à medida que a dor mental aumentava juntamente com a voz incessante da culpa. Aquela com a qual eu convivera por tempo demais.

Eu sou uma pessoa má. Eu fiz coisas ruins. Eu sou uma pessoa má. Eu fiz coisas ruins. Eu sou uma pessoa má...

Alguém que reconheci

Um instante depois — de alguma forma — eu estava no meio das árvores. Elas eram altas como sequoias, mas com troncos lisos, e havia flores amarelas entre suas folhas brancas. Ao longe, vi a silhueta desfocada e anuviada de duas crianças salacianas, rindo e brincando de algo que eu não conhecia.

Então eu vi uma mesa. Uma mesa da Terra mesmo. Com alguém sentado diante dela. O cabelo comprido, um sorriso simpático, olhos reluzentes feito moedas numa fonte dos desejos. Alguém que reconheci na mesma hora, como se tivesse visto no dia anterior.

Era Christina.

A melhor pessoa que eu conheci na vida

Era a Christina jovem. Meio Carly Simon, meio Nana Mouskouri. A Papadakis, e não a van der Berg que viria a se tornar. A que cantava "Rainy Days and Mondays" para crianças de queixo caído na escola.

Ainda com aquela aura glamourosa e um colar de miçangas. Estava sentada à mesa, tamborilando as unhas cor de terracota na madeira. A mesa estava lá, no meio da floresta, cercada pelas árvores, com as crianças brincando mais adiante.

Notei um abajur na mesa, com uma base de porcelana em formato de abacaxi. E uma garrafa de Blue Nun pela metade.

— Oi, Grace.

Meus pés pisavam numa areia que parecia absolutamente real. Andei, exausta, até a mesa e desabei numa cadeira diante da minha velha amiga.

— Christina? Isso está acontecendo? Você está aqui?

— Sim — disse ela. — E não.

Eu estava fraca e confusa.

— Como assim?

— Isto é Salácia. O que você está vendo é Salácia, e há salacianos aqui. E eles têm sido legais e estão cuidando de mim. Eu estou neste mundo. Eu consegui. Não vou ser imortal, mas vou ter toda a saúde possível pelo máximo de tempo que der. É lindo aqui. Os habitantes moram num lugar depois dessas árvores. E eles recebem muito bem os recém-chegados. Eles são tão bons, Grace. Cuidam de todo o universo, do jeito que você cuidou de mim...

Quase não consegui falar.

— Eu estou em outro planeta?

— Não. Você não está aqui. Mas não importa. O que você está vendo é a verdade. La Presencia está te dando esse presente. Isso não é um sonho, Grace, em qualquer sentido normal da palavra. Isso é a *verdade*.

— Então, por que está acontecendo? Essa verdade serve pra quê?

— La Presencia queria que você viesse para Ibiza porque sabia do que você é capaz. Sabia que seria vital na preservação dos seres vivos da ilha. Eu também sabia. Foi por isso que te escolhi. Eu sabia que você poderia salvar vidas e sabia que poderia ajudar a salvar a ilha. E é assim que você vai conseguir. É assim que vai se tornar uma protetora. Pra fazer isso, primeiro você tem que se libertar.

Christina segurava uma tigela. Uma tigela cheia de fatias de abacaxi. Em minha confusão, eu tentava entender se aquilo tinha acabado de aparecer.

Ela indicou o mar translúcido e reluzente.

— Tem que se libertar da dúvida. Da culpa. Se libertar do que fez. Você precisa estar tão límpida quanto aquele mar. Você sempre foi boa em encontrar soluções, Grace. Mas a única solução que precisa encontrar de verdade agora é para si mesma. Você ainda está presa ao seu passado.

— Mas...

— Você entende de matemática, Grace. A negatividade é mais forte que a positividade. Quando você multiplica um número positivo por um negativo, o produto é sempre negativo. Você precisa ver as coisas de forma diferente. Você tem que encontrar um positivo no negativo.

— Isso é impossível.

— Tantas coisas que você achava que eram impossíveis se tornaram possíveis. Esta é a última delas.

— Não é só o Daniel — murmurei. — Eu fui uma péssima esposa e uma péssima mãe.

— Você foi uma boa esposa. E uma mãe melhor ainda. — Christina riu um pouco. Seu riso era melódico. Ela espetou cuidadosamente um garfo numa fatia de abacaxi. — Eu podia ter escolhido qualquer um. Mas escolhi você. Você foi a melhor pessoa que eu conheci na vida.

— Você não me conheceu de verdade.

— Eu te conheci melhor do que você imagina. Eu te vi por inteiro. Vi o seu futuro. Vi o que você poderia se tornar.

— Eu tenho 72 anos. Me resta tão pouco tempo.

— Errado. Você está triste e solitária há muito tempo, Grace. Mas não precisa ser assim.

Pensei na minha vida na Inglaterra. Aquela que ninguém via, aquela na qual eu quase não existia. Em que eu era a árvore que tombava silenciosamente na floresta.

— Eu tenho defeitos.

— Pelo amor de Deus, Grace. Todo mundo tem defeitos. Ser uma pessoa é isso.

— Nem todo mundo — respondi.

— Sim — devolveu ela, sem titubear. — Todo mundo. *Todo. El. Mundo.*

E então colocou uma coisa na minha mão. O colar com a medalhinha de São Cristóvão.

— Tá na hora de devolver isto de vez.

Olhei para ele.

E, quando ergui o rosto novamente, não havia mais tigela de abacaxi. Nem Christina. Na mesa havia o cardápio de um restaurante chamado Raj Pavilion. O restaurante aonde fui com Karl quando éramos estudantes em Hull. O restaurante onde ele me pediu em casamento pela primeira vez.

Imperfeição perfeita

De repente a mesa estava posta para duas pessoas, com os talheres em cima dos guardanapos, como num restaurante.

Olhei para o cardápio sobre a toalha de mesa. E, quando ergui o rosto, ele estava sentado bem ali. Karl. O Karl jovem. O que gostava de Jimi Hendrix e queria ser guitarrista do Black Sabbath. De cabelo preto, costeleta, corpo magro e a energia de quem não conseguia ficar parado na cadeira, a cabeça balançando de leve, como se estivesse tricotando com o nariz.

— Os *bhajis* de cebola aqui são bons, né? — perguntou ele, pegando o cardápio.

Um garçom apareceu do nada.

— Vocês já querem fazer o pedido ou precisam de mais tempo?

— Precisamos de mais tempo — respondi enquanto uma criatura alada de penas cor de anil voava acima da nossa cabeça e as duas crianças salacianas seguiam brincando ao fundo. Eu estava basicamente vendo a realidade de Salácia sobreposta à realidade da minha própria memória e psique. Tudo unido em torno da força da verdade, imbuído no meu "sonho que não era um sonho" por meio das forças fotônicas no vidro de azeitona. Resumindo, era *desorientador.* E, no entanto, eu estava focada em Karl. Uma vez, muitos anos atrás, depois de andar num brinquedo de girar num parque de diversões em Nottingham, alguém me disse que, para não ficar tonto, você tem que manter o olhar num ponto fixo à sua frente. Karl era o meu ponto fixo. Eu foquei nele, e todo o resto parou.

— Ter um pouco mais de tempo é importante — concordou Karl. Ele abriu o tipo de sorriso romântico que me dava nos nossos primeiros anos, os olhos brilhando como os do Paul Newman. — O tempo passa tão depressa que a gente nem se dá conta.

— Eu não fui boa pra você, Karl.

Ele fitou a aliança no meu dedo. Uma pequena esmeralda num anel fino de prata.

— Você sabe como dizer se uma esmeralda é autêntica? — perguntou ele.

— Pelas imperfeições — respondi.

— É. Isso mesmo. Foi o que a mulher da joalheria me falou. É o oposto das outras pedras preciosas. Com a esmeralda, quanto mais inclusões, mais rachaduras e defeitos, mais bonita ela é. Uma esmeralda autêntica é linda por causa dos defeitos. Eles chamam isso de "imperfeição perfeita". Só uma esmeralda falsa pode ser perfeita, segundo todas as convenções.

— Mas imperfeição demais não é bom — comentei.

— Como assim, amor?

— O que acontece quando só existe imperfeição? Quando você não consegue ver a joia em si, somente as inclusões? — Ele me fitou, sem entender, então falei com todas as letras. — Você foi muito bom pra mim. Mas eu não fui boa pra você.

— Do que você está falando? É por causa do Daniel? Não foi culpa sua ele ter saído de bicicleta.

— Eu podia ter ido ao centro da cidade com ele. Como ele queria. Eu estava ocupada demais lendo um catálogo de produtos.

— Eu também podia ter ido. Mas estava no pub. Ocupado demais bebendo cerveja.

— Estava chovendo. Eu não devia ter deixado o Daniel sair.

— Você nunca viu ninguém andando de bicicleta na chuva? Ele adorava aquela bicicleta. Vivia grudado nela.

As palavras dele não estavam surtindo efeito. Havia uma parte de mim que queria, ou precisava, continuar se sentindo culpada. Então eu falei:

— Estou me referindo ao Aidan Jenkins.

— O seu colega de trabalho?

— É. Eu transei com ele na sala do almoxarifado. E gostei muito. Depois, não mais. Porque eu te amo. E eu nunca teria amado o Aidan.

Ele assentiu com a cabeça, tranquilo.

— Ah, sim. Eu sei disso.

— O quê?

— Ele me ligou uma vez.

— Ele te *ligou*?

— Bêbado.

— *Bêbado*?

— Pra ser sincero, aquilo me fez sentir melhor.

— *Melhor? Como?*

— Você se lembra da Deborah? A garota que te apresentei no bar do sindicato?

Eu lembrava vagamente. De alguma forma, a memória ainda estava lá depois de décadas. Loira, com a franja cheia e um sorriso dissimulado.

— Lembro.

— Eu transava com ela toda terça-feira. E toda quinta.

Precisei de um segundo para processar aquilo.

— O quê? Mas você me pediu em casamento.

— Pedi. É estranho, eu concordo. Não faz o menor sentido. Acho que é a culpa. Ela faz coisas engraçadas. Enfim, eu sou meio canalha aqui neste nosso passado compartilhado, Grace. Eu tenho ido à casa dela enquanto você acha que estou no pub, e a gente bebe uma garrafa de vinho barato e fuma, porque estamos nos anos 1970, e nove entre dez vezes a gente transa. Tudo isso enquanto você sai com a Claudette. Um dia você quase pegou a gente, lembra?

— Por que você está me contando isso?

— Porque é a verdade. A verdade imperfeita do nosso amor, perfeito em sua simetria assimétrica. Eu te amo, Grace Winters, e os erros que cometemos não diminuem a importância do amor.

— Karl…

— Você tem que seguir com a vida. Me escuta. Olha pra mim. Olha para este eu jovem. Uma versão mais velha de mim se casa com você. E nós nos amamos, e vivemos momentos muito bons, momentos muito ruins e momentos bem mais ou menos. E tentamos engravidar e não conseguimos até o dia em que finalmente temos um filho, e eu fico meio distraído e irritado, chateado com o trabalho, bebo demais e começo a roncar muito alto. E você tem o seu emprego, que é no mínimo tão estressante quanto o meu, e ainda assim, de alguma forma, eu deixo, sem falar nada, a maior parte da responsabilidade pela criação do nosso filho na sua mão, e você assume essa responsabilidade. E faz isso bem. E nós fingimos que estamos felizes até o dia em que o perdemos. *Nós*, Grace. *Nós*. Nem eu nem você estávamos com ele. Ele morreu. Foi uma tragédia, mas também foi um acidente, como a maioria das coisas. E eu não lido bem com o luto. Eu grito às vezes, esmurro a parede e saio pisando duro. Eu negligenciei você, e você fez uma besteira. Mais cedo ou mais tarde, todo mundo faz alguma besteira… E culpa nenhuma vai desfazê-las. E também não vai me trazer de volta. Eu morri. E quero que você viva. Eu quero que você viva.

— Cadê o Daniel? — perguntei. E então falei mais alto, na esperança de que Christina me ouvisse. — Cadê o Daniel? Eu posso falar com o Daniel como falei com você? Eu sei que não ia ser ele de verdade. Assim como você não é você. Mas seria a verdade dele. Eu preciso da verdade. Preciso ver o rosto dele. Ele está aqui?

Karl balançou a cabeça.

— Ele não pode ser visto. Você ainda está… *triste* demais. Essa parte da verdade é a mais difícil de alcançar. Mas a minha verdade é que eu sempre te amei pelo que você era. Você por inteiro. Com defeitos e tudo mais.

Foram palavras poderosas. Eu as senti me sacudindo por dentro.

— E eu sempre te amei — falei, conseguindo não chorar.

Ele entrelaçou as mãos, quase como quem faz uma oração.

— Eu sempre soube, Grace. Você me contava tudo. Mesmo quando não falava. Mas estou aqui pra dizer que também não fui perfeito. E vivi com os meus erros e me perdoei, e você também precisa fazer isso. Você é necessária. Eu te amo, Grace. Sempre amei e sempre vou te amar. O amor não desaparece simplesmente. Ele é como a luz. Continua viajando. Mas você precisa dar a volta por cima. Você não se lembra de mim direito. A culpa sempre turva a sua visão. Para lembrar de nós, para lembrar da parte boa, você tem que se libertar disso, Grace. Você tem que viver.

— Eu te amo, Karl.

— Então, por favor, se liberte... Você não está aqui pra ser perfeita. Nenhum de nós está. Você está aqui pra viver. Então me deixa ir embora...

— Antes disso, só queria dizer que eu devia ter deixado você tocar as suas músicas mais alto. Eram muito boas. Eu devia ter tentado ouvir.

E ele abriu um sorriso largo. Seus olhos brilhavam feito sóis distantes. Foi bom poder ver o Karl, mas de repente eu sabia o que fazer. E ele também.

— Vai agora. Vai.

Estava na hora.

Criança despertando

La Presencia trazia as coisas de volta. Curava feridas e revertia extinções. E era isso que estava acontecendo. Eu estava florescendo por entre as rachaduras. Eu estava voltando.

E, naquele momento, senti a água batendo em meus pés. Olhei para baixo. A água brilhava com aquele azul indescritível e subia depressa, mais rápido do que qualquer maré.

E, quando olhei para trás, tudo havia desaparecido. A mesa. A praia. As árvores. As pessoas. Tudo, menos eu. Eu estava sendo levada para dentro daquela luminescência pura, subindo mais e mais, até estar de volta. Ereta, acordada, na minha cama. Pronta, ou quase, para viver e ajudar os outros a viverem.

A luz

Era uma da manhã, e acordei do meu cochilo com a disposição de um filhotinho de cachorro.

Percebi que o vidro brilhava como nunca.

O quarto inteiro estava iluminado. O tipo de luz ofuscante que faz a gente proteger os olhos, mas, de alguma forma, eu não precisei fazer isso. É verdade que havia muitos riscos. Art Butler ainda estava à solta. Provavelmente estávamos todos correndo algum tipo de perigo por causa de um homem que talvez não fosse humano. Mas uma coisa é certa. Consigo enfrentar qualquer tempestade externa, comparada àquela neblina interna que embaça toda a visão. E essa neblina havia se dissipado. Fiz uma pergunta retórica a mim mesma: o que poderia ser melhor do que uma casa cheia de vida, deixada a você por uma amiga distante, na ilha mais empolgante do mundo?

Em meio àquela luz, levei um ou dois segundos para notar que o lírio-da-paz junto da cama não estava mais murcho e moribundo. As folhas eram de um verde escuro e suculento. Eu sentia a existência dele. Não *pensamentos*, exatamente. As plantas não pensam como nós.

O mais impressionante, no entanto, era o que eu estava segurando. O colar e a medalhinha de São Cristóvão, bem ali na palma da minha mão. O presente que eu dera estava de volta comigo. Senti a figura em alto-relevo do santo carregando o menino Jesus até o outro lado do rio. Apertei com força, como o tesouro perdido que era, olhei para o vidro de azeitona e disse:

— Obrigada.

Então tomei um banho, botei o colar e escolhi minha roupa. Uma calça elegante com pregas e uma blusa de chiffon. Eu me olhei no espelho e me senti pronta.

— Vai, Grace — falei para o meu reflexo. — Está na hora de viver.

Grace Winters mais duas pessoas

A ilha estava cheia de barulhos.

A boate Amnesia ficava numa perpendicular da estrada principal que liga a cidade de Ibiza, a leste, a San Antonio, a oeste. Era, como muitas das casas noturnas da ilha, gigantesca. Do tamanho de uma catedral ou de um hangar de aviões. E tenho de admitir que aquilo era empolgante.

Desde 1980 que eu não ia a uma boate — a última foi a Roxy's, em Lincoln, onde uma bêbada vomitou nos meus sapatos ao som de Kool & the Gang.

A maior parte das pessoas na fila usava roupas exuberantes. Se havia uma regra de etiqueta do que vestir, era difícil de entender. Havia uma mulher com um biquíni verde-limão, com tênis de corrida da mesma cor. E outra com um vestido longo vermelho que era pura elegância. Um jovem com uma camiseta arrastão preta e uma bolsa de mão. Um casal elegante, todo de preto, de mãos dadas na fila, se perguntando se essa seria a última noite dos dois juntos. Havia muitos óculos escuros desnecessários. Havia mais cores do que um canteiro de hortênsias. Alberto estava com sua bermuda jeans desfiada, chinelo e uma camisa havaiana aberta que mal encobria a floresta indecorosa de pelos no seu peito. A filha dele estava com uma das suas camisetas com estampas inteligentes — branca, com uma minúscula Terra azul no meio. *Pale Blue Dot*, dizia o slogan, em inglês. Eu sabia — porque passara a saber quase tudo — que era uma referência a uma fala de Carl Sagan em que ele citava uma imagem distante da Terra tirada da sonda espacial *Voyager 1*, chamando-a de "pálido ponto azul".

Ela usava um tênis de lona amarelo e calça com listras verdes e brancas, como as folhas de um clorofito. Marta brilhava, literalmente, por causa da purpurina biodegradável e ecológica que passara no rosto. E os cachos no cabelo estavam tão indomáveis que, se você estreitasse os olhos, veria nela uma Medusa bondosa. Resumindo, estava linda. E, em vez de reagir como de costume diante de uma pessoa bem-vestida e com menos da metade da minha idade, eu não me senti nem um pouco constrangida ou antiquada. Só achei que ela estava linda, e ponto final.

Segui Marta e o seu pai pela longa fila de pessoas diante do prédio — iluminado por holofotes multicoloridos e pelo letreiro amarelo da Amnesia — até chegar ao maior dos seguranças. O iPad na sua mão parecia um selo postal.

— Rafael!

O segurança sorriu, o rosto azul por causa das luzes.

— Oi, Alberto!

Rafael abraçou Alberto.

— O *papá* foi DJ aqui — explicou Marta no meu ouvido. — Faz muito tempo. Conhece o Rafael desde sempre. Deu aula de mergulho pra ele. É uma ilha pequena.

— Obrigado pela cobra — disse Rafael. — A minha filha adorou.

— Ah, não foi nada. Aquela cobra é uma criatura muito filosófica e ponderada, estava querendo uma boa companhia…

Rafael fez que sim, como se entendesse. Era bom saber que a cobra tinha saído da gaveta e estava num lugar melhor. Mas o segurança não nos deu passagem. Continuava parado na nossa frente, como uma porta fechada.

O sorriso de Alberto se transformou em perplexidade.

— E aí… você vai deixar a gente entrar?

— Não — respondeu ele, num contraste com a expressão simpática no seu rosto.

Marta foi criativa nos xingamentos que eu entendi mas que não vou reproduzir. Eu fiquei me perguntando se Alberto ia usar os seus talentos. Considerei se deveria usar os meus. Mas então me dei conta de que não havia a menor necessidade.

Acenei com a cerimônia britânica típica para Rafael.

Ele tentou não achar graça da minha presença e aparência, o que foi legal da parte dele.

— *¿Sí, señora*?

— Oi, acho que o meu nome está na lista de convidados.

Rafael me olhou, confuso. E, na verdade, Alberto e Marta também.

— É. Eu conheci a Lieke numa loja de jardinagem, e ela foi muito legal e disse que ia botar o meu nome na lista. É Grace Winters. Mais duas pessoas.

Ele consultou o iPad. Então assentiu.

— Sim. Você tá bem aqui. — E então fez sinal para que entrássemos. — Divirtam-se.

Alberto ficou ligeiramente irritado e murmurou, em inglês, com uma cerimônia perplexa e forçada:

— Ora, vejam só. Então tá bom. Excelente.

Mas as suas palavras logo foram abafadas pela barreira de som em direção à qual avançávamos.

A Oficina dos Esquecidos

Seguimos pelo piso de terracota, abrindo caminho pela multidão de espanhóis, em sua maior parte, reunida junto à entrada. Pessoas gritando nos ouvidos umas das outras para se fazerem escutar. Corpos suados. Pensamentos voando cheios de prazer e desejos intensos e frenéticos. Eu me sentia no mínimo uns dois séculos velha demais para estar ali, e Alberto na certa lia minha mente, pois apontou para um velho com uma camiseta com o desenho de uma folha de maconha.

— Aquele é o Diego. É um cara do continente que veio pra cá no grande verão de 1988 e nunca mais foi embora. É mais velho que a gente.

Acessei brevemente a mente de Diego, mas encontrei uma estranha névoa psicodélica, cheia de pensamentos abstratos rodopiando feito vacas num ciclone, então logo segui adiante.

A boate era dividida em duas, na verdade. Um espaço principal, grande, escuro e cavernoso, e um mais iluminado — também grande —, com um clima mais ao ar livre, chamado La Terraza. Lieke ia tocar no espaço principal dali a meia hora, mas primeiro fomos até uma área relativamente tranquila, perto da parte externa.

— Como eu disse, antigamente ficava tudo ao ar livre. — Alberto apontou para o telhado de vidro enquanto Marta esperava no bar. — Era uma loucura. Igual a um filme do Fellini... uma casa de fazenda onde as pessoas dançavam ao som de qualquer coisa... Rolling Stones, jazz, hip-hop, rock místico, Manuel Göttsching, Prince, Art of Noise, *house music* de Chicago, reggae, new wave, tango argentino das antigas, Fleetwood Mac, Kate Bush, Cyndi Lauper, Talk Talk. Eu amo Talk Talk. — Então Alberto se empolgou muito e começou a cantar "It's My Life!". Estava com lágrimas nos olhos. — Tudo e um pouco mais. O som das Baleares. A ideia era *todo vale*. Vale tudo. Sem fronteiras. Sem fronteiras entre a música ou as pessoas. Em busca do ritmo compartilhado. Todas as classes, culturas, identidades e sexualidades. Sem gêneros restritos. Nada de separar as coisas. Sem panelinhas. Era natural, puro e divertido. Era a busca do universal em tudo. Até na música de abertura de *Chumbo grosso*.

— A música de abertura de *Chumbo grosso*? — Lembrei de Daniel, pedindo para ficar acordado até tarde para ver um episódio. Como ele adorava aquela música de abertura. Como se debruçava para a frente, no sofá. E como aquela alegria foi real, e permaneceu real, e estava armazenada em algum lugar na memória do universo.

Alberto assentiu.

— É. O seriado policial. Meu amigo, o lendário Alfredo, da Argentina, tocava sempre no fim de noite. Não há nada mais baleárico que a música de *Chumbo grosso*.

A mente de Alberto de repente se abriu para mim, eu pude vê-la toda. Ele havia voltado para a ilha em 1976, menos de um ano depois da morte de Franco. Abandonara os estudos, tornara-se pacifista. Planejava voltar à biologia marinha, mas queria só se divertir um pouco. Alberto percebeu que eu estava lendo a mente dele. Então incluiu algumas notas de rodapé.

— Teve um filósofo de Madri que resolveu transformar um sítio velho no meio do nada numa discoteca ao ar livre. Ele a chamou de *El Taller de los Olvidadizos*, A Oficina dos Esquecidos. Era um nome comprido demais, então acabou virando só Amnesia. Sempre escolha o caminho mais curto! Todo mundo que frequentava tinha alguma coisa para esquecer. Parecia que o mundo inteiro estava traumatizado. Franco ou o Vietnã ou a perspectiva de uma bomba nuclear destruir tudo. Era melhor dançar... Dançar não era só dançar. Era um símbolo de liberdade... Quem quer que você fosse, estava seguro na pista de dança.

Marta voltou com as bebidas em copos de vidro, com hexágonos hipnotizantes de luz piscando atrás dela.

— *Nada de plástico.* Plástico é coisa do diabo. Destrói a Terra antes e depois da sua existência. Essas merdas de microplásticos. Acabando com os peixes. E com a gente. — Eu tinha a impressão de que Marta iria para uma guerra de verdade pelos peixes. — Enfim. Aqui estão os sucos de laranja de vocês.

Eram quase duas da manhã, então abrimos caminho pela multidão até o espaço principal. Passei pelas meninas que tinha visto no avião. Estavam dançando e amando a vida, as mentes luminescentes de prazer. Ao contrário de outros ali, não tinham tomado estimulantes artificiais. Tinham dormido antes de sair e dançavam livremente, de olhos fechados, movendo o corpo como se fizessem parte de um maravilhoso exorcismo coletivo.

Embora o ambiente estivesse indiscutivelmente quente, barulhento e cheio — três coisas que eu não curtia muito —, eu estava me divertindo de verdade. Minhas pernas não doíam, meus quadris não estavam de todo rígidos e, se meus ouvidos estavam zumbindo, não dava para ouvir. E eu me sentia tão envolvida pela energia coletiva que quase esqueci por que estava ali.

O prazer de contar sem contar

Marta me cutucou com o cotovelo. E apontou para a cabine dos DJS. Lá estava ela. A deusa intocável dos outdoors. A filha angustiada da loja de jardinagem. Na ampla cabine, com as pessoas olhando para ela como o fariam para um imperador no Coliseu.

Lieke estava conversando com o DJ anterior enquanto mexia na mesa de som, a música preenchendo o ambiente como uma manada pulsante de animais invisíveis. Minha visão estava bloqueada por um rapaz grande, com muitas tatuagens de bichos. Cobra. Guepardo. Tartaruga. Ele se chamava Stefano e era um turista italiano de Bolonha que fazia faculdade de veterinária e tentava se recuperar de uma separação complicada. *Anda pra esquerda, anda pra esquerda, anda pra esquerda, anda pra esquerda...*

Poucos segundos depois ele deu alguns passos para a esquerda e continuou dançando, me permitindo analisar Lieke. Mas havia tanto entre nós, tanta distância, tantas pessoas, tantos pensamentos, emoções e sensações atravancando o ar que era como tentar isolar uma única abelha no meio de um enxame.

Descobri que gostava de verdade da música que Lieke estava tocando. Techno, pelo que parecia.

O que era curioso, porque em geral eu detestava música eletrônica. Bom, quando era jovem, gostava de "Good Vibrations", dos Beach Boys, que tinha um teremim, que tecnicamente é um instrumento eletrônico. Mas você me entendeu. Música que parece um robô tendo um ataque de pânico. Música que faz bip-bip. Mas a verdade é que eu estava equivocada.

Essa música tinha uma beleza matemática. Fiquei na lateral da pista enquanto milhares de corpos se mexiam como se fossem entidades meramente reativas, subordinadas à força da música.

Estranhamente, entrei em sintonia com aquela música no mesmo instante, e senti o amor coletivo por ela, dourado e puro. Sob o som dos teclados havia um bumbo repetitivo que marcava o tempo com perfeição. *Tum, tum, tum, tum*. Um ritmo cardíaco. E, acima dele, havia outra batida, mais leve, duas vezes mais rápida. E então outra, ainda mais fraca, precisamente duas vezes mais rápida que a segunda. Quatro batidas por compasso. Uma proporção perfeita, dividindo intervalos de tempo em partes iguais dentro de cada seção. O algoritmo de Euclides ganhando vida.

Com frequência se diz que a música é o prazer que as pessoas sentem quando estão contando sem perceber que estão contando. Balançando a cabeça e observando a multidão, percebi que era isso que eu estava testemunhando — a euforia coletiva de experienciar a harmonia matemática num mundo imperfeito.

Tenho certeza de que Euclides teria adorado dançar na Amnesia. Eu gostei. Adorei estar no meio daquelas pessoas dançantes, seus corpos se libertando. Adorei os dois homens apaixonados se beijando com carinho perto do bar. Adorei as pessoas de perna de pau. Aquele espaço onde parecia que todos podiam ser o seu eu verdadeiro e amorfo, experimentando com as roupas, o cabelo, os corpos, os impulsos sexuais, desafiando as regras e os ritmos circadianos. Adorei as pessoas mais quietas nos bares pelo espaço principal, assistindo ao espetáculo. Adorei as luzes e os lasers, e até a neblina expelida de repente dos canhões de gelo-seco.

Olhei para os camarotes que se estendiam pelo espaço principal, a área VIP, sobre a qual pairava uma névoa psíquica um pouco triste, enquanto as pessoas ficavam de pé ao lado das mesas, meio constrangidas, dançando em torno de baldes de gelo e garrafas vazias de champanhe.

Então olhei novamente para a cabine dos DJS. E consegui, bem de leve, pescar alguma coisa. Uma escuridão triste. Luto, talvez. Eu me aproximei um pouco dela, transpondo a multidão, tentando evitar todos os cotovelos e entusiasmos. Eu a visualizei à luz do dia, indo de carro para o apartamento que tinha alugado na marina. Estava ouvindo música, mas não do tipo que ela tocava. Guitarras espanholas dedilhando melodias suaves.

Então, de repente, no presente, ali na boate, da cabine ela olhou a multidão e me viu. Verdade seja dita, eu provavelmente me sobressaía no meio do povo como um hamster num gatil, mas ela sorriu ao me reconhecer. E, em retribuição, transmiti um pensamento a ela. Uma lembrança, para ser mais exata. Era a lembrança contida na foto que Christina tinha dela, segurando o ursinho de pelúcia. Em seu sétimo aniversário. Amor e aconchego. Luz na escuridão.

Não. Mais uma vez, estou me equivocando. Eu não transmiti a lembrança a ela. Eu só trouxe à tona o que já estava lá. E foi a coisa mais fácil do mundo. Tão fácil quanto fazer um homem cravar um garfo na própria perna. E uma vez resgatada aquela lembrança, outras se seguiram, ramificando-se e desdobrando-se, e, quando ela estava prestes a passar para a música seguinte, sentiu uma necessidade crescente de fazer uma coisa. A necessidade de realizar o desejo da mãe de que ela usasse sua plataforma para o bem. Então, ela escolheu uma faixa diferente. Chamava-se "Memories of Green", do Vangelis, da trilha sonora de *Blade Runner*, que seus pais costumavam ouvir quando ela era criança.

E então ela pediu um microfone e, quando todos menos esperavam, Lieke estava falando por cima da música. Alberto olhou para mim.

— Está acontecendo…

Fiz que sim com a cabeça.

Estava, com toda a certeza.

— Oi, gente — disse ela, para a multidão confusa, naquele inglês com sotaque incomum. — Eu não costumo fazer isso. Em geral, não falo por cima da música. Não quero interromper a dança de vocês. Mas é que eu tenho uma coisa importante pra dizer. Tem um mês que a minha mãe morreu…

Aquela, sem dúvida, não era a noite que todos estavam esperando. Naquele momento, a maioria das pessoas tinha os celulares apontados para ela, filmando cada palavra que Lieke dizia.

— A gente não se dava muito bem... Mas ela era uma boa pessoa... Ela se preocupava com este nosso planeta... E defendia que Ibiza precisa ser protegida... E Es Vedrà... Vocês conhecem Es Vedrà, né? É aquela rocha maneira que a gente sobrevoa... Bom, ela é importante...

Um grito empolgado de confirmação ecoou pela boate.

— É um lugar sagrado... Faz parte da mitologia da ilha... Até hoje está intocado... E agora eles estão querendo construir lá e destruir toda a vida que existe naquela ilha... E querem ser donos de tudo, dali até Cala d'Hort... Do mar todinho... Inclusive do organismo mais antigo do mundo... As ervas marinhas que vivem ali há milhares e milhares de anos... Ervas marinhas que protegem o oceano e protegem a costa e protegem o ar que respiramos, e eles vão destruir isso. — Era impressionante. Ela estava fazendo um discurso sobre um sumidouro submarino de carbono soar empolgante. — Mas isso não vai acontecer, gente... Porque amanhã nós vamos protestar... Vamos manter Es Vedrà livre... Minha mãe era especial em muitos aspectos, alguns nos quais vocês nem acreditariam, mas o seu verdadeiro superpoder era que ela se preocupava com as pessoas, com a natureza e com a vida. Coisas que são preciosas... Nós temos que proteger o que é precioso... Vamos nos encontrar no Café Mar y Sol amanhã, às três da tarde, sair em passeata pelas ruas e impedir que eles destruam cada pedaço de terra aqui. Então, quem vai estar lá comigo? Quem vai divulgar a manifestação nas suas redes sociais? Quem vai ajudar a realizar o sonho da minha mãe?

Outro rugido entusiasmado. Lieke sorriu para mim.

— Divulguem pra todo mundo que vocês conhecem! E até amanhã! — E Lieke mixou a música perfeitamente com outra mais rápida, e a batida forte recomeçou. Essa se chamava "Meteorite". — Esta é para a amiga da minha mãe, que está aqui hoje. — E ela apontou diretamente para mim. — Vamos todos agradecer a Grace Winters!

— Uau! — disse Marta, dando um tapinha no meu ombro enquanto a boate inteira me aplaudia. As meninas que eu tinha visto no avião me reconheceram e bateram palmas acima da cabeça, gritando mais alto que todos os outros.

E Alberto me ofereceu um sorriso orgulhoso de parabéns.

— Agora! — gritou Lieke ao microfone. — Vamos dançar como *se houvesse* amanhã!

E foi o que fizemos, Maurice. Nós dançamos. *Eu* dancei. Bem ali, de blusa de chiffon, no meio da Amnesia. Mexi as pernas e os braços não tão cansados ao som da música com os meus dois novos amigos.

E, para ser bem sincera, fazia muito tempo que eu não me divertia tanto.

Hermana

Marta e Alberto eram pessoas sociáveis. Alberto dançava com o caos enérgico de um gorila que levou um tiro no traseiro, com o peito peludo à mostra e tudo, numa exibição extravagante; a filha era tão desinibida quanto o pai, mas era muito mais coordenada. Ela era uma graça, aliás. Quando você chega à casa dos setenta, os jovens ou te ignoram ou te tratam como criança. Marta não tinha nenhuma das duas atitudes. Ela me tratava como uma amiga de verdade, e fazia um bom tempo que eu não tinha uma amiga.

Dançamos mais um pouco, porém nossa missão já estava cumprida. Quer dizer, metade da missão. Não poderíamos ter divulgado melhor a manifestação, mas ainda estava faltando uma coisa. Não eram só vinte mil pessoas, mas oitenta mil euros. E até o dia seguinte. Aliás, já estávamos no dia seguinte. Eram três e meia da madrugada. Uma hora do dia que eu só via quando precisava fazer xixi no meio da noite.

Mas eu tinha um plano. Você talvez se lembre que eu era uma daquelas professoras que fazia quase tudo para conseguir que os alunos do nono ano enxergassem a emoção que existe na matéria mais importante do mundo. Por isso eu costumava dar uma aula sobre a matemática dos jogos de cartas. Paciência pirâmide, batalha das frações, o uso da regra da ordem das operações para chegar o mais próximo de um certo número com quatro cartas, e — é claro — o preferido de todo matemático, blackjack (ou vinte e um, mas até uma fã de números como eu se perguntaria por que chamar o jogo assim, quando se podia chamá-lo de blackjack).

— Ibiza tem um cassino, não tem? — perguntei tanto para Alberto quanto para Marta enquanto seguíamos em direção aos táxis. Havia uma brisa fresca no ar, uma sensação maravilhosa. Em Ibiza, no verão, a temperatura perfeita acontece às três e meia da madrugada.

— Tem — respondeu Marta, um pouco cansada e desconfiada da pergunta. — Na marina da cidade de Ibiza. Fui lá uma vez e perdi todo o meu salário da universidade.

— Mas você não estava comigo. A gente precisa ir ao cassino.

Alberto me encarou como se eu fosse um exemplar de uma espécie nova que ele nunca tinha visto antes.

— Pra ganhar *oitenta mil* euros?

Deixei a pergunta pairar no ar um pouco. Naquele relativo silêncio, notei que o zumbido no ouvido estava mais alto que nunca. Mas não me importei. O zumbido de uma noite de música alegre era bem diferente do zumbido que simplesmente existia sem motivo algum. Um negativo sem causa é fonte de tristeza profunda. Então, se você pode dar a ele uma causa positiva de igual valor, pode transformá-lo num zero.

Depois de oito segundos, respondi à pergunta de Alberto.

— Hum. É. Eu sei que, em circunstâncias normais, não seria ético usar os talentos assim. No entanto, não tem quase nada de normal nessas circunstâncias. Mas vocês podem ir pra casa... Tá muito tarde, e amanhã vai ser um dia cheio.

Marta negou com a cabeça e disfarçou um arroto. Estava um pouco embriagada e tinha um pedaço de confete preso na testa. Eu tirei para ela.

— *Gracias, hermana* — falou. (Irmã, gostei.) — Tirei um cochilo antes de sair. E só preciso disso. Posso nunca ter sido abençoada por La Presencia, mas nasci em Ibiza. Meu ritmo circadiano se adapta.

Então, ao entrarmos no táxi, Marta deu a instrução:

— Boa noite, taxista — disse ela, fingindo ser inglesa, para o meu divertimento. — Pode levar a gente ao Casino de Ibiza, por favor?

E lá fomos nós, com um total mundano de 47 euros entre os três.

Loureiro

O Casino de Ibiza fica no rico bairro conhecido como milha de ouro. Inspirei o ar quente e olhei ao redor, para os edifícios de apartamentos modernos e luxuosos, e para os iates ainda mais modernos e luxuosos, com palmeiras plantadas ao longo da rua a intervalos regulares, canteiros bem-cuidados e gramados impecáveis.

Assim que pagamos o taxista, uma gata saiu de uma sebe e se aproximou de Alberto. Uma vira-lata branca, preta e laranja. Cheia de perguntas, filosofias e curiosidades. Os animais adoravam o Alberto. Ele era um ímã para os bichos. Ele se agachou, fazendo uma careta, por conta dos joelhos enferrujados, e a acariciou, então conversou um pouco com ela.

Marta, como sempre, chamou a atenção de seu pai de forma muito bem-humorada.

— *Papá*, agora não é hora de dar uma de Dr. Dolittle.

— Ela está me contando do prazer de olhar para os faróis. Ela gosta de observar as luzes dos carros em movimento e da carícia da brisa... — Mas então ele se despediu e desejou boa sorte à criatura na sua caça aos ratos.

Antes eu o achava um louco, mas de repente percebi que ele enxergava coisas que os outros não conseguiam enxergar. Talvez loucura fosse isso: a solidão de ver o que os outros não conseguem ver.

O cassino em si combinava bastante com a estética bilionária. Design modernista. Do lado de fora havia um vaso com um pé de louro tão meticulosamente aparado que parecia ter acabado de ganhar um concurso de topiaria. A fachada do prédio era de aço corten, com uma aparência artisticamente enferrujada. Não dava para ver o interior, mas era iluminado de tal forma que parecia haver algum tipo de paraíso de prazer lá dentro.

Eu nunca tinha ido a um cassino na vida. Fui ao bingo uma vez, com Angela, do brechó beneficente, mas aquilo era muito diferente. O segurança na porta — com o cabelo bem esticado para trás, terno impecável, o símbolo do infinito tatuado no pulso — falou que não podíamos entrar.

— Sinto muito, atingimos a lotação máxima — avisou ele. — E vocês não estão muito apresentáveis. — Ele olhou para Marta e para a purpurina em seu rosto. Então apontou para Alberto, de bermuda desfiada, chinelo e camisa havaiana aberta, com a floresta de pelos indecorosos no peito. — Principalmente você. Este lugar é sofisticado.

Marta começou a falar com ele em espanhol, muito séria e com gestos amplos das mãos, mas a conversa não estava avançando bem.

— Faz ele mudar de ideia — sussurrou Alberto para mim. — Eu não estou conseguindo. Ele está fechado que nem... — Procurou uma comparação poética e perfeita. — ... cu de coelho.

Então eu tentei, bom, *abrir* a cabeça do segurança. Na verdade, foi bem mais fácil entrar na mente dele do que no cassino.

Seu nome era Javier. Era de Cádiz. Gostava de nadar, assistir a lutas de MMA e comer carne de porco com pimenta Padrón. Havia traído a esposa recentemente com uma turista escocesa que conheceu em Playa d'en Bossa. A turista se chamava Alice.

Então fingi que o conhecia, mas que tinha demorado a reconhecê-lo.

— Javier! — exclamei. — Uau. É *você*, não é, Javier?

Ele me olhou desconfiado. A mente um deserto laranja de confusão.

— Hã. Sim.

— Que bom te ver! Sou eu, a Helen!

Javier franziu a testa.

— Helen? Não conheço nenhuma Helen. Agora, com licença, por favor...

— A mãe da Alice. — E então, me sentindo mais confiante: — *La madre de Alice.*

Foi o mesmo que dar um tapa na cara dele. Javier ficou mudo.

— Ela me mostrou uma foto de vocês juntos — continuei, fazendo a minha melhor imitação de mãe sem noção. — Aquela de vocês numa boate animada, de dia. Ah, e vocês bebendo caipirinha num restaurante lotado, na beira-mar de San Antonio. Café Mambo. Ela falou tão bem de você. Que você só queria o bem dela.

Javier ficou nervoso. O colega, um sujeito atarracado, grisalho e com um jeitão sarcástico, olhava com interesse.

— Não sei do que a senhora tá falando.

— Pobre Alice — continuei, me divertindo. — Ela está encantada com você. Quer contar pro mundo inteiro. — Então me aproximei, para lhe dar um tapinha no peito e sussurrar, num tom conspiratório. — Mas eu falei pra ela que *talvez* você não queira que o mundo inteiro saiba. Principalmente *uma pessoa* específica.

Ele engoliu em seco. Assentiu. Tinha entendido o recado.

— O que a senhora quer?

Respirei fundo e falei, no meu tom mais razoável:

— Eu queria muito poder jogar uma partida de pôquer com os meus amigos aqui.

Javier pareceu resignado. Eu só tinha visto aquela expressão uma vez na vida. Nos olhos do nosso spitz-alemão logo depois de ser castrado.

O coitado então abriu passagem para nós.

Marta me cutucou com o cotovelo, contendo uma risada, a mente antes sonolenta de repente tão animada quanto um céu iluminado por fogos de artifício.

— Olha só pra gente — comentou ela. — Três amigos e um segredo.

— Tá, segura a onda — advertiu Alberto, ele próprio um tsunami. — Vamos ao trabalho.

Roleta

O clima lá dentro era solene e silencioso. Como numa igreja. Pessoas sentadas às mesas ou debruçadas diante de roletas, fazendo orações mudas.

Passamos pela mesa de blackjack, e Marta me lançou um olhar inquisitivo, mas neguei com a cabeça. Não fazia sentido tentar ganhar dinheiro jogando blackjack, porque qualquer pessoa determinada e com habilidades básicas de adição e subtração consegue trapacear no blackjack contando as cartas. Você atribui às cartas distribuídas menores que sete o valor +1, e às cartas maiores que sete, -1, e então pode calcular a probabilidade de a próxima carta ser alta ou baixa. Os cassinos estão sempre de olho em quem faz isso. A roleta era melhor. E foi pra lá que nos dirigimos.

Estavam todos fazendo apostas conservadoras no preto ou no vermelho, ou em múltiplas linhas, mas isso não nos servia de nada. Uma aposta numa cor só dobraria o nosso dinheiro, enquanto uma aposta num número específico nos renderia um retorno de 35 para 1. E 35 x 47 dá 1.645 euros, um número bem interessante. Então, quando nos sentamos junto à roleta, eu me sentia confiante.

Ficamos observando por um tempo, e Alberto percebeu que só conseguia prever o resultado depois que a roleta já estava girando, enquanto eu era capaz de ver o número vencedor duas, três ou até quatro rodadas antes. Então era comigo. Para espanto geral dos presentes, coloquei nossas fichas — todas elas — no número que eu previ, que era o 33.

— Hoje é meu aniversário! — exclamou Marta em espanhol para a pequena multidão, comemorando animada o aniversário inventado enquanto me abraçava. — *Tengo 33 años.*

— É isso aí — acrescentei. — E ela é a minha amiga da sorte! Então vai ser 33!

A roda foi girada, e a bola começou a girar, e eu não estava nem um pouco nervosa. Sabia o que aconteceria no minuto seguinte tão bem quanto tinha visto o que aconteceu no minuto anterior.

Dito e feito. A bola parou no 33. O bom e velho 33.

Íamos jogar de novo, mas eu sabia que, se apostasse num número específico, as pessoas ficariam desconfiadas. Afinal, as chances de acertar o número da roleta uma vez eram 1 em 37. Mas as chances de acertar duas vezes seguidas eram bem menores porque:

$$\frac{1}{37^2} = \frac{1}{1369}$$

A beleza da roleta são as opções disponíveis. Você pode escolher um número específico, ou dois números adjacentes, ou três números horizontais, de acordo com a disposição na mesa de feltro, ou uma coluna inteira, ou doze números de uma só vez, ou todos os números da primeira ou da segunda metade, ou todos os vermelhos ou todos os pretos. A variedade é tentadora. Tal como na vida, você pode avaliar os riscos e os benefícios inerentes e agir de acordo. Isso atrai tanto os conservadores quanto os destemidos.

Então, a pedido de Alberto, optei por algumas apostas na cor, em vez de números específicos. E, quando Marta foi ao banheiro, apostei de propósito um valor menor em dois números adjacentes. Então joguei alto nos doze primeiros números. Àquela altura, já estávamos com mais de 15 mil em ganhos e atraindo bastante atenção.

— A gente precisa agir mais como peixes-pedra do que como peixes-palhaço — murmurou Alberto. — Tá todo mundo de olho na gente.

Mas então me lembrei do homem por quem eu havia passado na cidade de Ibiza. Ele não só havia perdido na noite anterior: quando tentei ver para quem ele tinha perdido, o homem com quem jogava se parecia muito com Art Butler.

— Pôquer — sussurrei para Alberto.

Logo em seguida, Marta voltou do banheiro com cara de quem tinha acabado de ver um fantasma. Olhei para ela. Alberto olhou para ela. Nós dois soubemos na mesma hora.

Ela tinha acabado de ver Art Butler. Ele estava no cassino. Estava no salão de pôquer.

A volta e o rio

Pegamos as nossas fichas e fomos até o santuário interno que era o salão de pôquer.

— Espera — falei, antes de entrarmos.

Marta inclinou ligeiramente a cabeça.

— Espera *o quê*?

— É melhor você não entrar.

Alberto concordou.

— A Grace tem razão. A música do Elvis Presley. O rádio. A taça de vinho. Foi um aviso pra você. É melhor ficar de fora…

— E você tem que ficar com ela — falei para ele enquanto aplausos animados vinham da mesa de bacará a distância. — Você precisa garantir que ela vai ficar bem.

Marta não gostou daquilo.

— Mas a gente não pode deixar você entrar lá sozinha.

— Eu sou bem grandinha. Vou ficar bem.

Alberto fez um grunhido relutante e me deu as suas fichas. Em seguida, a filha fez o mesmo.

— Certo — cedeu ele com um suspiro. — Mas vamos ficar aqui por perto.

E, com isso, andei em direção ao silêncio tenso do salão de pôquer e ao mistério assustador que era Art Butler.

Art estava à mesa com os outros jogadores, com uma camisa de linho amassado e o cenho tão franzido quanto o linho. Tinha o olhar fixo nas cartas em sua mão. Fora isso, não havia muito que eu conseguisse sentir. Era como tentar ver uma imagem numa pintura de Jackson Pollock. Tudo emaranhado demais e reverberando uma força proibitiva.

Por isso Christina nunca havia descoberto quem queria matá-la. Por ele ser quase indecifrável. Sua mente era um Fort Knox.

Uma mulher com um leque redondo apoiou-se em seu ombro, mas ele nem percebeu. Art tinha o ar cansado de uma vela derretida, mas também estava visivelmente determinado a ganhar a partida. E ganhou.

Sentei-me à mesa e depositei o cacife, uma ficha preta no valor de cem euros, no feltro verde.

Art olhou para mim. Eu ainda não tinha a menor ideia do que ele estava pensando, mas uma coisa era certa: ele agia como se nada estivesse acontecendo.

O meu plano era ganhar algum dinheiro *e* tentar entrar na mente de Art.

Dois coelhos, uma cajadada.

Mas, antes de prosseguir no meu relato, devo dizer que nunca tinha jogado uma partida de pôquer na vida. Pôquer nunca fez parte das minhas aulas de jogos de cartas do nono ano, e eu nunca tinha ido a um cassino. No entanto, de repente eu sabia que era capaz de jogar. Já tinha visto muitos filmes e lido vários livros que incluíam cenas de pôquer, de modo que — com as minhas capacidades mentais aprimoradas — agora sabia como jogar, mesmo sem ter de ler a mente de ninguém.

Enfim.

Texas hold'em.

Além de mim e de Art Butler, havia outros seis jogadores.

Eram eles: Melissa, de 50 anos, uma rica advogada anglo-americana da indústria musical e defensora nas redes sociais do bem-estar, naquele momento sob efeito de cocaína. José, de 81 anos, dono de restaurante. Dietmar, ex-bilionário alemão recém-divorciado, que havia herdado uma empresa farmacêutica e, ao fim da noite, teria apenas de fazer uma curta caminhada de volta ao seu iate. Benjamin, um americano de Atlanta, levemente embriagado e sentimental, hospedado no hotel spa de Art Butler, com tudo pago, numa viagem a trabalho, e que tinha acabado de dançar na Pacha, a boate ao lado, mas estava com saudade dos cachorros, da mãe e do namorado, em Milão. Anne, uma parisiense insone que trabalhava com gestão de ativos, escrevia poemas eróticos que ninguém lia e que não conseguira se concentrar no romance que vinha lendo na cama do hotel ao lado e não quis ficar acordada ao lado do marido, deprimida. E Flavio, um marchand italiano com um tríceps esculpido por Michelangelo. Tinha sido por ele que eu havia passado mais cedo naquela noite. O que tinha perdido para Art na véspera e estava de volta para mais. E então, lógico, o próprio Art Butler.

Bem ali na minha frente, mas, ao mesmo tempo, bem distante.

Na primeira rodada, eu não tinha nada e desisti logo. A segunda foi praticamente igual, e Art faturou alto, graças a um flush de espadas. Tentei ler a mente dele de novo, mas não havia nada. Nenhuma informação, nenhuma emoção, nem texto ou contexto psíquico. Eu sabia que precisava vencê-lo, porque tinha a forte impressão de que a minha porta de entrada seria uma vulnerabilidade, e não havia vulnerabilidade evidente — nem mais nada — àquela altura.

A terceira rodada foi quando a coisa começou a ficar interessante.

Depois do flop, eu tinha um par de seis. Então, a quarta e a quinta cartas foram abertas para a mesa. *Turn* e *river* (A volta e o rio — eu já sabia não só as regras do pôquer, mas os termos muito poéticos). E de repente eu tinha também dois reis.

Minha mão estava bem forte.

Investiguei o restante da mesa.

Melissa tinha um par de três. Dietmar tinha uma mão forte — uma sequência — e estava muito seguro de si, por isso aumentou a aposta com uma boa pilha de fichas. Estávamos então jogando por 1.400 euros. Eu tinha ao menos de pagar a aposta de Dietmar, ou teria de desistir. Então paguei. Anne, Benjamin e José não tinham nada e desistiram. Flavio tinha um oito na mão para fazer par com o oito da mesa. Ele pensou um pouco, mas acabou desistindo. Art aumentou a aposta. Melissa pagou.

Estava na hora de colocar uma dúvida na cabeça de Dietmar. O que foi fácil. Ele tinha a mente mais dócil e maleável que eu havia invadido desde o coitado do Brian, no restaurante da praia. E a dúvida que eu instiguei foi simples: *Tem alguma coisa cheirando mal aqui.*

De repente, ele ficou tão nervoso que desistiu, para o próprio espanto.

— Por que eu fiz isso? — perguntou, em inglês.

Sobramos apenas Melissa, Art e eu.

Melissa já estava começando a se sentir paranoica e inquieta por conta própria, porque a onda da cocaína estava passando, e ela jurou que ficaria uma semana inteira depois das férias fazendo ioga ashtanga e bebendo suco de legumes, então também desistiu. Ficamos só eu e o Art. Ele me olhou. Eu o encarei. E, pela primeira vez desde que me sentei à mesa, encontrei uma abertura, uma pequena fresta em seu tecido mental. Não perdi a oportunidade e entrei como um assaltante pulando por uma janela.

Enquanto ele tomava um gole do uísque, percebi que a sua mão estava parecida com a minha. Dois pares. Dois quatros e, como eu, dois seis. A diferença era que a minha dupla de reis ganhava da sua dupla menor. Mas eu não queria ler só as cartas. Então aproveitei para ir mais fundo.

Contradições

A mente de Art Butler era uma floresta de contradições. Não havia nada de particularmente bom nela, mas continha muitas forças antagônicas.

Ele era cheio de orgulho e remorso, autoestima e insegurança, frio e calor, medo e determinação, apatia e paixão, hesitação e impulsividade, tudo e nada. Absolutamente paradoxal. Uma forma de vida cheia de defeitos. Em suma, um ser humano.

Mas. *Mas.* Havia outra coisa lá. Havia mais em sua mente do que eu conseguia acessar. Algo que estava presente, mas não estava. Um elemento invisível, algo que mesclava luz e escuridão, uma penumbra misteriosa à espreita na caverna da sua psique. Algo magoado, triste e fraco.

Não quero fazê-lo soar enigmático ou carismático demais. Ele era um assassino. Havia matado o político Ricardo Martínez. E talvez outros. Teria matado Christina. E estava disposto a matar Marta. Mas conhecer é conquistar. E eu queria conhecê-lo.

Outra coisa que me atraiu a atenção foi que ele estava cheio de uma espécie de anseio mental. Visualizei aquilo como um buraco que ia desmoronando quanto mais ele tentava preenchê-lo. Ele estava lá dentro. No buraco. Eternamente em queda livre. Ele possuía um patrimônio de 889 milhões de libras e queria chegar a 1 bilhão. Tinha um iate imenso. Viajava para todos os lugares, bebia e consumia em excesso. Mas, na verdade, senti que não estava vivendo. Ele havia substituído a ideia de vida por outra coisa, pelo tipo de fome que não pode ser saciada.

Art mostrou suas cartas, e eu, as minhas. Ele encarou a derrota como fazia com tudo — levou para o lado pessoal. Recolhi as fichas, e a raiva dele aumentou. Pude senti-lo nos meus pensamentos como uma sombra num gramado.

Jogamos de novo. Eu ganhei de novo. Os seis viraram cinco, quando Melissa abandonou a mesa. E então quatro, quando Dietmar bocejou e deixou o ambiente, derrotado.

Como eu conseguia ler mentalmente as cartas dos outros, sabia quando jogar e quando desistir. Eu tinha a sensação de ter desvendado o segredo da vida. Sabia em quais mãos apostar e em quais recuar. E quando apostar e ganhar mesmo quando minha mão estava ruim. Eu não estava nem tentando ser conservadora. Queria enfraquecê-lo, torná-lo vulnerável. Havia o risco de Art ficar com raiva, mas um risco maior ainda de deixá-lo. Então continuei.

Mas tenho de ser sincera.

Eu estava *me divertindo*. E isso não era pouca coisa.

Diversão!

Eu. Que jamais havia comprado um único bilhete de loteria. Eu sei que não pega bem uma ex-professora descrever para um ex-aluno a alegria de jogar pôquer às cinco da manhã, mas não era a jogatina em si. Era a sensação de estar fazendo algo que velhas viúvas não deveriam fazer. Eu me sentia como César voltando e cruzando o Rubicão. *A volta e o rio*. Como se, naquela noite, eu tivesse ousado e deixado uma versão antiga de mim para trás, expandindo o território de quem eu era. Às vezes, as regras de quem devemos ser precisam ser transgredidas. Às vezes, precisamos obedecer a algo mais profundo. Eu me perguntei se Karl aprovaria ou não o fato de eu estar em Ibiza, usando meus novos dons paranormais para jogar pôquer com um psicopata, e então percebi que isso era irrelevante. Eu estava farta das imposições dos fantasmas. Às vezes é bom ser rebelde, ainda mais quando a rebeldia na verdade está disfarçando uma boa ação. Em uma hora naquela mesa, eu tinha acumulado, juntamente com os ganhos anteriores no cassino, 56 mil euros. Ou seja, eu tinha mais da metade do que precisava. Senti que não só estava dominando o jogo, mas também o misterioso Art Butler.

O crupiê — um homem alto com questões mal resolvidas com a mãe — estava sorrindo para mim. Ele não gostava muito de Art Butler. E Art simplesmente ficou lá, sem dizer uma palavra. E tínhamos uma bela plateia naquele momento.

Estava tudo indo bem.

Mas então, depois de perder a última rodada, Art sorriu para mim. E, enquanto ele sorria, senti um pavor repentino, a sensação de que eu tinha entrado numa armadilha cuja existência eu desconhecia.

— É engraçado — comentou ele, falando pela primeira vez enquanto me fitava do outro lado da mesa. — O segredo do pôquer é você descobrir a fraqueza de cada jogador. Aquilo que pode distrair a pessoa. Acho que eu descobri a sua. Ela está no salão ao lado.

Então o seu rosto mudou, e ele olhou na direção da saída com um brilho intenso nos olhos. Até os outros jogadores perceberam. Mas obviamente não tinham ideia do que estava acontecendo.

E aquela foi a deixa dele.

Porque foi quando ouvi o burburinho crescente vindo do outro ambiente. Ouvi um grito. E senti a força do medo emanando da mente de Alberto. Ele me veio tão claramente como uma visão ou um cheiro, uma sirene de pânico.

E então a sua voz distante.

— Marta!

Muito para assimilar

Você não tem nenhuma obrigação de acreditar em algo, só porque aconteceu. Tudo o que eu vou fazer é expor os fatos como me lembro deles, e deixar que você os interprete como quiser. A única coisa que peço é que deixe uma porta aberta na sua mente para as possibilidades. Nós nunca alcançamos a linha de chegada do conhecimento. Há sempre algo sobre a vida e o universo que ainda estamos por descobrir. Essa foi a principal lição que aprendi. Que, a qualquer momento na linha da nossa existência, ela pode se ramificar. Ficamos tão habituados com ela seguindo em linha reta que acreditamos que a vida é só isso, e então, de repente, ela se torce ou vira ou dobra num repentino ângulo reto.

Enfim.

Lá vai.

Eis o que aconteceu tal como eu me lembro.

Eu saí da mesa de pôquer e me dirigi ao salão principal.

Quando cheguei lá, vi que Marta estava deitada de costas no carpete com estampa de losangos, com sua alegre calça listrada e a camiseta do ponto azul, tentando de todo jeito respirar. Uma pequena multidão a cercava. Abri caminho entre as pessoas. O rosto dela estava tingido com um leve tom arroxeado, o cabelo ainda mais revolto que o normal, como se ela tivesse acabado de sair de uma briga. Alberto estava de joelhos ao lado da filha. Ele ergueu o rosto com um medo quase infantil. Os olhos arregalados.

— Grace, ele tá controlando a Marta... Faz alguma coisa... Eu tentei... Ele é forte demais...

— Marta?

Ela segurava o pescoço. Senti a sua traqueia contraída. As pessoas chamavam os funcionários do cassino. Uma delas, ainda junto da mesa de blackjack, ligava para uma ambulância. Mas então, de repente, parou. O telefone pareceu ter ficado muito quente, e ela o soltou numa reação instintiva, sacudindo a mão. O aparelho bateu no chão, ardeu em chamas e se incinerou.

Era ele. Ele estava lá, ainda sentado à mesa de pôquer e usando as habilidades mentais para fazer o que bem entendia. Era apavorante. Enfrentar esse tipo de poder assassino. Aquele sorriso indiferente. Testemunhar o quão livremente o mal era capaz de perambular quando as barreiras comuns da lei e da realidade não existiam.

Eu me ajoelhei.

— Marta, tá tudo bem, tá tudo bem… — Uma coisa absolutamente ridícula de se dizer, dadas as circunstâncias. Mas, se a minha mente era capaz de fazer homens adultos cravarem garfos nas pernas, além de quebrar tanques de lagosta, eu tinha certeza de que poderia fazer algo numa escala menor e mais próxima, como expandir as vias aéreas de uma traqueia sendo comprimida literalmente a centímetros de mim. Eu sabia que tinha de agir depressa. Sabia que, se fosse levada numa ambulância, ela poderia nunca mais voltar.

Eu tinha que escolher. Ou voltava para o salão de pôquer, para lidar com Art e neutralizar o seu poder, ou ficava com Marta. Pegar ou largar. A cruz ou a espada. Fiquei com Marta.

Sei o que já contei antes. Sobre como a minha mente de repente equivalia a um corpo, e, da mesma forma que os corpos podem se deslocar no espaço físico, a minha mente parecia capaz de vagar ativamente para outros lugares e ignorar barreiras, e sobre como eu sentia que a energia de um desejo agora vinha com poder. Bom, isso ainda era verdade.

Mas era difícil. Era muito difícil. Eu estava desejando com toda a força possível que Marta respirasse livremente, mas era como tentar empurrar uma parede com a mente. Não. Analogia errada. Era mais como um cabo de guerra. Milímetros de progresso — arfadas de ar — seguidos de outros em que me sentia fraca demais para ajudá-la.

Porque é claro que havia uma força contrária a todos os meus desejos, empurrando na direção oposta.

Foi então que o silêncio tomou conta do ambiente. Não havia mais vozes e nem pensamentos preenchendo o ar. Porque estavam todos caídos no chão. Não estavam fazendo de tudo para respirar, como Marta. Estavam apenas com a consciência temporariamente desativada. Igual a quando um hipnotista coloca alguém para dormir, sabe? Só que em massa, e sem a introdução. A única exceção era Alberto, que — com o talento que tinha dentro de si — era um pouco mais difícil de controlar. Mas ele estava sendo afastado de Marta, como se estivesse sendo empurrado por um furacão, até ficar imprensado contra um caça-níqueis.

— Ele me pegou — Marta conseguiu dizer, apertando a minha mão, e então enfraquecendo novamente. Sua voz não passava de um ruído rouco. Os dedos se abrindo feito pétalas. O plano dele era bem óbvio. Ele ia matar a Marta e sair impune. Eu não podia deixar isso acontecer.

Então mudei de tática. Em vez de me concentrar em expandir as vias aéreas dela, fitei o salão de pôquer e me concentrei em afastar o Art. Mas ele não estava no salão de pôquer.

Estava bem ali, acima da multidão de corpos caídos. Segurando o copo de uísque enquanto seu sorriso se curvava feito o rabo de um gato.

— Oi, Grace — disse ele. — Tudo bem com você?

A garrafinha

A respiração de Marta se extinguia ao meu lado. Alberto continuava preso ao caça-níqueis, com uma expressão de dor enquanto tentava lutar contra a força do poder de Art.

— Você cometeu um grande erro — disse Art, com uma preocupação quase sincera na voz, ao olhar para mim. — Não devia ter vindo para Ibiza. Deveria ter ficado onde estava, sua velha. No seu sofá.

Eu o encarei fixamente. Estava indo fundo nele. Vendo a verdade. Os políticos e os manifestantes que ameaçara, ferira e matara. A forma como ignorava a vida toda vez que escolhia um terreno novo para construir. Mas vi também dor. Uma ferida lacerada e aberta. Uma invisibilidade que reverberava. Uma lembrança que não o deixava. O pai, morto, como ele o encontrara, na garagem.

Lembrei do que Alberto tinha dito.

"A única vez que La Presencia se fez visível em plena luz do dia. E não foi com um adulto. Foi um garoto. Um menino inglês. Ele estava de férias aqui. E quase se afogou. Nadou pra muito longe da praia, e ninguém conseguiu alcançá-lo. O pai viu, mas já era tarde demais. Ele afundou. Ficou sete minutos debaixo da água. Ele chegou a morrer, na verdade..."

Visualizei Art menino na praia. Na época, ele era Arthur. Ou Artie. A praia era Cala d'Hort. A mãe estava lendo um romance, e o pai lia o jornal *The Times*, e ele estava cansado de cavar buracos para a água entrar. Então foi nadar.

Eu o vi enquanto se afastava mais e mais, achando que poderia chegar a Es Vedrà. Eu o vi quando ele olhou ao redor e percebeu que estava muito fundo e que as correntes eram fortes demais para nadar de volta. Senti o peso em seus braços jovens, que mal conseguiriam dar uma braçada a mais sequer. Senti a sua luta, em pânico, o queixo afundando na água enquanto chamava os pais... O pai acabou vendo. Ele ergueu a cabeça, apoiou a palma da mão na areia e correu para a água. Um nado desesperado até ele, mas não conseguiu alcançá-lo. Artie nunca perdoou o pai por não ter olhado antes. "Se tivesse dependido de você, eu estaria morto." E o pai não conseguiu lidar com o que quase aconteceu, e com o que havia acontecido de fato. Achou que tinha enlouquecido. Começou a beber, e acabou se enforcando, e Artie sentiu uma dor tão profunda que passou a andar sempre com uma caixa de fósforos, para poder acender uma chama sob a palma da mão e se distrair daquela dor.

Enquanto observava Art bebendo o seu uísque, pensei que aquilo não era possível. La Presencia não concederia dons a alguém que os usaria tão drasticamente para o mal.

— É aí que você se engana — respondeu Art, ainda debruçado sobre mim naquele cassino, enquanto Marta ia ficando inconsciente. Ele verbalizou isso, mas eu podia senti-lo em minha mente. — Sabe, eu sei que você acha que é a mais especial, Grace. Eu sei o que eles te disseram. Que os seus talentos são os melhores que existiram desde, pelo menos, Joan Bonanova. Mas é balela. Não é verdade. Sabe, comparados aos meus, infelizmente os seus talentos são bem medíocres. La Presencia me tocou na *infância*. Eu fiquei com ela por sete minutos inteiros enquanto os meus pais achavam que eu estava morto. O mar inteiro brilhou tamanho foi o esforço. Eu tenho La Presencia dentro de mim. Ela me escolheu. Os meus pais não me protegeram, mas La Presencia sim. Ela me salvou porque viu o meu potencial. Viu o que eu poderia me tornar. Eu ganho dinheiro para este lugar. Eu retribuo. Ofereço experiências lindas...

— Não — retruquei, vendo tudo na mente dele enquanto falava. Vendo tudo se iluminar como um mar escuro. — Você tira a vida. É isso que você faz. Você quer matar a Marta porque sabe que amanhã ela vai impedir a construção do resort em Es Vedrà com a manifestação. Assim como sabia que a

Christina teria conseguido isso. Você matou Ricardo Martínez depois que ele vetou o projeto de um dos seus resorts. Você usa esse poder que o oceano lhe deu e faz coisas terríveis com ele. Você escolhe os lugares mais controversos e os hábitats mais sensíveis porque isso faz você se sentir no controle. Faz você sentir o que não sentiu quando os seus pais não te salvaram.

— E se tem uma coisa de que você entende é de pais negligentes, não é, Grace?...

Marta tinha parado de respirar. Estava imóvel. Aquela imobilidade desesperadora que eu conhecia muito bem.

— Não chore por ela. Ela não era especial. Até La Presencia sabia disso. Pobre Marta, a preterida...

Ele queria que eu falasse alguma coisa. Queria que eu me engajasse num diálogo com ele. Ódio quer ódio. Mas me dei conta de que eu não precisava fazer aquilo. Não precisava falar com o ódio. Porque lembrei do que o Alberto tinha na mão. A garrafinha de rum. Pensei no dia em que o conheci, quando ele me mostrou a sua garrafinha de rum. Lembrei dele explicando como aquilo o ajudou a ficar sóbrio, depois da morte da esposa. Ele estava com a garrafinha naquele momento. Vinha tentando alcançá-la. Não podia mover a mão para que eu visse, porque Art o mantinha imóvel. Mas tudo bem. Porque eu podia ver a luz brilhando entre os seus dedos. Eu sabia o que era. A essência de La Presencia.

Então não me concentrei em Art, nem em Marta, me concentrei nos dedos grossos, enrugados e queimados de sol de Alberto. E os abri. E a garrafinha caiu, e não quebrou no tapete, mas Art ou escutou ou reparou na queda, o que distraiu a sua atenção por um segundo. Então eu quebrei o vidro com a mente, e *La Presencia* estava livre. Estava ali, uma pequena poça brilhante que se recusava a ser absorvida, e que de repente se movia na direção de Marta.

— Pare — ordenou Art. — *Pare!*

Mas ela não parou. Seguiu rastejando feito uma criatura aquosa e sem pernas, luminescente, reluzindo cada vez mais forte, e, quando chegou à

Marta, subiu pelos cabelos, pela pele e pela boca e, um segundo depois, Marta tossiu e os seus olhos se abriram. Ela estava muito viva.

E aqueles olhos fitaram Art, assim como eu o encarava, e também Alberto, junto do caça-níqueis. E lá estávamos nós. Todos dotados com os talentos, quaisquer que fossem eles, que La Presencia escolheu nos dar.

E então algo ainda mais incrível aconteceu. O corpo de Marta *brilhou*. Não muito, mas de um jeito que não deixava dúvida, e não por bastante tempo, mas por tempo suficiente. Tremeluzente e num tom de azul, com partículas de luz se movendo em suas veias, como faróis pela cidade. Ou como mil peixes-lanterna no fundo do mar, como Alberto comentaria depois.

E eu senti algo estranho dentro de mim. Uma total sensação de *calma*. O que era absurdo, considerando que eu estava cercada por um monte de corpos desmaiados no meio de um cassino, enfrentando um psicopata assassino com poderes sobrenaturais. E a calma vinha com uma sensação de calor interno e união. Senti que algo estava faltando antes e de repente não faltava mais. E olhei para a minha mão e vi pequenas luzes irradiando das minhas veias também. E o mesmo acontecia com Alberto. Ele olhava para as mãos incrédulo, rindo.

— Está trabalhando em conjunto... está nos conectando!

Marta lembrou das palavras em seu cartaz e se levantou, a luz de La Presencia ainda viajando como vaga-lumes por seu corpo.

— *Nos alzamos como el océano.*

Art era um misto de confusão e consternação. Então ele olhou para as próprias mãos e ficou aliviado ao ver as luzes se movendo ali também.

— Vocês não podem me tocar!

Mas, ainda assim, ficou preocupado. Sentiu que esse não era o momento de atacar. E a preocupação foi forte o bastante para ele recuar. Ele se afastou, enquanto La Presencia se desvanecia em todos nós.

— Amanhã — disse ele, e apontou para nós, como se a palavra contivesse o terror do destino em si. — Amanhã vai ser o fim.

Todos os outros no cassino estavam acordando de seu estado inconsciente, com os olhos marejados de lágrimas e confusos, e pondo-se de pé. Houve uma comoção geral no salão novamente, mas dessa vez infundida de expressões de espanto e perguntas murmuradas.

Alberto franziu a testa para a filha.

— A gente não pode simplesmente deixar esse cara se safar. Ele acabou de tentar te matar... Ele é um assassino.

— A gente pode barrar o hotel — replicou Marta. — Vai ter gente o suficiente. E vamos conseguir juntar o dinheiro, não falta muito. A gente consegue. O cassino não fecha...

Quando chegou à porta, Art Butler olhou à sua volta, para todas as pessoas que o fitavam. Estava prestes a dizer alguma coisa. Pressenti um grande monólogo, quase pronto, esperando para sair de seus lábios contraídos. Mas ele pensou melhor e acabou simplesmente indo embora, atravessando o saguão, passando pelos seguranças e saindo para o dia que estava nascendo.

Nós o vimos sair, sem fazer absolutamente nada a respeito, por causa das testemunhas. Então voltei para o salão de pôquer, para recolher as minhas fichas, pensando: *Isso foi meio fácil demais.*

Porque é lógico que foi.

A multidão

Marta discursava junto a um lago, sob o calor escaldante. O sol refletia na água feito mil joias.

Era um lago pequeno, no Parc de la Pau, onde nós e todos os manifestantes havíamos chegado após uma lenta e barulhenta passeata pelas ruas da cidade de Ibiza.

O *Diario de Ibiza* diria depois que mais de vinte mil manifestantes foram às ruas da cidade de Ibiza naquela tarde de quinta-feira. Na verdade, o número exato foi 27.452.

Havia todo tipo de gente que se pode encontrar em Ibiza. Os velhos e os novos. Hippies e empresários. Moradores e turistas. Ricos e pobres. Frequentadores de boate e praticantes de ioga. Modernistas e tradicionalistas. Radicais e conservadores. Os muito saudáveis e os eternamente de ressaca. Os que gritavam e os que ficavam em silêncio. Vencedores e perdedores. Familiares com amigos e pessoas solitárias. E tocadores de tambor. Muitos tocadores de tambor. Para ser sincera, eu dispensaria os tocadores de tambor.

Vou reproduzir uma tradução livre de um trecho do discurso de Marta:

— Quando eu e a minha amiga Christina entramos na internet e pedimos para as pessoas saírem às ruas para se manifestar contra o empreendimento em Es Vedrà, eu esperava reunir umas cem pessoas. Ver vocês todos aqui é mesmo extraordinário. Ibiza é um lugar especial. E eu gostaria que Christina pudesse estar aqui hoje. Ela teria adorado ver isso. Teria agradecido pela presença de todos vocês. Hoje é o dia em que nos posicionamos e dizemos a quem está no poder que a natureza é algo que queremos proteger... Porque quando eles destroem a natureza, destroem uma parte de nós. Hoje é o dia em que dizemos a Sofía Torres que não queremos que flores sejam extintas. Não queremos cabras e bodes mortos a tiro. Não queremos mais contratos firmados para destruir as partes mais preciosas desta ilha. Não queremos mais Art Butler e The Eighth Wonder Resorts franqueando esta ilha toda. Porque o que é bom para esta ilha é bom pra gente também. Vamos continuar protegendo o que torna este lugar especial. Vamos continuar nos erguendo como o oceano... E hoje nos erguemos. E vamos em passeata até Sofía Torres e Art Butler e exigir que ela cumpra a sua promessa, de que, se aparecêssemos antes do início da coletiva de imprensa com mais de vinte mil pessoas e com oitenta mil euros, ela retiraria seu apoio ao licenciamento de Es Vedrà. O que significa que o partido dela faria o mesmo. O que significa que não haveria licenciamento. Então é isso que vamos fazer! Vamos em passeata até o hotel The Eighth Wonder em Talamanca, na praia de Talamanca, e vamos...

Ela era boa naquilo. Andava de um lado para o outro, os punhos erguidos, socando o ar feito uma estrela do rock. A plateia aplaudia nos momentos certos. Estava indo tudo bem. E tínhamos oitenta e um mil euros, em espécie, na minha bolsa de praia.

Mais uma vez, eu estava me divertindo. As pessoas pensam em uma manifestação como um ato de raiva, ou de esperança sincera, mas um protesto pode ser também algo meditativo e curativo. Trata-se de fazer parte de algo maior. Uma espécie de altruísmo, no verdadeiro sentido da palavra. Como um arenque deve se sentir quando nada num cardume com seus pares.

Tudo o que tínhamos de fazer era conduzir a multidão até o hotel em Talamanca antes do início da coletiva de imprensa do Eighth Wonder, às cinco horas da tarde, mostrar o dinheiro e a multidão para Sofía Torres, e ela cumpriria o prometido, ou enfrentaria a ira de toda a ilha.

Mas algo estava errado. Havia uma nota dissonante no plano.

Algo que eu só soube porque estava perto de uma jornalista — Rosa Piera, 38 anos, hipocondríaca, recém-divorciada, com uma mente que parecia um parque de diversões em dia de chuva —, e ela havia acabado de receber uma mensagem de WhatsApp de um colega informando que a coletiva de imprensa aconteceria em Cala d'Hort dali a meia hora. Na praia mesmo.

Alberto se deu conta.

— Precisamos avisar a todo mundo.

— Não. Pensa bem. São vinte minutos de carro. Se todo mundo for para lá, nunca vamos chegar. As ruas ficarão bloqueadas. E se Art fizer alguma coisa com as pessoas? É um risco muito grande. Vamos esperar a Marta e ir só nós.

Alberto suspirou. Eu sabia o que ele estava pensando. Tinha ouvido o discurso da Marta e era *demorado*.

— A gente tem que ir *agora*. Neste minuto. Vamos deixar a Marta aqui. A gente dá conta. Mais de vinte mil pessoas já compareceram à manifestação, então essa parte já está feita. Só precisamos mostrar o dinheiro pra Sofía, e nos filmar fazendo isso. E, se Art for um problema, a gente dá um jeito. *¡Vamos! ¡A la playa*!

Um saco de areia

A coletiva de imprensa estava prestes a começar.

Havia um pequeno palco montado na praia, com jornalistas sentados em cadeiras na areia e um pequeno corredor entre eles. Como num casamento. Ou num funeral. Es Vedrà avultava-se ao fundo, grande, escura, poderosa e bela, como uma verdade sombria e inescapável.

Sofía Torres e Art Butler estavam sentados no palco, atrás de uma mesa com papéis e garrafas de água, com a assessora de imprensa de Art Butler pronta para iniciar a coletiva. Sofía olhava para o relógio no pulso.

Alberto avançava pela areia, gritando num misto de espanhol, catalão, inglês e daquela língua própria do Alberto para que cancelassem a entrevista coletiva.

A assessora de imprensa, uma pessoa de mente frágil chamada Alison, limitou-se a olhar para um segurança contratado junto da última fileira e estalar os dedos.

— Paco?

— Eu não quero causar problemas — continuou Alberto enquanto eu tentava acompanhá-lo pela areia. — Só tenho uma coisa importante pra falar com Sofía Torres. Tem um vídeo dela na internet concordando em brecar o empreendimento em Es Vedrà se conseguíssemos juntar vinte mil manifestantes e oitenta mil euros. Bom, eu posso confirmar que tem muito mais gente do que isso neste momento andando em passeata pelas ruas da cidade de Ibiza. E na bolsa da minha amiga temos oitenta e um mil euros em espécie, que...

Sofía parecia muitíssimo desconfortável. Ela abriu uma garrafa de água.

— Vamos discutir isso depois.

— Não — insistiu Alberto, dando um passo à frente. — *Vamos discutir isso agora*. Você fez uma promessa.

Os jornalistas olhavam para nós. Senti o foco deles em mim como uma flor numa prensa, mas me mantive firme. Olhei ao redor. Não havia mais ninguém na praia, me dei conta. A loja estava vazia. Até o restaurante estava vazio. Vi que havia um novo tanque nele. E novas lagostas. Mas o barco de Alberto estava lá. O velho *Neptuno*. Balançando nas águas. E o barco a remo ainda mais velho, que um dia fora da sua avó, atracado na praia.

Sofía virou-se para Art.

— Sinto muito por isso.

Art sorriu. Aquele sorriso me desconcertou. Eu não conseguia entender. Eu tinha levado uma hora para entrar na mente dele na noite anterior. Mas tinha certeza de que o sorriso era genuíno. Lembrei dele saindo voluntariamente do cassino. Tinha sido fácil demais. Foi tudo uma armadilha.

— Acabou, Sra. Winters.

Foi a minha deixa. Abri caminho e pousei a minha bolsa na mesa deles. Então a abri e mostrei o dinheiro.

— Está tudo aí.

— É tarde demais — disse Sofía, cobrindo o microfone com a mão. — O contrato já foi assinado.

— Não — interveio Alberto, me apoiando. Colocando mais um "não" inútil no ar. — Nós temos o dinheiro. Nós *temos o dinheiro*, Sofía.

— Infelizmente, não têm — rebateu Sofía.

— O quê?

— O cassino o quer de volta. Eles acreditam que ele não foi ganho de modo honesto. Várias testemunhas relataram ter visto você levar as próprias cartas para a mesa de pôquer.

Eu fiz que não com a cabeça.

— É mentira. Art está fazendo as pessoas acharem isso. É o que está acontecendo.

Sofía deu de ombros.

— Sinto muito. Mas vocês têm que ir embora.

Alberto ficou olhando para ela.

— Você não sabe disso, mas eu também sou do norte desta ilha. Somos do mesmo vilarejo, Sofía. Santa Agnès de Corona. Eu já era adulto antes de você nascer, mas eu estava lá. Na casinha na frente da igreja. Com a amendoeira na frente da janela.

— Eu sei de qual casa você está falando...

Por um segundo eu me perguntei o que Alberto estava fazendo. Mas então vi a lembrança de Sofía. Ela era pequena, observando enquanto eles atravessavam a rua com o caixão da avó de Alberto, indo até a igreja.

— Eu sou desta ilha, como você — disse ele. — E, como você, e ao contrário *daquele homem ali*, eu quero o que é melhor para ela. Eu me lembro do tempo em que viajar do norte ao sul da ilha levava meio dia, e não meia hora. Eu gostava daquilo. Você tinha que respeitar a terra. A topografia. Tinha que respeitar as montanhas. Os pinheiros e o solo. Tudo. E isso ajudava a nos manter inteiros também. Se você destrói a natureza ao seu redor, acaba destruindo a natureza dentro de você.

— Os tempos são outros — disse Sofía baixinho, olhando para um policial da Guardia Civil do outro lado da praia. O sujeito difícil e carrancudo que falara comigo, vindo pela areia na minha direção. Carlos Guerrero. O que tinha o sonho recorrente no qual um leão urinava nele.

— Trapacear num cassino é ilegal — Art ia dizendo. — Eles tratam isso com muita seriedade aqui em Ibiza. Com toda a razão.

Eu me sentia muito mal, fraca e inútil, ali naquele calor.

Alberto parecia mais chateado do que zangado, de pé na praia, olhando para o mar atrás de Art.

— *Hijo de puta.*

— Eu vou contar a verdade — falei para Art, em um tom desafiador e destemido que era inédito para mim. — Vou contar pra polícia. E vou contar pra todo mundo. E repetir mil vezes. Até acreditarem em mim. E eu posso fazer as pessoas acreditarem.

Art ignorou as minhas palavras e ficou sentado, me encarando.

— Você parece doente — disse ele. — Parece cansada. Não quer se sentar um pouco?

Ele estava aprontando alguma. Eu sabia que ele estava aprontando alguma. Percebi que sempre que achávamos que tínhamos uma vantagem sobre ele — como na noite anterior, no cassino — era só porque ele *queria que achássemos que tínhamos uma vantagem.*

— Grace? — A voz de Alberto girou na minha cabeça.

Sofía se levantou. Ouvi a voz dela conforme ela vinha na minha direção.

— Você está bem? Quer se sentar um pouco?

— Eu...

De repente, tudo ficou muito pesado, como se o céu começasse nos meus ombros e tivesse um peso real, e então as coisas passaram a girar, e eu cambaleei para a frente, tentando me equilibrar, os olhos fixos nos de Art, e fui descendo pela areia até chegar ao mar. E foi aí que eu desmaiei.

Salácia

Eu estava entre as árvores altas e o mar luminoso, presa naquele outro mundo.

A praia da verdade

— Por que estou de volta aqui?

Eu estava tão fraca que demorei um pouco para notar a bicicleta vermelha tombada na areia. Eu conhecia aquela bicicleta. Sabia até o modelo. Era a única bicicleta no mundo que eu conhecia muito bem. Uma velha BMX vermelha, dos anos 1980.

E então notei as pegadas na areia.

Afastando-se da bicicleta, indo em direção às árvores.

Segui as pegadas até a floresta, cada passo um esforço crescente, mas continuei. Queria a verdade que Christina tinha prometido.

Por fim, eu o alcancei. Um menino sentado de pernas cruzadas no chão. À sombra. Quando me aproximei, vi que estava com a camisa estampada que ele tinha feito na aula de artes têxteis, e a pele do rosto brilhava com um sangue escuro. Seu cabelo estava duro por causa do sangue seco. Mas ele sorriu quando me viu.

Era ele. Eu finalmente conseguia vê-lo. A verdade dele. Ele não estava em Salácia, e sim nessa visão salaciana, que, como todas as minhas visões salacianas, tentava me mostrar a realidade de algo há muito negado.

O nosso filho. O nosso menino lindo e querido.

— Daniel.

Corri e o abracei.

— Não chora, mamãe. Por favor, não chora.

Era a voz dele. A exata voz dele. Bem ali, como se nada tivesse acontecido em trinta e dois anos.

— Daniel, me perdoa. Foi culpa minha. Eu devia ter cuidado de você direito. Não devia ter deixado você sair de bicicleta naquela chuva.

— Não foi culpa sua, mãe. Não foi culpa de ninguém. Eu estava com raiva por motivo nenhum…

— Você queria que eu fosse ao centro da cidade com você, e eu não fui. Porque estava chovendo.

Ele negou com a cabeça. Resoluto.

— Não. Não. Eu não queria que você fosse. Eu queria ficar sozinho. Eu saí sozinho. Desculpa, mãe, mas pegava mal sair com a mãe.

— Eu… Eu… — É difícil se libertar da culpa. Então gaguejei por um tempo. — Mesmo assim, eu não devia ter deixado você sair naquela chuva.

— Você nem teve a chance de me falar pra não sair. Quando você percebeu que eu não estava mais em casa, eu já me aproximava da Wragby Road.

Isso era verdade. Era tudo verdade. Mas, por alguma razão, nunca fizera parte da minha memória daquilo.

— Você tinha uma vida inteira pela frente. Foi uma pena. Eu penso em você todo dia, Daniel.

— Não precisa ser assim. Você não tem por que se sentir culpada. Não mais do que outra pessoa qualquer.

— Eu sinto tanta saudade.

Ele torceu o nariz.

— Você sente saudade, mas não me vê. Só vê a própria culpa. Só vê versões de mim como adulto que provavelmente nunca teriam existido.

Eu não tinha o que dizer, porque era verdade. Claro que era. Só havia verdades ali.

— Eles precisam de você, mãe. Você pode ser feliz de novo. Não precisa deixar as coisas virarem pó. Você foi tão feliz um dia. Pode ser feliz de novo.

Um dia.

— Está dentro de mim. A culpa. Eu era sua mãe. Eu devia ter te protegido.

— Eu não quero ser a sua culpa. Eu quero ser o seu filho. Por favor… já está na hora…

— É — falei. — Está mesmo.

E então o sangue começou a desaparecer.

Os olhos grandes e a expressão sorridente, aquele rosto que estava sempre prestes a mudar a qualquer alteração de humor, e que, toda vez que chorava, parecia um ovo cozido que foi esmagado por uma colher. Ele parecia tão feliz e saudável quanto na última foto da escola.

— Agora você vai se lembrar de mim assim. Não como um instante no tempo, mas como uma pessoa. Você vai saber que não foi culpa sua. Agora volta, por favor. Você está purificada agora. Você pode ser o sinal do qual ouviu falar. Pode se salvar e salvar os outros. Eles precisam de você.

E então ele saiu correndo, para o meio das árvores, e eu fiquei ali mais um segundo enquanto um azulão solitário voava e bailava no ar.

O sinal pode acontecer agora

Abri os olhos. A maré batia no meu cabelo.

Vi Sofía barrando a passagem de Art. Ela falava com ele.

Art parecia atormentado. Sim, é esta a palavra. *Atormentado.* Não zangado, nem indiferente, nem maligno.

— Eu estou...

Ele não chegou a terminar a frase. As palavras não ditas são um mistério eterno. Mas não havia tempo para ponderar enquanto ele se ajeitava e fitava Sofía com olhos arregalados. Ele estava prestes a fazer mal a ela. Ele sabia que sem a interferência dela eu já estaria morta.

Sofía falou com confiança.

— Isso tudo foi um erro. *Eu* errei. Esta ilha não te quer. — Eu a vi quando criança, ajudando o avô com artrose a se levantar de uma poltrona.

Art já ia atacá-la. Eu não podia deixar aquilo acontecer.

Alberto estava ao meu lado.

— Grace, você está mais forte agora. Você conseguiu. Ela veio até você. Enquanto estava deitada aí. O sinal pode acontecer agora. Você pode enviá-lo. Você só precisa perceber o quanto está conectada com tudo. Com todas as coisas. Você consegue, Grace.

Lembrei do parágrafo que ele escrevera em *La vida imposible.*

Esse pescador se chamava Joan Bonanova... e também contou a um jornalista como se sentia conectado a todos os animais de Ibiza e como conseguiu enviar um sinal a eles. Outros corroboraram o relato, dizendo ter visto animais agindo de maneira estranha naquela noite. Na noite dos ataques aéreos, criaturas de todas as espécies agiram em bando...

— Olha, Grace... Olha o mar... Ele te curou.

Então olhei para o mar. Na verdade, todos estavam olhando para o mar. Porque, assim que você o via, era impossível *não* olhar para ele.

O mar brilhava com aquele azul impossível. Mais claro e mais vasto que nunca. Praticamente por toda a extensão da praia até Es Vedrà. E, como na primeira vez que vi o brilho de La Presencia, foi como olhar para um sentimento. Mas aquele sentimento estava mais forte do que nunca. Era uma esperança tão intensa que virou certeza.

— Eu já vi isso antes — disse Art, horrorizado. Estava se lembrando do dia em que La Presencia o salvara e o levara de volta para aquela mesma praia. Por um segundo, teve a sensação de estar com 11 anos novamente.

Fiquei de pé e percebi que estava tudo diferente. Pensei no próprio Joan Bonanova. O pescador salvo por La Presencia. O que estava não só no livro do Alberto, mas também na carta da Christina. O que ela descrevera como "uma alma tão pura, *livre de culpa* e pecado". O que enviara um sinal a todos os animais da ilha para combater os soldados fascistas.

Sem culpa, luto ou dor para me aprisionar, percebi que estava em todos os lugares. Eu era nós. Era a soma dos infinitos. Eu estava em todas as mentes. Estava em cada grão de areia. Estava em cada gota de água. A fortaleza isolada que eu era não existia mais. Eu ainda era eu, mas também era todo mundo. Do jeito que o 1 ainda é uma entidade em si, mas está presente em todos os outros números. Eu estava aberta, totalmente aberta. Não havia limites entre mim e os outros, ou entre humanos e animais, ou entre animais e plantas. Tudo era apenas um fio condutor na tapeçaria da vida. Eu tinha um poder infinito naquele momento. Um poder que me foi dado pelo oceano, por La Presencia. Eu não estava ali para *salvar o planeta*. Eu *era o planeta*. Assim como todos somos o planeta. A diferença era que me haviam permitido sentir isso bem ali. Era como se eu tivesse uma linha telefônica para todas as criaturas da Terra.

E eu estava pedindo ajuda. Estava de fato enviando um sinal.

— Que *merda* é essa? — perguntou Art bem alto.

E naquele momento é lógico que ele não se referia à luz de La Presencia. Falava de algo que parecia sublime e absurdo ao mesmo tempo, como costuma ser o caso com milagres. Ele se referia ao céu cheio de pássaros.

Não precisei seguir o olhar dele, como as outras pessoas fizeram. Eu sabia dos corvos-marinhos voando em sua direção, em resposta à minha expectativa silenciosa, batendo com urgência as asas pretas reluzentes, os pescoços compridos esticados para a frente, todos no mesmo ângulo.

— Corvos-marinhos — bufou Art, lembrando da conversa com Sofía, sobre como eles faziam ninhos em Es Vedrà.

Mas não eram só eles no céu.

Havia gaivotas também. Dois francelhos, um falcão solitário e de repente — surpreendentemente — uma resplandecência de flamingos cor-de-rosa que tinham acabado de migrar para os lagos salgados perto de Ses Salines a fim de passar o verão. Suas asas eram ainda maiores que as dos corvos-marinhos, batendo com força no céu, inclinadas para trás feito pontas de flecha.

Lembrei do taxista falando deles no meu primeiro dia na ilha. *Você precisa ver.*

— Eu estou vendo, Pau — sussurrei. — Estou vendo.

Art começou a andar para trás. Então tropeçou numa pedra e caiu sentado, olhando para o céu.

Na areia da praia, havia outras criaturas. Entre elas um bode. Vindo do outro lado do estacionamento, da sombra ao lado da Atlantis Scuba e da tigela que infelizmente estava vazia. Era Nostradamus, batendo os cascos fendidos na areia, com um toque de determinação e até de esperança em sua misantropia de sempre. Na verdade, todos os animais num raio de um quilômetro e meio se reuniam feito glóbulos brancos para combater uma infecção, avançando em direção ao hoteleiro, que, naquele momento, lutava para se levantar.

Mais uma vez, as lagostas saíram do tanque novo no restaurante e avançaram pela areia.

Um golfinho-nariz-de-garrafa saltou da água e mergulhou de novo no mar, aproximando-se depressa.

Coelhos pulavam pela areia, seguindo no mesmo sentido que as lagartixas, os lagartos e as cobras.

Mariposas e borboletas revoavam e bailavam a caminho da costa, o ar entre elas salpicado de mosquitos e de uma nuvem de cigarras. Todos os animais seguindo obstinados até Art, como limalhas de ferro atraídas por um ímã.

Sofía tentou se dirigir à multidão, avisando às pessoas que deixassem a praia por segurança, mas ninguém deu ouvidos a ela. Bom, ninguém exceto o policial da Guardia Civil, cujo pavor de animais selvagens o fez recuar para o estacionamento.

Alberto me lançou um olhar de cumplicidade.

— Você conseguiu, Grace. Você enviou o sinal.

Quando me virei, vi Art tentando correr pela areia, mas o primeiro corvo-marinho já o alcançara e o bicava, atacando-o com a intenção de forçá-lo a ir em direção ao mar. Art se manteve firme e repeliu a criatura com o poder da mente, quebrando o pescoço do pobre pássaro, que caiu pesadamente, já morto na areia. Art então chutou um coelho e pisou em vários insetos.

— Morram! — exclamou, tentando se consolar com a palavra ao mesmo tempo que a usava como um comando. — Morram, morram, morram, morram, morram... — Era um contraste marcante com o discurso sobre sustentabilidade e turismo responsável que planejava fazer para os jornalistas e vloggers de viagem ali reunidos, quase todos testemunhando num silêncio atordoado os animais andando, correndo, rastejando e voando ao redor deles.

Para Art, no entanto, já era tarde demais. Uma cobra-rateira parecida com a que Alberto dera ao porteiro da Amnesia estava atacando o seu tornozelo. A luz que La Presencia lhe dera estava sendo retomada. Ela vazava da picada da cobra, visivelmente se dissolvendo na água.

— Não! — gritou Art, mas com a voz fraca e falhando. — Volta! Volta! Volta *aqui*!

Ele avançou mar adentro, com seu terno de linho. Pegou a água salgada com as mãos em concha e bebeu, como se pudesse de alguma forma levar a luz de La Presencia de volta para dentro dele.

A praia àquela altura estava tão cheia de animais que era como olhar para um exército. Um estranho e eclético exército das mais variadas criaturas.

Mas, no fim, não foram os animais terrestres que representaram um problema para Art. Foi, na verdade, uma caravela-portuguesa, um tipo de água-viva que não se via nas praias de Ibiza havia mais de sete anos, e cujos longos tentáculos com nematocistos contendo níveis altíssimos de veneno envolveram Art e o picaram várias vezes na panturrilha e na parte interna da coxa.

— Eu era melhor! — uivou Art, e a sua mente se encheu com uma lembrança distante e talvez até triste na qual ele torturava um tatuzinho--de-jardim, até que a dor ficou intensa demais, e ele caiu na água.

Eu era melhor. Foi uma declaração ambígua. Poderia ter significado e se referido a várias coisas, e o seu estado emocional, fundido como estava com o medo, a fúria e uma pitada de arrependimento, certamente não dava uma visão clara do sentido. A sua boca então emitiu um último ruído, todo o seu corpo entrou em choque, e Art desabou de bruços na água.

O corpo foi arrastado para a areia pelos humanos. Eu e Alberto nos juntamos ao esforço. Eu não queria que Art morresse. Juro. Não queria ser a causa de mais nenhuma morte, mesmo sabendo que, se ele permanecesse vivo, tentaria matar Marta e qualquer um que o atrapalhasse. Alberto chegou a tentar ressuscitá-lo. Mas, ao que parece, a natureza tinha outros planos. E, num minuto, seus órgãos vitais pararam de funcionar. Tentei ler a mente dele nos últimos instantes, mas foi impossível. Era como tentar ler palavras recém-pintadas e borradas pela chuva.

E todas as criaturas — exceto as humanas, que permaneceram ali num silêncio desnorteado — voltaram à sua habitual indiferença com a humanidade. O brilho de La Presencia, que havia se espalhado por todo o mar até Es Vedrà, recuou até restar apenas um leve pulsar de luz acima do local onde eu a encontrara pela primeira vez. E então desapareceu por completo, de volta à nuvem-esfera, pairando logo acima das ervas marinhas, aguardando a sua próxima intervenção necessária. E, na superfície do mar, parecia que nada havia acontecido. Apenas ondas suaves e o brilho comum de um sol refletido.

O céu logo se viu livre dos pássaros, e não havia mais cigarras no ar, nem cobras deslizando pela areia. O corvo-marinho morto ficou lá, as penas pretas contrastando fortemente com a areia dourada, o pescoço retorcido num ângulo não natural, a cabeça virada para o mar, na direção de Es Vedrà, na direção de La Presencia.

Só o bode, Nostradamus, pareceu mostrar algum interesse real.

Ele ficou ali por alguns segundos, olhando para o homem morto com uma sensação que interpretei como curiosidade e alívio. Mas então a misantropia voltou, e ele se afastou da comoção e das pessoas, indo em busca de alguma paz.

Viva

É óbvio que você sabia que eu não tinha morrido. Isso sempre foi um spoiler. Como eu poderia ter escrito isto se tivesse morrido?

Eu adoro essa palavra "spoiler", você não? A ideia de que saber o que está para acontecer estraga o prazer do momento.

É tão estranho que a gente não queira spoilers nas nossas histórias, mas que os busquemos em nossa vida. Queremos saber se vamos nos apaixonar, ou ter saúde, ou nos formar com honras, arrumar um emprego bom ou ter uma aposentadoria confortável. Queremos a solução. Queremos ter tudo mapeado. Queremos saber que vai terminar tudo bem. Queremos *estragar* a surpresa de tudo, ter o mínimo de mistério possível. Mas qual a graça disso? O negócio é o seguinte (palavra de quem tem dons de premonição superiores aos de toda a população mundial): não existe spoiler de verdade. O que existe é o efeito do observador. Sempre há uma variável desconhecida, e essa variável desconhecida muitas vezes é você mesmo. O meu conselho é: aceite o mistério.

Aceite a impossibilidade de tudo.

Aproveite esse "não saber".

Não apresse o casamento, a morte ou o amém.

Mas não, não foi um fantasma que escreveu esta história, lógico. Eu continuo aqui, vivíssima. Na verdade, estou mais viva que nunca.

O destino que traçamos

E assim Es Vedrà permaneceu exatamente como a natureza pretendia. Nenhum outro bode ou cabra foi morto. Nenhum calcário foi dinamitado. Nenhum hábitat foi destruído. Nenhuma permissão foi dada para rotas movimentadas de táxis aquáticos sobre os prados de *Posidonia oceanica*.

Sofía Torres voltou ao parlamento regional em Palma de Maiorca e, depois de declarar que o contrato com o Eighth Wonder não estava mais em vigor após a morte de Art Butler, apoiou uma votação para avançar com um projeto de lei bipartidário vetando futuros licenciamentos para empreendimentos hoteleiros em áreas de "importância ecológica ou cultural". O projeto foi aprovado.

O cassino resolveu retirar as queixas contra nós, já que as testemunhas originais passaram a dizer que não tinham visto nenhuma trapaça e não sabiam por que tinham dito aquilo. Os custos legais foram consideravelmente menores do que o esperado, e nós doamos mais da metade do dinheiro restante para o Fundo de Preservação de Ibiza — embora eu tenha guardado um pouco para as minhas compras de mercado.

E, curiosamente, dos jornalistas que participaram da coletiva de imprensa, apenas um relatou com precisão o que todos tinham visto — mas logo foi demitido do emprego com a recomendação de procurar ajuda psiquiátrica por causa do "pensamento delirante". Dois jornalistas, apesar do choque, conseguiram filmar tudo nos celulares, inclusive o momento em que o céu e a praia estavam cheios de criaturas engajadas. Mas os internautas depois disseram que o vídeo era um exemplo da evolução das imagens geradas por Inteligência Artificial.

A versão oficial da história logo se tornou que o famoso hoteleiro britânico Art Butler havia sofrido algum tipo de colapso nervoso e adentrado o mar, onde foi atacado por uma água-viva. Não houve nenhuma menção a La Presencia nem à luz no mar. Alberto disse que experiências extraterrestres são sempre tratadas assim. "Eles começam com um pão inteiro de verdade, mas o reduzem a um farelinho que dá pra engolir."

Enfim, tenho mais uma coisa para contar daquela tarde na praia.

Marta chegou depois de o corpo de Art ter sido levado. Seus talentos recém-adquiridos — tão fortes quanto os meus, acho — haviam lhe indicado exatamente o que estava acontecendo e, assim que pôde, ela seguiu para Cala d'Hort.

— Aconteceu, não foi? — perguntou ela quando nos encontrou. A praia tinha voltado ao normal, só com uns lagartos a mais e alguns jornalistas estarrecidos. — O sinal.

— Aconteceu — respondi. — É. Acho que sim. Mas eu... Eu não queria que ele morresse.

Alberto balançou a cabeça.

— Não. Não queria. E não foi você quem o matou. Quem o matou foi uma caravela-portuguesa. Ou La Presencia. E, sim, La Presencia está em você, em mim e em Marta, mas agiu através de você para salvar a ilha. Você ajudou a salvar Es Vedrà e salvou o futuro de Ibiza. Ele era um assassino, Grace. E, se tivesse ficado vivo, provavelmente teria nos matado também. — Alberto abraçou Marta. — E você fez um ótimo discurso hoje — disse a ela.

— Obrigada, *papá*.

Alberto abriu o seu sorriso grande e barbudo.

— Que família, hein?

Eu sorri também, vendo as luzes sumirem no mar.

— É, vocês são uma família e tanto.

Alberto fez que não com a cabeça.

— Grace, pra quem consegue ler mentes, você é muito ruim de captar as coisas. Eu estou falando de *nós*. Nós somos uma família agora. Eu, você, Marta, o mar. Até Nostradamus. — Ele olhou para a trilha de terra vermelha, onde o bode estava esperando sua aveia. — Nós somos um time.

E, pela primeira vez em muito tempo, tive a sensação, uma sensação muito intensa e esperançosa, de que tudo estava exatamente como deveria ser. Mas aquilo durou pouco. Porque naquele momento o humor de Alberto mudou. Ele fitou Marta, e estava sorrindo, mas também franzindo a testa, então pegou um punhado de areia e ficou olhando os grãos deslizarem por entre seus dedos.

— *Papá*, o que foi? — perguntou Marta. Mas ela viu tudo antes mesmo que ele dissesse uma palavra. Assim como eu vira tudo. O dom de La Presencia era também a sua maldição. A primeira emoção que a invadiu foi a mais fácil de encontrar diante da dor. Raiva. — *Papá*, você não me contou. Como pôde ter escondido isso de mim? Você não pode estar morrendo. Não pode...

Eu entendia a incredulidade dela. As pessoas que você mais ama se tornam essenciais. Ouvir que elas não vão mais estar aqui é como ouvir que o ar ou o oceano vão deixar de existir. Parece uma perturbação fatal do universo.

Alberto fez uma careta, como alguém que tira um caco de vidro de uma ferida.

— *Lo siento mucho, cielo.* Eu não queria que você tivesse pena de mim. Enquanto eu estiver aqui, quero ficar vivo para você. Mas você merecia saber.

— Eu te amo, *papá*.

— O que tiver que ser será. Por enquanto, vamos viver.

Marta chorou um pouco. Ele chorou. E eu me afastei e sentei numa mureta, olhando o mar, e por algum motivo pensei num Daniel muito pequeno, numa caminhada pela floresta tantos anos atrás, soprando as sementes de um dente-de-leão e rindo ao sol.

Isto é a vida

Estávamos no *Neptuno*, no mar. Era bem cedo de manhã. Ibiza parecia um sonho de verde e branco ao longe. Alberto estava com o equipamento de mergulho completo, mas ainda não tinha baixado a máscara nem colocado o regulador na boca porque olhava para o celular da filha enquanto ela fazia um vídeo dele. Ainda tinha alguns dias de vida, mas aquele parecia o último momento em que teria força suficiente para mergulhar. Resumindo, era a sua última chance.

— Tá gravando?

Ela assentiu. Marta estava sentada numa caixa de isopor, apontando a câmera para ele.

— Posso começar?

— Pode.

Ele fez o possível para sorrir. Então falou primeiro em espanhol, depois em inglês, para garantir que o maior número possível de pessoas entendesse.

— Meu nome é Alberto Ribas — disse. Sentada no convés, eu sentia a tristeza dele. Mas ela não transparecia na sua voz. Na verdade, Alberto soava bem formal, quase como se estivesse dando uma aula. Mas havia nele uma fraqueza, um cansaço. Que talvez não pudesse ser inteiramente atribuído à doença. — Eu sou biólogo marinho e autor de *La vida imposible*. Tenho uma forte crença de que existe vida inteligente em outros lugares do universo. Defendo também que a prova material de tais ocorrências na ilha de Ibiza foi ignorada. Acredito muito nisso, e é uma crença que custou o meu emprego e a minha reputação acadêmica. — Ele fez uma pausa. Respirou fundo. Sua voz falhou um pouco. — Neste momento, estou morrendo. Mas lá embaixo, no Mediterrâneo, há uma entidade extraterrestre que chegou ao oceano no século XIX. Nós a chamamos de La Presencia.

— Ele esperou um pouco enquanto um avião passava. — La Presencia é uma força benevolente e preservadora da vida enviada de um planeta que denominamos Salácia, em homenagem à deusa romana do mar. Ela veio para o mar porque é lá que está a vida. Noventa e nove por cento da área viva neste planeta, em termos de metros cúbicos, encontra-se no oceano. É por isso que temos que cuidar dele. E é por isso que La Presencia está aqui. Para nos ajudar a proteger a vida. Assim como as ervas marinhas lá embaixo, ela protege a vida. Toda a vida. Os seres humanos em geral imaginam a vida alienígena como uma ameaça predatória; isso no entanto é mais um reflexo da nossa própria natureza predatória do que a realidade de vidas não reconhecidas que encontramos.

Ele fez outra pausa e olhou para o mar, na direção de Ibiza, das areias douradas de Cala d'Hort e das encostas arborizadas mais atrás.

— Estou gravando isso porque não quero que haja mistério sobre o meu desaparecimento. Acredito que, além de estar aqui para nos ajudar a proteger o nosso mundo, as forças fotônicas de La Presencia também atuam como um portal. Atravessar esse portal para Salácia é a única maneira de ser curado e de ter a chance de permanecer vivo de alguma forma, por isso eu decidi…

Ele parou de novo. Uma pausa mais carregada dessa vez.

— *Papá*? — Marta o fitava por trás do celular.

Ela já estava sentindo. Eu também. A mudança.

— Acho que não — disse ele, balançando a cabeça, falando consigo mesmo. — Não. Não. Eu não vou dizer isso. Não vou fazer isso. É bobagem.

— *Papá*? O que está acontecendo?

Ele inspirou fundo. Fechou os olhos para apreciar o ar. Então, quando os abriu novamente, apenas fitou a grande rocha vertiginosa atrás de nós. Não estava mais interessado na câmera.

— Olha só. Olha só pra Es Vedrà. É do jeito que tinha que ser. Nós conseguimos. Preservamos a ilha. Como ela tem que ser. Olha o formato. Essa silhueta. É tão completa. Não é muito grande e nem muito pequena. A minha vida foi assim. Completa. Você a ajudou a ser assim, Marta. E a sua mãe também. E você também, Grace. Você também fez parte disso.

Não quero mais do que me foi dado, porque já me deram muito. Minha vida seguiu um caminho estranho, mas estou feliz com isso. É como tinha que ser. Sei que Salácia deve ser linda. Mas eu não sou salaciano. Eu sou daqui. Da Terra. E tenho sorte de ter andado por este belo planeta. Eu sou um ser humano. Não quero ser o ovo da serpente na oliveira que vai para um ecossistema diferente que não foi feito para ele.

Marta não sabia o que dizer.

— Mas talvez, se você for pra Salácia, a gente tenha uma chance de te encontrar de novo — falei. — Quando chegar a nossa hora. Você pode deixar essa possibilidade em aberto. Onde existe vida, existe uma chance.

Ele riu um pouco de mim.

— Quem tá falando igual a um ímã de geladeira agora, hein, Grace?

— Eu acabei aprendendo a gostar de ímã de geladeira. Da mesma forma que você tem orgulho de ser um homem sentimental, hoje eu gosto de ser uma mulher sentimental. — E então lembrei que precisava dizer uma coisa. — Christina disse que estão cuidando bem dela lá. Disse que está o mais saudável que poderia estar. Você também pode ter isso.

Ele sorriu para mim, como se eu não estivesse entendendo.

— Nós pertencemos à Terra. E não a outra galáxia. Christina tinha motivos para ir pra Salácia. Ela não sabia quem ou o que estava atrás dela. A sua vida natural estava prestes a ser encurtada em muitos anos. Ela tinha mais dentro de si. Eu não. Não preciso me exilar. Já fiz tudo o que tinha que fazer. Dancei, mergulhei e amei mais do que a maioria das pessoas. Fui fiel a mim mesmo. As próximas semanas vão ser difíceis. Mas preciso ficar aqui. Preciso ficar e estar com vocês duas. E aproveitar o que me resta. Prefiro um único dia na Terra do que uma vida inteira em outro lugar. Este é o meu paraíso.

E havia um tom irrevogável na forma como ele disse aquilo. Algo sólido. Contra o qual não havia como argumentar. Como calcário projetando-se do oceano.

Ele sentou-se. Cansado. Olhou para o isopor de Marta.

— Agora. *Por favor, cielo.* Queria muito tomar uma limonada.

Vive por mí

Dez dias depois, estávamos no hospital. Marta segurava a mão do pai enquanto ele morria. Ele sentiu dor naquele último dia, mas no finzinho abriu o seu sorriso de sempre, faltando um dente. E foi um sorriso sincero. Cada parte dele sorria, e a gratidão que sentia preencheu o quarto.

Eles disseram que se amavam.

Alberto também me pediu para ficar de olho em Marta, caso eu continuasse em Ibiza. Eu concordei.

— *Vive por mí* — disse ele à filha. Então olhou para mim e repetiu. Aquele era o seu último desejo para nós. *Vivam por mim.*

Marta chorou. Lina, a companheira dela, estava de volta a Ibiza, e elas se abraçaram por vários minutos enquanto Marta chorava aos soluços em seu ombro. E então me chamaram para o abraço também, e eu me juntei a elas, e senti a dor de Marta tão intensa e real enquanto os soluços sacudiam o seu corpo. Ela sentiu tudo. Não vacilou diante da dor. Uivou feito um lobo sob a lua naquele hospital estéril, ecoando estranhamente o uivo do pai da primeira vez que o encontrei. Animais sensíveis. E eu repeti para mim mesma em silêncio a promessa que acabara de fazer a Alberto. *Vou ficar do seu lado, Marta. Vou fazer tudo o que puder.* E ficamos ali, e a deixamos chorar. Às vezes isso é tudo o que se tem que fazer.

Cinzas

Espalhamos as cinzas dele no mar, após anoitecer. A água brilhou um pouco. Um leve pulsar de luz vindo do fundo. Eu me permiti um pensamento consolador: que talvez La Presencia o estivesse levando para Salácia mesmo assim. Contra a vontade dele. Reconfigurando os seus átomos e enviando-o pelo buraco de minhoca. Ou talvez estivesse apenas lhe dizendo adeus, assim como nós.

Ficamos um tempo no barco. Marta tinha levado uma caixinha de som e preparado uma playlist de músicas que significavam muito para o pai. "Redemption Song", de Bob Marley; uma canção catalã lindíssima chamada "Per Una Cançó", de Maria del Mar Bonet; "It's My Life", do Talk Talk; "The Last Day of Summer", do The Cure; "Landslide", do Fleetwood Mac; "Adios Ayer", de José Padilla; "Beast of Burden", dos Rolling Stones; e uma música dançante chamada "Promised Land", ao som da qual Marta e Lina dançaram no barco.

As duas me puxaram, para que eu ficasse de pé.

— Anda, Grace — chamou Marta, com um universo de emoções passando por sua cabeça. — Vamos dançar.

E nós dançamos. O mar estava calmo o suficiente para eu não perder o equilíbrio. E, depois que a música terminou, ela se virou para mim e disse:

— Não quero esquecer o meu pai.

— Você não vai esquecer — falei. — Eu sinto saudade do meu filho e do meu marido todo dia, mas eu os vejo com mais clareza do que nunca. Lembro dos bons momentos e sou grata por ter vivido isso.

— Eu te amo, Grace. Obrigada.

Nós nos abraçamos, e eu senti uma lembrança da infância dela, o pai navegando com ela e a sua mãe até Formentera, cantando para ela.

— Você deveria ir — disse ela, sabendo o que minha mente estava vendo. — Pra Formentera. Você ia adorar.

Eu aconteço

Marta e eu concordamos em nos revezar para dar comida a Nostradamus. Dia sim, dia não, eu pego o Fiat Panda pela manhã e sirvo uma porção de aveia na tigela dele, e ele fica tão grato quanto um bode consegue ficar. O que não é muito, mas é alguma coisa.

Certa manhã, quando ia para lá, notei uma coisa ao sair de casa. Não só a planta — a *Nolletia chrysocomoides* — tinha crescido e estava cheia de flores, com lindas pétalas amarelas em formato de coração, como havia outra mais adiante, no pátio, também crescendo por entre as rachaduras no chão. E mais uma um pouco mais distante. E outra, e outra. Nove ao todo.

Era uma terça-feira.

Aliás, toda terça-feira eu pego o barco do centro de Ibiza até Formentera e passo o dia lá, conforme Marta recomendou. Só para mudar de ares. A viagem leva menos de meia hora, então tenho bastante tempo, mesmo depois de alimentar um bode. E nada acontece em Formentera. E é esse o principal motivo de ir para lá. Quer dizer, nada de muito irritante acontece. É lógico que em Formentera as coisas acontecem como em qualquer outro lugar. O ar acontece. Cafés solitários acontecem. Arbustos de zimbro acontecem. Campos de trigo acontecem. Dunas de areia acontecem. Salares acontecem. Ovelhas acontecem. Lagoas acontecem. Eu aconteço.

Alberto queria que todos nós vivêssemos. E tenho o prazer de informar, para o bem e para o mal, que me sinto viva. Uma hóspede sortuda nesta pequena ilha fascinante e variada. Fico dividida ao me sentir tão presente quando tantas pessoas de quem eu gosto estão ausentes, inclusive Alberto (até o cheiro do filtro solar me faz pensar nele). Mas é assim que vencemos a morte. Nós a vencemos vivendo enquanto estamos aqui. A morte pode ser infinita, mas, como sabemos, o infinito é um conceito relativo. Nós podemos criar um infinito maior a partir da vida. *Sentindo*. E todos os dias eu sinto. Sinto profunda e intensamente, e o que sinto é gratidão. Por Ibiza, pela Espanha, pelo mundo, pelas pessoas, pela natureza, pela vida, pelas forças ocultas do universo, e isso me faz querer continuar ajudando a proteger e a valorizar todas as coisas naturais.

Azulão

Você disse no seu e-mail que estava nas trevas e precisava de luz. Não se apresse. Ela virá. Às vezes a luz está aqui e não nos damos conta. As pessoas navegam sobre La Presencia e suas forças fotônicas todos os dias sem nem saber. O que parece impossível agora nem sempre vai ser assim. Mas não pense nos momentos ruins como não estando relacionados aos bons. A escuridão é o que nos permite ver a luz. Precisamos do contraste. Não vemos todas as estrelas durante o dia, não é verdade?

Por falar em estrelas, tive uma conversa interessante com a Marta ontem.

Ela veio me ajudar com o jardim. É uma área pequena, mas está ficando lindo. As flores antes extintas foram só o ponto de partida. Marta quis me ajudar. Ela disse que não havia nada mais curativo do que a jardinagem, e acho que ela tem razão. Existe uma coisa no ato de enfiar as mãos na terra e tentar cultivar a vida, que faz você se sentir conectado a tudo num nível elementar. Marta trouxe algumas plantas. Um pé de hibisco cheio de flores cor-de-rosa que ela havia comprado na loja de jardinagem, juntamente com algumas lavandas e uns vasos com ervas — salsa, hortelã, manjericão, alecrim. Estão todos crescendo maravilhosamente bem, com uma ajudinha de um pouco da água de La Presencia do vidro de azeitona.

O cheiro é divino.

Enfim, estávamos conversando sobre matemática. Começamos falando da sequência de Fibonacci e como é possível ver as espirais dela nas folhas e nas pétalas das flores. Ela disse que, assim como eu, sempre encontrou consolo na matemática — uma das coisas que a levou a seguir carreira em astrofísica —, mas foi só recentemente que entendeu *por que* o assunto era tão terapêutico para ela. É porque, na matemática, você percebe que o equilíbrio e a simetria estão realmente em tudo, mesmo quando a sensação é de caos ou dor.

— Os gregos antigos adoravam a matemática porque a viam como uma representação dos ideais — disse ela, mais ou menos com essas palavras. — E ela sempre esteve ligada à religião porque era vista como algo mais puro do que a vida comum. É por isso que Pitágoras era uma espécie de líder espiritual. Mas eu acho que foi La Presencia que nos deu o entendimento de que a pureza matemática está em tudo. Estamos dentro dela. Nada é aleatório. Nem a vida, nem a morte. Nem mesmo a aleatoriedade. Nem mesmo nós duas aqui, transformando este pátio abandonado num jardim. Tudo isso se conecta. Tudo faz parte desse todo. Desse tecido lindo. O paraíso não está em outro lugar. Nem as pessoas que perdemos. Nós estamos conectados a elas. As cordas que nos atam a elas estão dentro de nós. Isso faz sentido?

— Sim — respondi. — Faz total sentido. — E era verdade, porque eu tinha de falar a verdade para ela, pois Marta conseguia ler a minha mente tanto quanto eu lia a dela.

De qualquer forma, mesmo depois que ela foi embora, fiquei olhando para aquele jardim modesto, mas lindo, e senti que, mais do que qualquer uma das coisas estranhas que haviam acontecido, essa foi a verdadeira mudança na minha vida. Eu tinha voltado a plantar.

E não foi só o jardim. Cuidei da parte de dentro também. Arrumei a casa. Voltei ao mercado hippie de Las Dalias e comprei o quadro de Es Vedrà de Sabine, além de um quadro de fruta. Agora tenho uma laranja gigante pendurada no quarto. Comprei outras coisinhas também — umas roupas mais coloridas — com os ganhos de uma segunda ida bem rápida ao cassino.

Eu não queria apagar os traços de Christina na casa, então decidi dar uma revigorada neles.

Fui à lavanderia do centro de Ibiza e mandei reformar a manta hippie e o tapete de Christina. Eles voltaram com as cores vivas e bonitas. Também tirei o pó do grande ventilador da sala de estar e limpei o piso. O velho piano perto da janela continuava ocupando metade da sala, mas eu não queria me desfazer dele, então fiz outra coisa. Comecei a *tocar*.

Pois é, agora sei tocar piano. É fácil para mim. E o que eu mais gosto de tocar é "Blackbird". Mas ainda não consigo cantar. La Presencia é poderosa, mas não *tão* poderosa assim.

Uma outra coisa que tenho a dizer. Houve uma época em que eu achava tatuagem coisa de mau gosto. Mas mudei de ideia. Recentemente, fui ao estúdio de tatuagem de Playa d'en Bossa. Levei comigo o desenho do azulão que Daniel me deu no Dia das Mães e pedi uma versão dele no meu pulso. Então agora, sempre que vejo uma bicicleta vermelha, olho para o pulso e me lembro da parte boa.

Ficou lindo. Ele voa comigo para todos os lugares.

Esplendor

Ontem choveu.

Eu estava em Santa Gertrudis. Tinha acabado de fazer compras na mercearia. Saí, e estava chovendo. Uma chuva forte, que me reconfortou. Eu tinha parado o carro um pouco mais adiante na rua, então fui andando, sob o cartaz desbotado de Lieke na Amnesia, e no instante seguinte passei por uma *villa* com buganvílias cor-de-rosa e magenta transbordando por cima do muro e uma piscina, que eu podia ver pelo portão. Parei e fiquei olhando as gotas quicarem e dançarem na água. Uma espécie de música percussiva. Fiquei hipnotizada por um instante. Olhei para o céu, abri um pouco a boca e saboreei o gosto mineral da chuva. Tenho tentado fazer isso agora. Me deixar levar pelos momentos, por mais loucura que pareça para as pessoas ao redor.

Sabe, pouco antes de Alberto morrer, nós nos sentamos na praia e comemos melancia juntos. Ele estava envelhecido, mais fraco e sentia um pouco de dor. Mas também parecia bastante tranquilo, sábio e bonito à luz do fim da tarde, mais filósofo do que pirata enquanto assistíamos ao pôr do sol mais maravilhoso e complexo.

Eu disse a ele que tinha um senso de responsabilidade. Que eu deveria ir para a Floresta Amazônica, ou para a Antártida, ou para a África Equatorial, ou para algum outro lugar onde pudesse usar os talentos que me foram dados, mas que eu sabia que os meus talentos seriam mais fortes ali, perto de La Presencia.

— Ela quer que você fique — disse ele.

— Eu sei. Acho que vou ficar.

Alberto fez uma pausa. Ficamos em silêncio enquanto ele olhava para o céu sobre a água e para Es Vedrà.

— Parece um milagre — disse ele, por fim. — Todo dia Ibiza tem um pôr do sol assim, e eu não dava valor. Isso faz sentido?

Fazia.

— Galileu chamava a matemática de linguagem do livro da natureza. E nós estamos presos nesse livro. Somos palavras dessa língua. Então é difícil ler, absorver e apreciar algo dentro do qual nos encontramos e com o qual estamos familiarizados. Como a Marta falou, existem padrões em tudo.

— Padrões, sim. Você tá parecendo a Marta. Acho que tem um padrão aí.

Ponderei sobre aquilo. A matemática recorrente do mundo natural. As espirais de Fibonacci encontradas em redemoinhos e pinhas e criadas por baleias-jubarte na Antártida para capturar presas. O padrão das nossas artérias como relâmpagos se bifurcando e os galhos retorcidos das árvores. O tecido do cosmos é feito de fractais, e nós também. Não estamos sozinhos no universo e não estamos sozinhos na Terra. Estamos conectados não apenas uns aos outros e não apenas aos primatas, mas a *tudo*. A um bode, a uma lagosta, às sementes de um dente-de-leão. Você disse que sente que está em um padrão. Uma sequência. E está. Mas é vasta e magnífica essa sequência. Ela conecta você a cada coisa no universo. E um dia ela vai surpreender você em sua extensão.

Ainda havia luz no céu, apenas um leve vestígio enquanto estávamos sentados lá. Um vermelho estranho e profundo, sangrando na escuridão.

— O céu está tão parado — comentei. — E já está quase de noite.

Alberto fez um muxoxo, me repreendendo.

— Não pense na noite, Grace. Ainda não.

E eu olhei para o céu vermelho. E senti o deslumbramento dele com muita intensidade. Como se só inspirar fosse perigoso porque eu poderia me dissolver no universo.

— Sim — concordei. — Um milagre.

Eu quero que você entenda esses momentos. Eles estão ao nosso redor neste nosso planeta familiar e alienígena. Em cada gota de chuva e partícula de luz propagada. A vida canta e resplandece. Mesmo quando estamos anestesiados por ela, quando nos escondemos dela, quando ela é muito barulhenta e dolorosa para ser vivida, quando não estamos equipados para senti-la — ela está lá, à espera, para ser valorizada e protegida, pronta para nos dar pelo menos mais uma explosão de beleza antes da noite.

Caro Maurice,

Eu sei que tem só dez minutos que apertei o botão de enviar, e sei que você ainda não leu o anexo, mas queria dizer mais uma coisa.

Nele eu descrevo muitas coisas que nos ensinaram a acreditar que são fantásticas e até impossíveis. Habilidades paranormais. Forças protetoras no fundo do oceano. Eu vivi todas essas coisas, mas nenhuma delas é mais ou menos notável, ou mais ou menos absurda, do que tudo que já temos aqui.

O sabor de um suco de laranja recém-espremido. Um figo. A visão de uma flor. Música. Um raio de sol iluminando as tábuas do assoalho. Cães, gatos, bodes, lagartos e golfinhos. O rosto do Harrison Ford. Imagine ser de um planeta que não tenha nada disso. Imagine o quanto tudo isso pareceria de outro mundo. Como ficaríamos deslumbrados diante de tudo à nossa frente. Como uma foto do pôr do sol nunca mais ia parecer cafona. Caminhar por um pomar seria uma utopia. Uma brisa fresca num dia quente seria um bilhete premiado da loteria. Cada canto de passarinho seria uma sinfonia.

Deveríamos nos ver como alienígenas, Maurice, porque para o resto do universo é o que somos.

E mais — eu deveria ter falado antes —, se quiser vir fazer uma visita, por favor, é só me dizer. Seria um prazer. Desejo felicidades a você. E tudo de bom. Sinto que a sua vida vai dar certo.

Sua amiga e professora,
Grace Winters

P.S.: Tem uma casa em Lincoln da qual não preciso mais. Tenho certeza de que você consegue vender por um preço bom. Você não mencionou as suas preocupações financeiras — só escreveu "aconteceram outras coisas também" —, mas eu sei a dificuldade pela qual está passando, da mesma forma que sei todas as coisas que ninguém me diz. Espero que isso ajude. Aquela casa tem memórias demais, e quero deixá-la para você. Sabe, uma vez me deram uma casa na Espanha, e foi um gesto que mudou a minha vida. Por isso, gostaria de lhe oferecer um semelhante. Afinal, sabendo o que agora consigo fazer num cassino, não preciso mais me preocupar com dinheiro.

Querida Grace,

Sei que já disse isso muitas vezes, mas acho que nunca vou conseguir expressar minha gratidão pela casa. Achei que você ia gostar de saber que acertei a venda dela ontem. Esse gesto sem dúvida mudou a minha vida, e agora vou poder ajudar muito a minha irmã.

Mas eu também queria agradecer por me contar sua história. Eu não devia ter acreditado em nada, mas de alguma forma acreditei em tudo. Você me ajudou a quebrar o padrão. Ou pelo menos a mudar para um melhor. Então, estou a caminho de Ibiza. Vou viver uma aventura, vou pegar um trem até Dénia e depois pegar uma balsa. Ouvi dizer que é melhor ir de barco. Chego na segunda semana de setembro. Estou com uma sensação boa sobre essa viagem. Talvez você prefira chamar de premonição. Ontem à noite sonhei com o mar. Ele estava brilhando. Talvez esteja me chamando como chamou você.

Até breve, espero.
Um obrigado infinito.
Beijos,
Maurice

Agradecimentos

Todo livro é resultado de um trabalho de equipe. Sobretudo este. Tenho muita gente a agradecer.

Primeiro, ao meu brilhante editor, Francis Bickmore, com quem trabalhei em todos os livros desde *Os Radley*, há quinze anos, e que sempre sabe como me ajudar a encontrar a história e me permite abraçar as minhas ideias mais estranhas. Além disso, tive muita sorte de contar com contribuições dos meus editores internacionais num estágio inicial, incluindo os comentários inestimáveis das mentes brilhantes de Patrick Nolan, Doris Janhsen e Iris Tupholme.

Sou igualmente grato à minha agente, Clare Conville, uma lenda literária que, por sorte, abraçou esta ideia desde o início e entendeu o que eu estava tentando fazer.

Quero agradecer, como sempre, a Jamie Byng e a todos na Canongate Books. Obrigado à brilhante e indispensável equipe de Jenny Fry, Alice Shortland, Lucy Zhou, Jessica Neale, Charlie Tooke, Vicki Rutherford, Jo Lord e Sasha Cox.

Nos trechos em espanhol contei com a maravilhosa ajuda de Silvie Varela, que teve a gentileza de passar os olhos pelos diálogos.

E, como sempre, não posso deixar de agradecer a Andrea Semple. Minha primeira leitora, minha primeira editora, minha melhor amiga — sem falar a pessoa que sempre esteve presente durante os altos e baixos dos nossos primeiros anos em Ibiza. E a Pearl e Lucas, por me aturarem tentando despertar o interesse deles com fatos sobre as ervas marinhas e a história da Espanha.

Este livro foi obviamente moldado pelo meu amor por Ibiza, e quero agradecer a todos que conheço e conheci naquela ilha. Tanto na primeira vez em que morei e trabalhei lá, nos anos 1990, quanto mais recentemente, quando redescobri o meu amor pelo lugar. Sou grato aos inúmeros velhos e novos amigos que fiz lá, e ao próprio lugar em si. Aquela ilha mágica, mística e multifacetada no Mediterrâneo que sempre desafia qualquer percepção preconcebida.

E gostaria de agradecer às pessoas que trabalham na conservação da ecologia da ilha. Em especial, gostaria de mencionar a Ibiza Preservation (ibizapreservation.org), que vem trabalhando há quase duas décadas para proteger o hábitat da ilha, com projetos fundamentais para a defesa da população local de lagartos, a redução da poluição causada por plástico em Ibiza e em Formentera, e a proteção dos vitais, porém ameaçados, prados de ervas marinhas de *Posidonia oceanica* contra a poluição, os danos causados por barcos e a urbanização costeira.

Por fim, mas não menos importante, quero agradecer a vocês, leitores. Tenho muita sorte de tê-los para compartilhar as minhas histórias. Fiquei sem escrever por alguns anos. Mas o apoio de todos vocês me ajudou a compor esta história. Espero que tenham gostado. Obrigado. *Gracias por todo.*

Este livro foi composto na tipografia Minion Pro,
em corpo 11/16, e impresso em
papel off-white no Sistema Cameron da
Divisão Gráfica da Distribuidora Record.